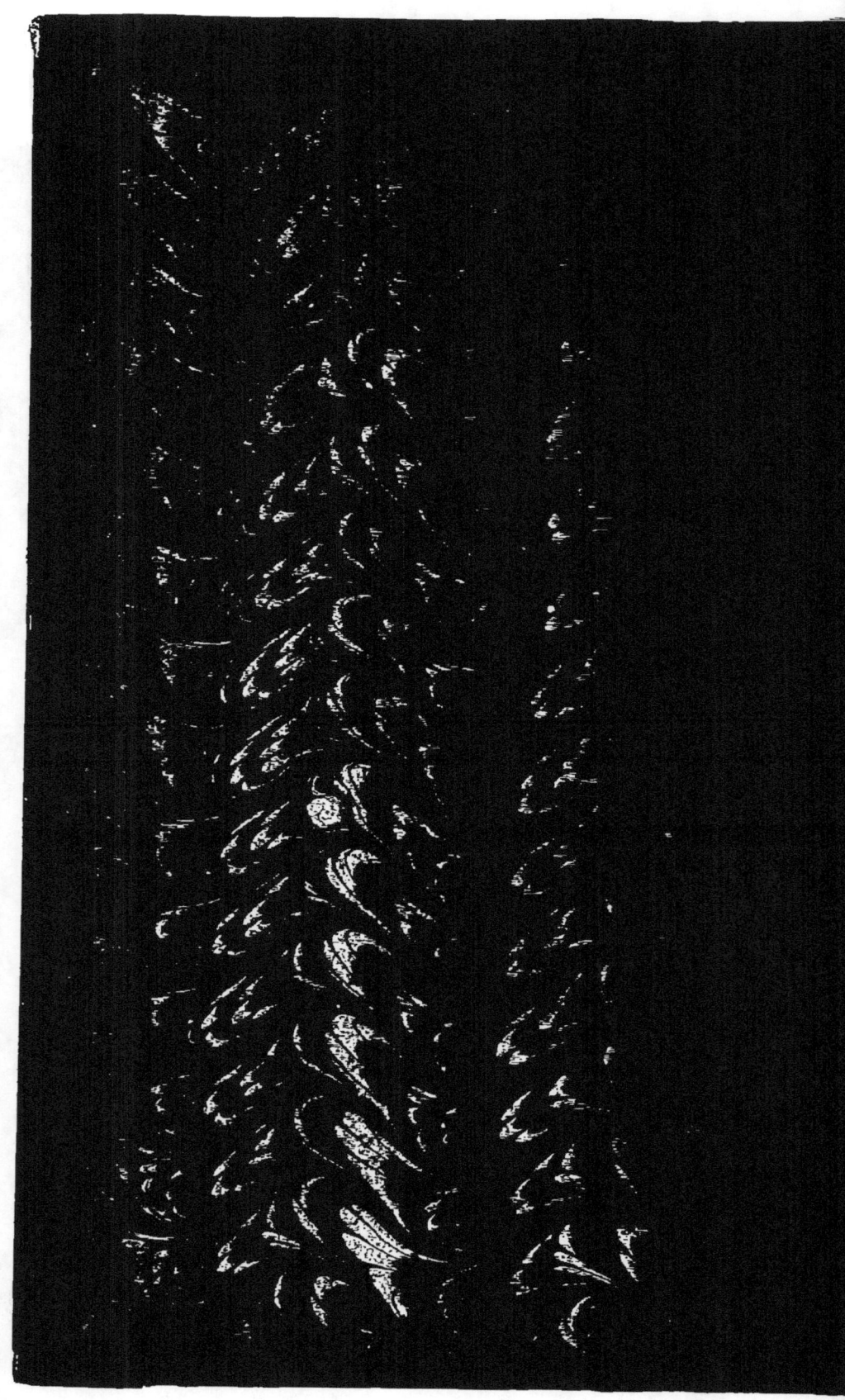

LES

CAQUETS DE L'ACCOUCHÉE

Paris. Impr. Guiraudet et Jouaust, 338, rue S.-Honoré.

LES CAQUETS

DE L'ACCOUCHÉE

NOUVELLE ÉDITION

Revue sur les pièces originales et annotée

PAR M. ÉDOUARD FOURNIER

AVEC UNE INTRODUCTION

PAR M. LE ROUX DE LINCY

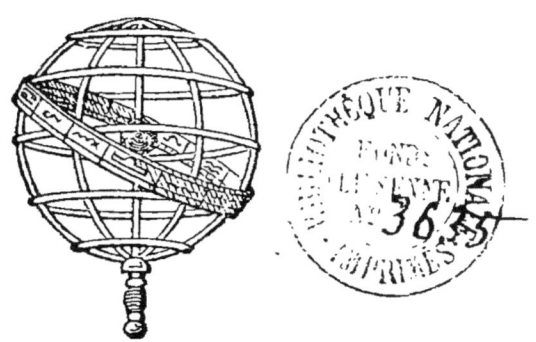

A PARIS

Chez P. JANNET, Libraire

—

MDCCCLV

INTRODUCTION.

L'ouvrage dont nous donnons une édition complète, revue sur les originaux, est une des satires les plus remarquables du dix-septième siècle. Publiés pour la première fois dans le cours de l'année 1622, par petits cahiers de quelques feuillets, les *Caquets de l'Accouchée* furent, dès l'année suivante, réunis dans un seul volume, dont il y eut plusieurs éditions, sous le titre de *Recueil général des Caquets de l'Accouchée*[1].

Pendant le cours du dix-huitième siècle, ce livre n'a jamais cessé d'être fort apprécié des bibliophiles, qui payoient très cher les exemplaires bien conservés des éditions originales. De nos jours, les *Caquets de l'Accouchée* ont conservé la même valeur, et, cette fois, l'engoûment des amateurs peut se justifier : ce n'est pas seulement la rareté de l'ouvrage, c'est encore l'esprit qu'on y trouve, qui les pousse à se le procurer. Voyons d'abord ce qu'il faut entendre par *Caquets de l'Accouchée*.

1. Voir plus loin, § III, Bibliographie des *Caquets de l'Accouchée*.

§ I. — *Caquets de l'Accouchée.*

Au moyen âge, la naissance d'un enfant étoit entourée de soins et de cérémonies qui n'existent plus maintenant. Chez les grands et chez les riches, on se préparoit à cet événement solennel par des attentions touchantes qui se rattachoient aux croyances et aux superstitions de cette époque. La chambre de la *gisante* étoit tendue des étoffes et des tapisseries les plus belles ; une petite couchette, connue encore de nos jours sous le nom de *lit de misère*, étoit placée auprès du grand lit nuptial ; un bon feu brûloit incessamment dans la vaste cheminée ; des linges de toutes sortes, tirés des grands bahuts, séchoient à l'entour. Dans certaines provinces, on mettoit devant la cheminée une petite table couverte de linge très fin ; sur cette table, trois coupes, un pot de vin ou d'hippocras, trois pains de fleurs de farine et deux flambeaux qui restoient allumés durant la nuit. Ce repas frugal étoit destiné aux fées, qui, d'après les croyances, devoient venir répandre leurs dons sur le nouveau-né. On lit dans le roman de Guillaume au Courtné, qui remonte à la seconde moitié du XIIe siècle :

« Il y avoit alors en Provence, et dans plusieurs autres pays, une coutume qui consistoit à placer sur la table trois pains blancs, trois pots de vin, et trois hanaps ou verres à côté ; on posoit le nouveau-né au milieu, puis les matrones reconnoissoient le sexe de l'enfant, qui ensuite étoit baptisé.

« Le fils de Maillefer fut donc ainsi exposé, et les matrones, après l'avoir vu, s'éloignèrent.

Tout dormoit dans la chambre quand cette aventure eut lieu. Le temps étoit beau, la lune bril-
lante. Alors trois fées entrèrent, prirent l'enfant,
le réchauffèrent, le couvrirent et le placèrent
dans son berceau. Prenant ensuite le pain et le
vin, elles soupèrent, et chacune d'elles fit au
nouveau-né présent d'un beau souhait[1]. »

Dans un ouvrage de la fin du quinzième siècle
intitulé *les Honneurs de la Cour,* on trouve des
détails précieux sur le même sujet. Aliénor de
Poitiers, vicomtesse de Furnes, auteur de cet
ouvrage, parle des cérémonies et des usages ob-
servés à la cour et dans la noblesse au moment
des couches, du baptême et des relevailles.

« J'ai vu, dit-elle, plusieurs grandes dames
faire leurs couches à la cour ; elles avoient un
grand lit et deux couchettes, dont l'une étoit à
un coin de la chambre, et l'autre devant le feu.
La chambre étoit tendue de tapisseries à verdure
ou à personnages, mais les rideaux du lit et le
ciel étoient de soie, les couvertures du grand lit
et des couchettes fourrées de *menu vair ;* le drap
étoit de crêpe bien empesé ; le dressoir, à trois de-
grés, tout chargé de vaisselle : on l'éclaire avec
deux grands flambeaux de cire, on garnit d'un
tapis de velours le plancher de la chambre ; les
oreillers du grand lit et des couchettes doivent
être de velours ou de drap de soie, aussi bien que
le dais du dressoir ; à chaque bout de ce dressoir,
il faut placer un drageoir tout plein, couvert
d'une serviette fine. Les femmes de simples sei-

1. *Introduction au livre des Légendes,* par Le Roux de
Lincy, Paris, 1836, in-8, p. 178-79.

gneurs bannerets ne devroient pas avoir de couchette devant le feu ; toutesfois, depuis dix ans,
quelques dames du pays de Flandres l'y ont eue.
L'on s'est moqué d'elles, et avec raison, car du
temps de Madame Isabelle, nulle ne le faisoit ;
mais aujourd'hui, chacun agit à sa guise. Aussi
est-il à craindre que tout n'aille mal, car le luxe
est trop grand, comme chacun dit.

« Dans la chambre d'une accouchée, le plus
grand prince du monde s'y trouvât-il, nul ne
peut servir vin ou épices, excepté une femme
mariée. Si quelque princesse vient rendre visite à
la malade, c'est à la première dame d'honneur de sa
suite qu'il appartient de lui présenter le drageoir[1]. »

De chez les grands, une partie de ces usages
ne tarda pas à se répandre chez les bourgeois des
bonnes villes devenus riches et puissants. Christine de Pisan, cette femme poète, historien de
Charles V, a parlé, dans son livre du *Trésor de
la Cité des Dames*, du luxe étalé par les bourgeoises, et principalement par celles de Paris.
« Ce n'est pas, dit-elle, aux marchands de Venise ou de Gennes, qui vont oultre-mer et dans
tous les pays du monde, qui ont leurs facteurs,
achettent en gros et font grands frais, que ces re-
montrances s'adressent : ceux-là envoyent leurs
marchandises dans toutes les contrées, amassent
de grandes richesses, et sont appelés nobles marchands ; mais la femme dont je veux parler achette
en gros et vend au détail pour quatre sous de den-

---

1. *Les Honneurs de la Cour*, publiés à la fin du tome II des
Mémoires sur l'ancienne chevalerie, par La Curne de Sainte-
Palaye, 1759, in-12, 3 vol.

rées, si besoin est, quoique très riche. Il n'y a pas
longtemps qu'elle fut en couche. Avant de parvenir à sa chambre, on passoit par deux autres
chambres très belles, où se trouvoient des grands
lits richement *encourtinés ;* dans la seconde chambre, un grand dressoir étoit couvert, comme un
autel, de vaisselle d'argent; de là, on entroit
dans la chambre de l'accouchée. Cette chambre
étoit grande et belle, toute tendue de tapisserie
faite à la devise de la dame, ornée très richement
de fin or de Chippre ; le lit, grand et beau, *encourtiné* d'un riche parement; les tappis tout
alentour sur lesquels on marchoit étoient d'étoffe
d'or ; les grands draps de parement qu'on apper-
cevoit par dessous la couverture étoient d'une
toile de Reims si fine, qu'on la prisoit plus de trois
cents francs ; par dessus cette couverture, toute
tissue d'or, étoit un grand drap de lin, *aussi délié que soye,* tout d'une pièce et sans couture,
ce qui est une invention nouvelle et d'un grand
prix, qu'on estimoit plus de deux cents francs.
Ce drap étoit si grand et si large, qu'il couvroit
de tous côtés le grand lict de parement, et passoit les bords de la couverture. Dans cette chambre de l'accouchée, il y avoit un grand dressoir
tout paré, couvert de vaisselle dorée. Dans ce beau
lit étoit la gisante accouchée, vêtue d'une grande
robe de soye cramoisie, appuyée sur des oreillers de soye pareille, ornés de gros boutons en
perles. Dieu sait les dépenses superflues en fêtes,
bains, qui, suivant les usages de Paris, eurent
lieu pendant ces couches! Elles furent tellement
extraordinaires, qu'elles méritent d'être citées dans
un livre. Il en fut parlé dans la chambre de la

reine, et, à cette occasion , quelques uns dirent
que les gens de Paris avoient trop de sang ; qu'il
seroit bon que le roi les chargeât de certains impôts, afin que leurs femmes n'allassent plus se
comparer, par leur luxe, à la reine de France[1]. »

Au milieu du XVe siècle, il y avoit déjà long-
temps que l'usage étoit établi parmi les bourgeoises de Paris et des autres bonnes villes de se
rendre visite pendant que l'une d'entre elles étoit
en couches. Cet usage avoit donné lieu à des abus
qui n'ont pas échappé à la verve railleuse des
écrivains satiriques de ce temps. Le premier en
date est l'auteur des *Quinze joyes de Mariage*.
Voici en quels termes il a signalé ces abus dans
le troisième chapitre de son livre : « Or approche le temps de l'enfantement ; il faut que le mari
cherche les commères, les nourrices et les matrones , suivant le bon plaisir de la dame. Or il a
grand souci de rassembler toutes ces commères,
qui boirout du vin autant comme il en contien-
droit dans une botte. Or double sa peine , or se
voue la dame en sa douleur à plus de vingt pelerinages, et le pauvre homme aussi la voue à tous
les saints. Les commères arrivent de toutes pars.
Or convient que le pauvre homme face tant qu'elles soient contentes. Les dames et les commères
parlent, plaisantent, disent de bonnes choses et
prennent de l'aise , quiconques en ait la peine et
quelque temps qu'il fasse. S'il pleut, gelle ou
grèle, et que le mari soit dehors, l'une d'elles pourra
bien dire : Helas ! mon compère, qui est dehors,
a maintenant beaucoup de mal à endurer. Mais

_____

1. Voir, à la fin de cette introduction, aux *Appendices*, n° 1.

une autre repond qu'il est bien heureux. S'il arrive que quelque chose deplaise à ces commères, une d'elles ira dire à l'accouchée : Vraiment, ma commère, je m'emerveille bien, ainsi que toutes mes commères qui sont ici, de ce que votre mari fait si peu de compte de vous et de votre enfant. Regardez ce qu'il feroit si vous en aviez cinq ou six ! On voit bien qu'il ne vous aime guères, et cependant vous lui avez fait en l'épousant plus d'honneurs qu'il n'en advint jamais à nul homme de son lignage. — Par mon serment, dit une autre, si mon mari agissoit ainsi, j'aimerois mieux qu'il n'eût œil en tête, etc., etc., et tant d'autres discours du même genre [1]. »

A la fin du chapitre, l'auteur représente le pauvre mari contraint de donner à dîner aux bonnes commères et de les festoyer. « Il y travaille bien, dit-il, et il y mettra moitié plus qu'il ne se l'étoit proposé, afin d'obeir aux désirs de sa femme. Bientôt arrivent les commères ; le bonhomme va au devant d'elles et leur fait bon visage. Il est sans chapperon, va, vient par la maison, et semble fou, bien qu'il ne le soit guères. Après avoir presenté les commères à sa femme, il les conduit dans la salle pour les faire manger. Elles dejeunent, elles dînent, elles mangent à se rassasier ; elles portent la santé maintenant au lit de la commère, maintenant à la cave du patron, et gaspillent plus de denrées et de vins qu'il n'en tiendroit dans une botte. Le pauvre homme, qui a tout le souci, se lève bien souvent pour voir combien il

1. Voir aux *Appendices*, nº 2. Nous y avons joint deux strophes des *Ténèbres du mariage*.

reste de vin, qui coule beaucoup trop vite. Les commères le taquinent : l'une lui dit un brocard, l'autre lui jette une pierre dans son jardin. Bref, tout se depense. Les commères, bien repues, bien joyeuses, s'en vont en se moquant, peu soucieuses de l'avenir du pauvre homme. »

Guillaume Coquillart, official de l'église de Reims, qui fut un des poètes satiriques les plus hardis de la seconde moitié du XVe siècle, trace un tableau comique et peu flatteur des caquets de l'accouchée. Son langage est très libre et ne se ressent pas du caractère sacré dont l'auteur étoit revêtu. Seulement, il emprunte au sacrifice de la messe et aux prières de l'église ses termes de comparaison. « Au chevet du lit, dit-il, il y a un bénitier tout rempli d'*eau bénite de cour*. Une des commères commence *les leçons*, une autre chante les *réponses*. Dans cette messe il y a préface, mais de *Confiteor* jamais. » Puis il cite quelques uns des caquets en termes assez crus, que nous croyons inutile de reproduire ici[1].

Un autre poète de la même époque, religieux bénédictin, parle aussi contre les caquets de l'accouchée, mais dans un langage plus mesuré. Jean du Castel, chroniqueur de France, abbé de Saint-Maure, fils de Christine de Pisan, dans son *Miroir des Pécheurs*, décrit en ces termes la chambre d'une accouchée : Il y a là caquetoire paré, tout plein de fins carreaux pour asseoir les femmes qui surviennent, et près du lit une chaise ou *faudesteuil* garni de fleurs. L'accouchée est dans son lit, plus parée qu'une épousée, coiffée à la co-

___

1. Voir aux *Appendices*, n° 3.

quarde , tant que diriez que c'est la tête d'une
marote ou d'une idole. Au regard des brassières,
elles sont de satin cramoisi, paille ou blanc, de
velours ou de toile d'or et d'argent, que les femmes excellent à choisir. Elles ont colliers autour
du cou, bracelets d'or , et sont plus couvertes de
bijoux que des idoles ou des reines de cartes; leur
lit est garni de draps de Hollande ou de toile de
coton de la plus grande finesse, et si bien apreté
que pas un pli ne passe l'autre; le bois est taillé à
l'antique et orné de marqueteries et de devises[1]. »

Gratien du Pont, au commencement du seizième
siècle, dans son poème satirique contre le sexe
féminin, a tracé un tableau du même genre; seulement, il y ajoute plusieurs détails qui appartiennent à l'époque où il écrivoit. En reprodui-
sant les discours que les *muguettes* ou femmes à
la mode avoient entre elles, il leur fait tenir ces
propos : « Helas ! commère , avez-vous vu la
pompe et la *braguerie* d'une telle, qui est en couche? C'est une vraie moquerie : elle a deux lits,
la popine accouchée ! et celui qu'elle occupe est
admirablement dressé, un lit à l'antique peint
d'or et d'azur, incrusté de nacre. Près d'elle est
un muguet, beau parleur et poëte; un prothonotaire qui entretient la dame de ses beaux discours.
Il est assis sur une des chaises de drap d'or ou de
soie qui parent la chambre au nombre de cinq
ou six. La couchette, et même la chambre, sont
tendues de même étoffe; enfin cette chambre, toute
parfumée, est aussi riche que celle d'une duchesse

---

1. Voyez, sur *Jean Castel*, t. 2 (1re série', p. 461 de la
Bibliothèque de l'école des chartes, un article curieux de M.
J. Quicherat.

ou d'une reine. L'accouchée est vêtue d'un corsage d'un fin drap d'or, fourré de martre, qu'elle change chaque dimanche. Des musiciens, joueurs habiles de toutes sortes d'instruments, font entendre une si douce mélodie, qu'on désireroit les écouter sans cesse. De plus, on se divertit par des danses de tous les genres [1]. »

Un poète de la même époque, Roger de Collerye, dans un dialogue composé l'année 1512, parle aussi du luxe des accouchées, de leurs colliers, de leurs riches accoutrements, et les représente pompeuses et rogues comme les figures du portail d'une église [2]. Cette mode avoit aussi frappé le satirique par excellence, Henry Estienne; il dit : « qu'on avoit donné à Paris le nom de *caquetoires* aux siéges sur les quels estans assises les dames (et principalement si c'estoit autour d'une gisante), chacune vouloit monstrer n'avoir point le bec gelé [3]. » De même Estienne Pasquier, dans ses *Ordonnances d'amour*, n'oublie pas de parler des caqueteuses qui bourdonnoient autour du lit des accouchées. En sage législateur qui permet ce qu'il ne peut empêcher, il leur donne licence pour toutes sortes de commérages [4].

Courval Sonnet, poète satirique assez connu, dont les œuvres ont été publiées cette même année, 1622, où parurent les premiers *Caquets de l'accouchée*, fait allusion, dans une pièce

1. Voir aux *Appendices*, n° 4.
2. Voir aux *Appendices*, n° 5.
3. Deux dialogues du langage françois italianizé, etc., in-8, p. 162.
4. Voir aux *Appendices*, n° 6.

dirigée contre le mariage, au luxe déployé par les femmes dans cette circonstance :

Les toilettes de nuict et les coiffes de couche,
Brassières de satin, quand Madame est en couche,
Sans oublier encor les coiffes de velours,
La robbe de damas avec tous ses atours [1].

Enfin, Coulange, dans une de ses chansons, célèbre le vieux lit où ses aïeules faisoient leurs couches et en recevoient compliment [2].

§ II. — Recueil général des Caquets de l'Accouchée.

On a pu juger, d'après les détails précédents, que la fable imaginée par l'auteur des *Caquets de l'Accouchée* est excellente et empruntée aux vieux usages de la bourgeoisie parisienne. Voyons comment elle est mise en œuvre. L'auteur suppose que, relevé naguère d'une grande maladie, il va consulter deux médecins différents d'âge et d'humeur, afin de savoir quel régime il doit suivre pour retrouver toute sa santé. Le plus jeune lui donne le conseil de s'en aller souvent à sa maison des champs, de s'y livrer au jardinage, de boire un peu de vin clairet, puis de remonter sur sa mule et de s'en revenir souper à Paris. Le plus vieux l'engage à se rendre souvent à la comédie, ou bien, s'il le préfère, à chercher une parente, une amie ou une voisine récemment accouchée, à lui demander la permission de se glisser dans la ruelle de son lit, afin d'y écouter

1. Les *Œuvres satyriques* du sieur de Courval-Sonnet, gentilhomme virois, etc., etc. Paris, 1622, in-8, p. 214.
2. Voir aux *Appendices*, n° 7.

tous les propos tenus par les commères réunies autour de l'accouchée. Ce dernier conseil est celui
qui sourit le plus à notre auteur. Dès le lendemain il s'empresse de le mettre à exécution. Il
s'en va donc rue *Quincampoix*, autrement dit
rue des Mauvaises-Paroles, chez une de ses cou-
sines, où il est bientôt installé sur une chaise tapissée, caché sous les rideaux de la ruelle. « Incontinent après, à une heure attendant deux,
arrivèrent de toutes parts toutes sortes de belles
dames, damoiselles, jeunes, vieilles, riches, mediocres, de toutes façons, qui, après avoir faict
le salut ordinaire, prindrent place chacun selon
son rang et dignité, puis commencèrent à caqueter
comme il s'ensuit. » (P. 12.) La scène ainsi décrite,
l'auteur y introduit ses personnages, qui viennent
tour à tour y débiter le rôle qu'il leur prête.

Dans la première journée, l'auteur passe en
revue différentes classes de la bourgeoisie parisienne : les officiers de justice, tels qu'avocats,
procureurs, notaires au Châtelet; les officiers
municipaux, tels que le prévôt des marchands,
les échevins et autres; les partisans, les prêteurs
sur gages, les financiers, sont mis tour à tour sur
la sellette, et assez maltraités. L'auteur ne craint
pas de dire le nom des usuriers, des enrichis célèbres de cette époque. Il lance plusieurs traits
acérés aux partisans de la réforme, contre lesquels il écrira plus loin une page très éloquente.
Il excelle à faire tenir aux acteurs qu'il met en
scène un langage en harmonie avec leur caractère, et disposé de telle sorte qu'ils se chargent de
faire leur propre satire. Dans ce genre, rien de
plus ingénieux que le récit de la marchande qui

le matin même avoit vendu la robe de noce à la fiancée d'un petit trésorier de province. (Voir plus loin, p. 17.)

La seconde journée est principalement consacrée aux affaires de la politique et de la religion. L'auteur parle en termes assez durs du connétable de Luynes et de ses deux frères. Il cite quelques vers injurieux qui couroient contre le premier (p. 66). Au sujet de la chute rapide du marquis d'Ancre et du connétable de Luynes, une dame de la cour tient ce propos : « Pour trois pelerins « qui alloyent en Emaüs, on vit aussitost naistre « quatre evangelistes dans le conseil. » (P. 67.) Les trois pèlerins d'Emaüs, ce sont les frères de Luynes, ainsi qu'on peut le comprendre d'après ce qui est dit plus haut; mais les quatre évangélistes, qui sont-ils? Henri, IIᵉ du nom, prince de Condé, en est un bien certainement, puisque la dame de cour ajoute : « Maintenant on ne faict plus rien que par l'advis de M. le prince de Condé, etc. » (P. 67.) Mais quels sont les trois autres évangélistes? C'est une question qui, pour être complétement résolue, nous entraîneroit un peu loin; nous nous contenterons de la signaler.

Quant aux affaires de la religion, elles avoient assez d'importance en 1622 pour exercer la langue de nos commères. L'auteur débute par quelques détails sur les réjouissances qui eurent lieu dans Paris au sujet de la canonisation de sainte Thérèse; puis, après avoir parlé des Cordeliers, des Carmélites, des pères de l'Oratoire et des Jésuites, il met en scène une vieille bourgeoise chaperounée à l'antique, qui, interpellant une réformée, fait observer qu'elle a lu Calvin, Clé-

ment Marot et Bèze, et une infinité de *grand.
philosophes*. « Mercy de ma vie, reprend la re-
ligionnaire piquée au vif, oui, je les ai lus; qu'er
voulez-vous dire, vieille sans dents? Continuant ce propos, elle déclare que les gens de sa
secte ne cherchent que concorde, fraternelle amitié, et ne veulent que *réformation*. — C'est bien
à faire à vous de nous reformer! reprend la vieille;
il y a douze cens ans que la France a quitté son
erreur pour s'enroller sous les drappeaux de la
vraye eglise; et aujourd'huy une femme voudra
la reformer! Il ne faut qu'un *Calvin*, qu'un Luther, et deux autres moines reniez et appostatz pour
faire refleurir l'ancienne majesté de l'Eglise! »

Ici l'auteur interrompt cette vive querelle pour
lancer contre les réformés un trait d'autant plus
vif qu'il est inattendu. « Un petit chien, dit-il,
qu'une certaine damoiselle de la rue S.-Paul portoit pour passe-temps, entendant parler de *Calvin*, leva sa teste, croyant qu'on l'appellast, car
c'estoit son nom, ce qui fust assez remarqué de la
compagnie; mais sa maistresse le resserra sous sa
cotte, de peur de faire deshonneur aux saintz. »
Puis, reprenant son propos, il fait tenir à la
vieille bourgeoise ce discours: « D'où sont venues toutes les guerres civilles qui ont miné et deserté toute ceste monarchie depuis quatre-vingt
ou cent ans? Vostre religion n'a-t-elle pas allumé
le feu aux quatre coins de la France? N'avons-
nous pas vu, au moins mon père me l'a dit cent
fois, depuis l'avenement du roy Henry II à la
couronne jusqu'à maintenant, tout ce royaume
bouleversé pour vostre subjet? On vous a veu
naistre tous armez comme les gens d'armes de la

Toison-d'Or, que Jason deffit; à peine eustes-vous sucé la doctrine impie de Calvin et de Luther, que vous minutastes dès lors la ruine de ceste couronne. N'avez-vous pas fait des extorsions estranges où vostre fureur et vostre rage a peu avoir le dessus? Combien de provinces, de villes, de bourgades et de bonnes maisons ont été ruinées par vos partisans! La Guienne, le Languedoc, les plaines de Jarnac, de Moncontour, de Dreux, et une infinité de fleuves, sont empourprés de sang, et jamais, toutesfois, la fortune ne vous a esté favorable en toutes les rencontres et batailles qui se sont données contre vous; le Ciel n'a jamais secondé vos monopoles; vos gens y ont tousjours laissé les bottes, et aujourd'huy il y en a entre vous de si acharnez qu'ils en recherchent les eperons. Il s'agissoit alors de la religion, c'estoit à vous à vous deffendre; mais maintenant que le roy veut proteger tous ses sujets en paix, sous l'authorité de ses edits..., ceux de la religion luy ferment les portes, font des assemblées et monopoles contre son service, tranchent du souverain en leurs factions, disposent des provinces et deniers royaux, constituent gouverneurs où bon leur semble, partagent tout ce royaume à leur volonté, bref, se persuadent que la France ne doive plus respirer que par leur moyen. Vous voilà tantost à la fin de la carrière. Le Roy tient le haut bout. Plusieurs viendront collationner en Grève pour aller souper en l'autre monde. » (P. 85.)

On nous pardonnera cette citation, bien qu'un peu longue, en faveur de l'éloquente indignation dont l'auteur a fait preuve; on y retrouve cette

haine invétérée des habitants de Paris contre l
religion nouvelle. Il suffit de se reporter à l'his
toire de nos guerres de religion du seizième a
dix-septième siècle pour comprendre la portée d
ce discours.

Dans la troisième journée, la conversation
roule principalement sur la bourgeoisie parisienne
dont les différentes classes sont censurées ave
une verve impitoyable des plus amusantes. C
sont d'abord les gens de finance et de robe : tré
soriers, greffiers, notaires et plusieurs autres ; le
médecins et les apothicaires viennent après eux
et ne sont pas épargnés. L'auteur trouve l
moyen de faire une petite digression sur les livre
et opuscules nouveaux qui se débitoient et su
les bévues commises par les imprimeurs. Il cit
entre autres deux *Vies de sainte Thérèse*, dan
l'une desquelles on fait dire à l'auteur que cett
sainte avait eu deux pères. Les femmes et les fille
de la bourgeoisie fournissent aussi leur bonn
part aux caquets de l'assemblée ; on y raconte,
en les amplifiant beaucoup, nous aimons à l
croire, les tromperies que les unes faisoient à leur
maris, ou les autres à leurs parents.

Ces trois journées composent la première partie,
et la plus originale, du recueil d'opuscules connu
sous le nom de *Caquets de l'Accouchée*. Elles
seules ont été publiées sous ce titre, et elles doivent sortir de la même plume. Les autres pièces,
imprimées, chacune avec un titre différent, aussi
pendant l'année 1622, sont, nous le croyons, de
plusieurs mains[1]. Du reste, ceux qui les ont écri-

1. Voir plus loin, § III, Bibliographie des *Caquets*.

tes ont suivi le même plan que l'auteur des trois *Caquets*, c'est-à-dire que, tout en devisant des nouvelles du jour, ils ont consacré chaque pièce à un sujet particulier. Ainsi, dans la quatrième assemblée, il est surtout question des mariages que les différentes classes de la bourgeoisie parisienne contractoient les unes avec les autres, et des mésalliances que faisoit trop souvent la noblesse pour s'enrichir. On y raconte plusieurs aventures tragiques ou scandaleuses, telles que l'histoire de la comtesse de Vertus, contrainte par son mari d'assister au meurtre de son amant (p. 139) ; celle du soufflet donné par un gentilhomme à un conseiller dans la galerie du Palais (p. 142). Entre les noms restés plus ou moins célèbres donnés par l'auteur à la fin de cette assemblée, je citerai celui de la duchesse de Chevreuse, qui, à cette époque, venoit d'épouser en secondes noces Claude de Lorraine. Une maîtresse des comptes s'exprime ainsi : « Je pense qu'elle n'a pas grand credit, encore qu'elle se veuille faire appeler Madame la Princesse. Je sçay bien qu'il y eut l'autre jour un grand bruict au Louvre pour cela, et qu'on lui fit de bonnes reprimandes. »

Au commencement de la cinquième assemblée, les affaires de la religion et de la politique reviennent de nouveau sur le tapis. Les exactions commises durant les siéges de Montauban, de Montpellier et de La Rochelle, par des fournisseurs infidèles, sont impitoyablement signalées. Nos commères parlent tout d'abord d'un certain *Desplan,* qui, de laquais du prince de Condé, s'éleva, par la faveur du connétable de Luynes, au grade de ma-

réchal de France ; viennent après les maréchaux de
Bassompierre et de Créqui et le connétable de Lesdiguières, qui tous trois sont assez rudement traités.

Avant de parler de ces illustres personnages, l'auteur introduit dans la chambre de l'accouchée deux femmes célèbres des règnes de
Henri IV et de Louis XIII, la duchesse de Verneuil (Henriette de Balzac d'Entragues) et *Mathurine*, folle de la reine Marie de Médicis. En
1622, cette duchesse de Verneuil, qui, vingt années auparavant, put se croire un instant reine
de France, n'avoit encore que quarante-trois ans.
Ce n'étoit plus cette femme séduisante au point que,
même après son mariage et malgré des trahisons
de toute sorte, Henri IV resta plusieurs années
son amant. Il ne rompit avec elle que vers l'année 1608. « Alors, dit Tallemant des Réaux,
elle se mit à faire une vie de Sardanapale ou de
Vitellius ; elle ne songeoit qu'à la mangeaille, qu'à
des ragoûts, etc. Elle devint si grasse qu'elle en
étoit monstrueuse ; mais elle avoit toujours bien
de l'esprit.[1] » Bassompierre avait eu long-temps
pour maîtresse Marie d'Entragues, sœur de la duchesse de Verneuil. En 1609, il eut d'elle un fils,
Louis de Bassompierre, mort évêque de Saintes.
Marie d'Entragues avoit obtenu de son amant
une promesse écrite de mariage, et lui en avoit
fait une autre de ne jamais s'en servir. Elle prenoit quelquefois le nom de madame de Bassom-
pière. Au Cours-la-Reine, son carrosse fut arrêté
devant celui de Marie de Médicis, qui étoit ac-

1. *Historiettes*, etc., de Henri IV, tome 1, de l'édition
in-18.

compagnée du maréchal : « Ah ! dit la reine,
voici madame de Bassompierre. — Ce n'est que
son nom de guerre, reprit assez haut le maréchal
pour être entendu. — Vous êtes un sot, Bassompierre, lui dit Marie d'Entragues. — Il n'a pas
tenu à vous, Madame. » Et les deux carrosses de
s'éloigner. On comprend pourquoi la duchesse de
Verneuil n'étoit pas d'humeur à entendre parler
de Bassompierre ; aussi la voyons-nous s'éloigner
au plus tôt.

Quant à *Mathurine*, c'étoit une femme d'assez
bas étage, qui jouoit à la cour de Marie de Médicis le rôle de folle du logis, et qui, sous ce prétexte,
avoit acquis le droit de dire à chacun toutes ses
vérités. Du Perron, contre lequel cette femme
dispute dans le premier chapitre du deuxième livre
de la *Confession de Sancy*, lui reproche toutes
sortes de vilenies, dont quelques unes pourroient
bien être vraies. Il est certain qu'elle touchoit une
pension de la reine, et que les petits enfants couroient après elle dans la rue, en criant : Aga !
Mathurine la folle ! Plusieurs pièces satiriques de
ce temps furent publiées sous son nom. Sa présence, dans la chambre de l'accouchée à ce cinquième Caquet, donna l'idée à quelque esprit libre et
facétieux d'écrire une petite pièce intitulée *les Essais de Mathurine*. On y trouve plusieurs traits
piquants et spirituels, mais ils sont gâtés par un
cynisme de langage que n'excuse même pas l'état
de folie du personnage à qui on le prête. Nous y
avons remarqué, du reste, un curieux détail sur la
vogue obtenue par les *Caquets de l'Accouchée :*
« *Vous autres lisarts, n'avez-vous point leu certain petit fatras qui se nomme le Caquet de*

l'Accouchée? Si avez, sans doute, si avez, car il s'en est vendu plus que d'epistres familières ou d'oraisons des saincts. » Malgré tout, cette pièce ne peut nullement entrer en comparaison avec les *Caquets*, qu'elle semble avoir pour but de censurer.

Nos bourgeoises terminent cette cinquième assemblée par des propos méchants dirigés contre leurs voisines. C'est un tableau de mœurs assez piquant et assez joliment esquissé. Le tout est couronné par un caquet sur le comte de Mansfeld [1].

La sixième assemblée est consacrée à une apologie railleuse fort amusante du sexe féminin ; elle est écrite avec autant de verve que de malice. Nous avons remarqué que l'auteur, à propos du courage déployé par les femmes, s'exprime ainsi sur Jeanne d'Arc : « N'avons-nous pas cette généreuse guerrière en France, la Pucelle d'Orléans, qui s'est signalée en tant de combats, rencontres, en tant d'assauts et batailles, sans aller en Thrace chercher les antiques Amazones ? »

Nous n'avons rien à dire des deux dernières assemblées, dans lesquelles il n'est question que d'aventures privées et de commérages de quartier. On y parle à plusieurs reprises du bruit que faisoient dans Paris les premiers *Caquets de l'Accouchée.* Les petits cahiers sont lus et examinés soigneusement par nos commères, qui ne tardent pas à reconnoître le portrait et l'historique des unes et des autres, et à se les signaler entre elles impitoyablement. Dans la septième journée, l'au-

---

1. Voyez, page 191, la note sur ce passage.

teur explique comment il a pris soin de se déguiser en apothicaire, de ne pas prendre sa place accoutumée dans la ruelle de sa cousine, et de se mettre *au bout de la tapisserie.* C'est le moment qui a été choisi par Abraham Bosse dans cette gravure où il nous a si bien représenté la chambre de l'accouchée. Une des commères, femme d'un huissier à verge, propose à ses compagnes de rédiger une lettre de désaveu, que l'on trouve jointe à la sixième journée. Enfin, dans l'*Anti-Caquet*, sous prétexte de répondre aux accusations différentes portées contre les diverses classes de la bourgeoisie parisienne, l'auteur ajoute de nouveaux détails à ceux qu'il a donnés, et cite plusieurs noms, tant parmi les médecins que parmi les gens de robe ou de finance. Cette petite pièce, écrite sur le même ton et dans le même style que les quatre premières, paroît être sortie de la même plume.

Nous avons signalé précédemment les principaux personnages et les événements historiques dont il est question dans les *Caquets de l'Accouchée;* nous ajouterons qu'on y trouve aussi, sur l'histoire physique et morale de Paris, des détails nombreux, qu'il seroit trop long d'énumérer ici. Nous indiquerons seulement, dans le premier Caquet, ceux qui ont rapport au *Pont-Neuf* et au *charlatan* (p. 10), au *feu de la Saint-Jean* (p. 23), à l'*hôpital Saint-Germain* (p. 25), à la construction du *Pont-au-Double* (p. 41); dans le second, la fête de la canonisation de *sainte Thérèse* (p. 48), l'incendie du *Pont-au-Change* et la cherté du loyer des maisons (p. 58), les *voleurs* (p. 70), les revenants et mauvais es-

prits ; la statue de Cérès du couvent des Carmélites (p. 74), les Pères de l'Oratoire (p. 78) et les
Jésuites (p. 82).

Nous devons encore signaler la dernière des
trois pièces que nous avons jointes aux *Caquets
de l'Accouchée ;* elle a pour titre : *Sentence par
corps obtenue par plusieurs femmes de Paris
contre l'auteur des Caquets.* C'est une facétie
très spirituelle écrite dans le style du Palais, qui
attribue la composition des *Caquets* au *baron de
Grattelart,* un des farceurs de ce temps. Mondor,
Tabarin et sa femme portent plainte devant Gautier Garguille ; celui-ci fait faire une enquête par
Gros-Guillaume, Jean Farine et La Vigne, autres
farceurs de la même époque, qui demandent et
obtiennent jugement contre le coupable. Cette
pièce, des plus rares, est une nouvelle preuve
du succès de vogue obtenu par l'auteur de ces
satires, aussi mordantes que hardies.

§ III. *Auteur des* Caquets de l'Accouchée. —
*Editions originales et réimpressions. — Mé-
thode suivie dans cette nouvelle édition.*

Non seulement l'auteur des *Caquets de l'Accouchée* a gardé le plus strict anonyme, mais
encore il a eu soin de ne rien dire qui pût faire
deviner à quelle classe de la société parisienne il
appartenoit. Cette phrase de l'avis au lecteur
dans l'édition de 1623 : *Quand tu sçaurois quel
je suis, volontiers agreerois-tu davantage cet
œuvre, voyant qu'estant ce que Dieu m'a faict*

naistre et colloqué en un rang qui me separe du vulgaire, *etc.*, paroît se rapporter plutôt au caractère de l'auteur qu'à sa condition. D'ailleurs, nous ne pensons pas que l'anonyme réviseur de l'édition collective de 1623 soit l'auteur des pièces originales publiées l'année précédente. Nous n'en voulons pour garant que les mutilations maladroites qu'il a fait subir à ces pièces sans aucune nécessité. Il est facile de comprendre pourquoi l'auteur des *Caquets* a pris tant de précautions afin de rester inconnu. Les hardiesses de ses satires, l'audace avec laquelle il nommoit tous ses personnages, l'eussent sans nul doute exposé à toutes sortes de désagréments. Le titre des quatre premières pièces originales ne porte aucun nom de ville ni d'imprimeur; dans celles où le nom de Paris est indiqué, imprimeur et libraire ont eu soin de se cacher sous un facétieux pseudonyme, tel que : *De l'imprimerie de Lucas Joffu, comédien ordinaire de l'Isle du Palais.*

On a pensé que Deslauriers, comédien de l'hôtel de Bourgogne, qui, sous le nom de *Bruscambille* [1], a publié plusieurs ouvrages facétieux, pourroit bien avoir écrit les *Caquets de l'Accouchée*. Le judicieux auteur de l'*Analectabiblion*, qui émet cette opinion sous toutes réserves, trouve entre les Fantaisies de Bruscambille et les *Caquets* une *certaine conformité de tour d'esprit et d'historiette* [2]. Il est possible que des historiettes ra-

---

1. V. Brunet, *Manuel du Libraire*, t. 1, au mot *Bruscambille*.

2. *Analectabiblion*, ou extraits critiques de divers livres rares, oubliés ou peu connus, tirés du cabinet du marquis D. R**. Paris, 1837, in-8, t. 2, p. 170.

contées dans les *Caquets* soient empruntées aux
œuvres de Deslauriers. Malgré tout, entre le style
et le genre d'esprit de l'auteur des *Caquets* et le
comédien de l'hôtel de Bourgogne nous trouvons
une différence trop grande pour accepter ce rap-
prochement. Nous croyons plutôt que c'est dans
la magistrature parisienne qu'il faut chercher l'auteur anonyme. Quel que soit le rang qu'il ait eu,
quelle que soit la profession qu'il ait exercée, on
ne peut lui refuser une grande connoissance des
affaires politiques et religieuses de son temps.
Plusieurs des opinions qu'il émet sont dans un
tel accord avec celles que professoit le cardinal
de Richelieu qu'il est impossible de chercher l'auteur anonyme autre part que dans les serviteurs
du célèbre ministre. Un heureux hasard fera
peut-être un jour découvrir ce petit mystère, resté
jusqu'à présent impénétrable.

Les *Caquets de l'Accouchée*, avons-nous dit
plus haut, furent publiés dans le cours de l'année 1622, sous des titres différents. Voici ces
titres, que nous copions sur les originaux :

1° Le Caquet de l'Accouchée. MDCXXII,
in-8 de 24 pages, y compris le titre.

2° La seconde Après-Disnée du Caquet de
l'Accouchée. MDCXXII, in-8 de 32 pages, y
compris le titre.

3° La troisiesme Après-Disnée du Caquet de
l'Accouchée. MDCXXII, in-8 de 32 pages, y
compris le titre.

4° La dernière et certaine Journée du Caquet
de l'Accouchée. MDCXXII, in-8 de 24 pages,
y compris le titre.

5° Le Passe-Partout du Caquet des Caquets de la nouvelle Accouchée. MDCXXII, in-8 de 32 pages avec le titre.

6° La Responce aux trois Caquets de l'Accouchée. MDCXXII, in-8 de 16 pages, y compris le titre. En tête de la page 3 on lit : La Responce des Dames et Bourgeoises de la ville de Paris au Caquet de l'Accouchée. Une autre édition de la même pièce porte le titre suivant : La Responce des Dames et Bourgeoises de Paris au Caquet de l'Accouchée, par mademoiselle E. D. M. A Paris, chez l'imprimeur de la Ville, à l'enseigne des Trois-Pucelles.

7° Les dernières Parolles ou le dernier Adieu de l'Accouchée.— Ensemble ce qui c'est passé en la dernière visite et quatriesme Après-Disnée des Dames et Bourgeoises de Paris. A Paris, de l'imprimerie de Lucas Joffu, comédien ordinaire de l'Isle du Palais. MDCXXII, in-8 de 16 pages, y compris le titre.

8° Le Relevement de l'Accouchée. A Paris, MDCXXII, in-8 de 16 pages, y compris le titre.

A ces huit pièces il faut en joindre trois autres qui ont été publiées cette même année 1622, et qui sont un complément nécessaire du recueil :

1° L'Anti-Caquet de l'Accouchée. MDCXXII, in-8 de 14 pages, y compris le titre.

2° Les Essais de Mathurine. S. L., S. D., in-8 de 16 pages, y compris le titre.

3° La Sentence par corps obtenue par plusieurs femmes de Paris contre l'autheur des Caquets de l'Accouchée. A Paris, etc., MDCXXII, 16 pages, y compris le titre.

L'année 1623, les huit premières pièces seulement servirent à la composition d'un recueil au sujet duquel nous allons donner quelques détails. Voici le titre de la première édition :

RECUEIL général des Caquets de l'Accouchée, ou Discours facétieux où se voit les mœurs, actions et façons de faire des grands et petits de ce siècle ; le tout discouru par Dames, Damoiselles, Bourgeoises et autres, et mis par ordre en VIII après-dinées qu'elles ont faict leurs assemblées, par un secretaire qui a le tout ouy et escrit, avec un discours du Relevement de l'Accouchée.

Imprimé au temps de ne se plus fascher. (Paris,) 1623, petit in-8.

Cette édition du Recueil général est la plus recherchée; elle a 200 pages, précédées de 4 feuillets qui contiennent un frontispice gravé, un titre, un avis au lecteur et des vers de l'auteur anonyme, que nous avons reproduits.

Il a été fait en 1624 deux éditions de ce recueil, petit in-8, qui sont aussi très recherchées. L'une contient 3 feuillets préliminaires, 198 pages et un frontispice gravé; l'autre comprend 180 pages, sans compter les feuillets préliminaires et le frontispice gravé.

Il y a aussi une édition de 1625, avec un titre gravé portant le millésime de l'année précédente.

Citons encore, ajoute M. Brunet dans son Manuel du Libraire, t. 4, p. 45, les éditions de Poitiers, par Abr. Mounin, 1630, petit in-8. — De Troyes, Claude Bridon, ou Nicolas Oudot,

1630, petit in-8 de 94 feuillets non chiffrés et 2 feuillets préliminaires (sous le titre de Recueil général des quaquets [*sic*]).—De Troyes, Denis Clément (sans date), petit in-8 de 95 feuillets non chiffrés, signés A. M. — De Troyes, Nic. Oudot (sans date), petit in-8 de 2 et 72 feuillets non chiffrés.

Nous avons comparé plusieurs de ces éditions les unes avec les autres : elles reproduisent toutes le texte de l'édition de 1623 ; seulement, plus elles s'éloignent de cette date, plus elles contiennent de fautes. En 1847, une réimpression textuelle du Recueil général des Caquets de l'Accouchée, d'après l'édition de 1625, fut faite à Metz, petit in-8 carré, et tirée seulement à soixante-seize exemplaires. Cette réimpression est suivie d'une notice de l'éditeur, signée L. H. F.

Il faut signaler entre les pièces originales et les éditions collectives des différences notables que le réviseur a cru devoir introduire afin de donner au livre une plus grande uniformité. Ces changements sont faits avec assez de maladresse, comme on peut en juger d'après le début et la fin du sixième Caquet. (Voir page 195 et page 210.)

Nous n'avions qu'une marche à suivre pour cette nouvelle édition : réimprimer textuellement les pièces originales, en y joignant les principales variantes d'après l'édition collective de 1623 ; ajouter les trois pièces l'*Anti-Caquet*, les *Essais de Mathurine* et la *Sentence par corps*, qui, depuis l'année 1622, n'ont jamais été réimprimées ; ajouter au texte le plus d'éclaircissements possible sur les événements et les personnages dont il est question dans les Caquets de l'Accouchée. M. Edouard Fournier, connu par des travaux excellents sur l'histoire de la ville de Paris, s'est chargé de cette dernière partie, aussi longue que difficile. A force de recherches dans les documents des règnes de Henri IV et de Louis XIII, presque tous les points importants traités par l'auteur des Caquets ont été éclaircis, et presque tous les noms propres, souvent obscurs, ont été les objets de notices biographiques. Cependant plusieurs noms et plusieurs faits sont restés impénétrables : M. Fournier a préféré garder le silence que d'émettre des conjectures. Un index de tous les noms cités dans ce Recueil nous a paru nécessaire pour faciliter les recherches, car nous espérons que ce livre, qui n'a été considéré jusqu'à présent que comme une facétie divertissante, sera classé dorénavant parmi les ouvrages historiques, échos fidèles des préjugés et des opinions d'une époque.

LE ROUX DE LINCY.

APPENDICE.

—

I.

Car, puisque nous sommes à parler des marchandes, ne fut-ce pas voirement grand oultraige à cette femme de marchand de vivre voire comme marchant. Ce n'est mie comme ceulx de Venise ou de Gennes, qui vont oultre-mer et par tous pays ont leurs facteurs, achaptent en gros et font grandz fraiz, et puis semblablement envoyent leurs marchandises en toutes terres, à grandz fardeaulx, et ainsi gaignent grandz richesses, et tels sont appellez nobles marchantz; mais celle dont nous disons achapte en gros et vend en detail pour quatre souz de denrées, se besoing est, ou pour plus ou pour moins, quoiqu'elle soit riche et portant trop grand estat. Elle fist une gesine d'ung enfant qu'elle eut n'a pas longtemps. Ains qu'on entrast dans sa chambre, on passoit par deux autres chambres moult belles, où il y avoit en chascune un grand lict, bien et richement encourtiné ; et , en la deuxiesme, ung grand dressoir, couvert comme ung autel , tout chargé de vaisselle d'argent; et puis, de celle-là on entroit en la chambre de la gisante , laquelle estoit grande et belle, toute encourtinée de tapisserie faicte à la devise d'elle, ouvrée très richement de fin or de Chippre ; le lict grand et bel, encourtiné d'ung moult beau parement, et les tappis d'entour le lict mis par terre, sur quoy on marchoit, tous pareilz à or. Et estoient ouvrez les grandz draps de parement , qui passoient plus d'un espan par soubz la couverture, de si fine toille de Reims, qu'ils estoient prisez à trois cens frans ; et tout par dessus le dict couvertouer à or tissu estoit ung autre grand drap de lin aussi délié que soye, tout d'une pièce et sans cousture, qui est une chose nouvellement trouvée à faire et de moult grand coust, qu'on prisoit deux cens frans et plus , qui estoit si grand et si large qu'il couvroit de tous lez le grand lict de parement, et passoit le bort du dict couvertouer qui traisnoit de tous les costez ; et en celle chambre estoit ung grand dressoir tout paré, couvert de vaisselle dorée ; et en ce lict estoit la gisante, vestue de drap de soye tainct en cramoisy, appuyée de grandz oreillez de pareille soye, à gros boutons de perles, atournée comme une damoyselle. Et Dieu scet les autres superfluz despens de festes, baigneries , de diverses assembleez, selon les usaiges de Paris à accouchées, les unes plus que les autres, qui là furent faictes en celle gesine ! Et pour ce que cest oultraige passa les autres (quoy qu'on en face plusieurs grandz), il est digne d'estre mis en livre. Si fust ceste chose rapportée en la chambre de la Royne, dont aucuns dirent que les gens de Paris avoient trop de sang , dont l'abondance aucunes fois engendroit plusieurs maladies. C'estoit à dire que la grand habondance de richesses les pourroit bien faire desvoyer ; et pour ce seroit le mieulx que le roy les chargeast de aucun ayde, emprunt ou taille ; par quoy leurs femmes ne se allassent plus comparer à la royne de France, qui guères plus n'en feroit. (F° 107 de *le Trésor de la cité des dames , selon dame Christine, de la cité de Pise, livre très utile et prouffitable pour l'introduction des roynes , dames , princesses et autres femmes de tous estats , auquel elles pourront veoir la grande et saine richesse de toute prudence , saigesse , sapience, honneur et dignité dedans contenue. — Avec privilége. — 1536 , in-8.)*

II.

Or approche le temps de l'enfantement ; or convient qu'il ait compères et commères à l'ordonnance de la dame ; or a grand soussy pour querir ce qu'il faut aux commères et nourrisses et matrones qui y seront pour garder la dame tant comme elle couchera, qui beuvront de vin autant comme l'en en bouteroit en une bote. Or double sa peine ; or se voue la dame en sa douleur en plus de vingt pelerinages , et le pauvre homme aussi la voue à tous les saincts. Or viennent commères de toutes pars ; or convient que le pauvre homme face tant que elles soient bien aises. La dame et les commères parlent et raudent et dient de bonnes chouses , et se tiennent bien

aises, quiconques ait la peine de le querir, quelque temps qu'il face ; et s'il pleut, ou gelle, ou
grelle, et le mary soit dehors, l'une d'elles dira
ainsi : Hellas ! mon compère, qui est dehors, a maintenant mal endurer ! Et l'autre repond qu'il n'y a force
et qu'il est bien aise. Et s'il avient qu'il faille aucune
chose qui leur plaise, l'une des commères dira à la
dame : Vraiment, ma commère, je me merveille
bien, si font toutes mes commères qui cy sont, dont
vostre mary fait si petit compte de vous et de vostre
enfant ! Or, regardez qu'il feroit si vous en aviez cinq
ou six. Il appert bien qu'il ne vous ayme guères : si
lui feistes-vous le plus grand honneur de le prendre
qu'il avenist oncques à pièce de son lignage. — Par
mon serment, fait l'autre des commères, si mon mary
le me faisoit ainsi, je ameroye mieux qu'il n'eust œil
en teste. — Ma commère, fait l'autre, ne lui accoustumez pas ainsi à vous lesser mettre sous les piez, car
il vous en feroit autant ou pis, l'année à venir, à vos
autres accouchemens, etc., etc. . . . .
. . . .

Or de sa part, le proudomme fait aprester à diner
selon son estat, et y travaille bien, et y mettra plus de
viande la moitié que au commencement propousé n'a-
voit, par les ataintes que sa femme lui a dites. Et tan-
toust viennent les commères, et le proudomme va au
devant, qui les festoye et fait bonne chière, et est sans
chapperon par la meson, tant est jolis, et semble un
foul, combien qu'il ne l'est pas. Il maine les commères devers la dame en sa chambre et vient le premier
devers elle, et lui dit : M'amie, voyez cy vos commères qui sont venues. — *Ave Maria*, fait-elle, je

amasse mieulx qu'elles fussent à leur meson, etc.
Lors les commères entrent ; elles desjunent, elles
disnent, elles menjent à raassie ; maintenant boivent
au lit de la commère, maintenant à la cuve, et con-
fondent des biens et du vin plus qu'il n'en entreroit
en une bote ; et à l'aventure il vient à barrilz où n'en
y a que une pipe. Et le pouvre homme, qui a tout le
soussy de la despense, va souvent voir comment le
vin se porte quand il voit terriblement boire. L'une
lui dit ung brocart, l'autre li gette une pierre dans
son jardin. Briefvement, tout se despend ; les commères s'en vont bien coiffées, parlant et janglant, et ne
s'esmoient point dont il vient...., etc. (P. 26 des
QUINZE *Joyes de mariage* ; nouvelle édition, conforme
au manuscrit de la Bibliothèque de Rouen, etc.
Paris, Bibliothèque elzevirienne de P. Jannet,
1853.)

Le passage suivant, des *Ténèbres de Mariage,*
complète le tableau :

Quand vient à l'enfant recevoir,
Il fault la sage-femme avoir,
Et des commères un grand tas.
L'une viendra au cas pourvoir ;
L'autre n'y viendra que pour veoir
Comme on entretient telz estatz.
Vous ne vistes oncq tel caquet :
Çà ces drapeaux, çà ce paquet,
Çà ce baing, ce cremeau, ce laict
Et voilà le povre paquet
Qui luy servira de haquet,
De chamberière et du varlet.

III.

Dieu scet se bien sont espluchées
Paroles et menus fatras
Aux chambres de ces accouchées ;
Les fenestres ne sont bouchées
Que à faulx et à manches d'estrilles ;
Les couches ne sont attachées
Que de grands lardons pour chevilles ;
Les carreaux sur quoy scent les filles
Sont pains d'ung tas de semi-dieux ;
Les tapis, ce sont evangilles
Et vies à povres amoureux.
Au chevet du lict, pour tous jeux,
Pend ung benoistier qui est gourd,
Avec ung aspergès joyeulx,
Tout plain d'eaue benoiste de court ;
La garderobbe, c'est la court
Là où on traicte noz mignons ;
Là on n'espargne sot ne sourt ;
C'est là où on les tient sur fons.
L'une commence les leçons
Au coing de quelque cheminée,
Et l'autre chante les responz
Après la légende dorée.
Sitost que matine est sonnée,
Il n'y a ne quignet ne place
Que on n'y carillonne à journée ;
Il est tousjours la Dedicace.

En la messe il y a Preface,
Mais de *Confiteor* jamais.
Oncques puis le temps Boniface
Aussi on n'y bailla la paix,
Car il y a entre deux ais
Tousjours quelqu'une qui grumelle
D'entre sa voisine d'emprès,
Qui veult dire qu'elle est plus belle.
Bref, c'est une droicte chappelle,
Et si n'y a prelat d'honneur
Qui ne tâche bien, sans sequelle,
D'avoir place d'enfant de cueur.
L'une comptera de Monsieur,
Et l'autre d'une creature
Qui a cul de bonne grosseur,
Mais il ne vient pas de nature.
L'une dict que c'est enfanture,
L'autre dira qu'il n'en est rien,
Et, pour oster la conjecture,
Chascune faict taster le sien,
S'il est fagotté, s'il est bien,
S'il est troussé, s'il est serré,
S'il est espais, quoy et combien;
S'il est rond, ou long, ou carré.
Tel y a, s'il estoit paré,
Et qu'on lui vist un peu la cuisse,
On le trouveroit bigarré
Comme un hocqueton de Souysse.
Celuy-si, me semble, est bien nice
Qui fonde dessus une maison,
Car, quelque chose que on bastisse,
Le fondement n'en est point bon.

Après qu'on a dit ce jargon ,
Tantost après arrivera
Une grande procession
Qui d'aultre matière lira.
L'une d'elles commencera
A resgaudir ses esperitz ;
Dieu scet s'elle praticquera
Le tiltre *De injuriis*!

Quelqu'une , par moyens subtilz ,
Ira semer de sa voysine
Qu'elle suborne les amys
Et les chalans de sa cousine ;
D'une autre on dira que c'est signe
D'une parfaicte mesnagière
Prester, pour garder sa cuisine ,
Son cul plustost que sa chaudière.
S'on touche de quelque compère ,
L'une dit qu'il est trop faschant ,
L'autre qu'il a belle manière ,
Mais il se panche un peu devant ,
D'ung tel , il sent son entregent ,
Et si luy siet bien à dancer ,
Mais il n'a pas souvent argent ;
Il ne scet que c'est que foncer.
Quelque vieille va commencer
A filler, qui empongnera
Sa quenoille de Haut tancer ,
Son fuzeau de Tout se dira ,
Les estoupes de On le sçaura ,
Le rouet de J'ay bec ouvert ,
Le vertillon de On verra

Le pot aux roses descouvert.
Le fil de la quenoille est vert
Et si delié pour s'enfiler,
Que le grand diable de Vauvert
A peine s'en peut desmesler.
Pour mieux à l'aise vaneler,
On met estoupes par dedans
La saincture de Trop parler,
Et là couche l'on des plus grans.
On empesche langues et dents,
Et mettent leurs soings et leurs cures
Par lardons, broquars, motz piquans
A exposer les escriptures.
C'est ainsy que telz créatures,
En parlant de l'autre et de l'ung,
Lisent le tiltre *Des injures.*

> (Guillaume Coquillart, *Poëmes des droits nou-
> veaux*, t. 1, p. 134, des œuvres complètes
> (publiées par M. Tarbé). Reims-Paris, 1847,
> in-8, 2 vol.)

IV.

L'aultre dira, comme trop medisante :
Hélas ! commère, d'une telle gesante
Si vous voyiez la pompe et braguerie,
Vous jugeriez qu'est vraye mocquerie ;
Elle a ses lictz, la popine accouchée,
Et mesmement où la dicte est couchée,

Si bien garniz et si très bien à poinct,
Que mieulx en ordre ne sçauroit estre poinct.
Ung lict d'anticque peint d'or, d'asur et d'acre,
Au bord du quel, pour servir de soubdiacre,
Maint ung muguet, trouvères et causeur,
Prothonotaire, ou bien aultre jaseur,
Qu'entretiendra icelle dicte dame
Sans honte avoir, en cestuy monde deame.
Sur une chaire le gallant est assis
Qui de pareilles aura bien cinq ou six,
De fin velours, de drap d'or ou broché;
Sur celles chaires par grand gloire couché;
Lict et couchette, et chambre ou morte soye,
Sont tous garniz de drap d'or ou de soye.
Si la chambre est parfumée et parée,
N'en faut parler; elle est équiparée,
Ou bien y a encor plus de richesse
Qu'en nulle chambre de grand dame ou duchesse,
Et si n'ay paour que disse chose vaine
Quand je diroys qu'est plus fort d'une Royne.
Du demeurant, s'il est bien, Dieu le sçait!
Dessus son corps elle porte un corset
D'ung fin drap d'or frizé, pour vray le diz,
Fourré de martres ils ont veu plus de dix;
Et qui pis est, sans que du propos sorte,
Tous les dimanches en a changé de sorte.
De menestriers, puisqu'il faut que le dye,
Et d'instrument y a telle melodie,
Tant de chansons, d'orgues et de plaisir,
Que vous n'auriez certes aultre desir
Que d'escouter leurs accords et cadences,
Et compasser maintes sortes de dances;

Dancer verrez celles dances lombardes
Que l'on appelle en ce temps cy gaillardes.

(*Controverses des sexes masculin et fœmenin.*
Paris, Denis Janot, etc. 1540, pet. in-8, f°
32, R° [par Gratien du Pont].)

V.

LE FRÈRE.

Voirement
Que dict-on de nos acouchées?

LA SEUR.

Qu'on en dict? Tout premièrement,
Les unes sont trop longuement
En leur lict mollement couchées.

LE FRÈRE.

Elz sont bouchées.

LA SEUR.

Elz sont touchées.

LE FRÈRE.

Ilz leur fault tant mirlificques.

LA SEUR.

Elz sont visitées et preschées
Et bien souvent plus empeschées
Qu'on est à baiser les reliques.

LE FRÈRE.

Les brasseroles magnifiques...

LA SEUR.

Riches carcans,

LE FRÈRE.

Tapisserye...

LA SEUR.

De peur qu'elz ne soient fleumatiques,
Ou trop mègres ou trop eticques,
On vous les sert d'espicerye.

LE FRÈRE.

Hypocras...

LA SEUR.

La patisserie.

LE FRÈRE.

Couliz de chapons...

LA SEUR.

Tant de drogues.

LE FRÈRE.

Arrière la rotisserie!

LA SEUR.

Fy! fy! Ce n'est que mincerie.

LE FRÈRE.

En leur lict, pompeuses et rogues...

LA SEUR.

Bendées...

LE FRÈRE.

Comme les synagogues
Qu'on voit au portail de l'eglise.

LA SEUR.

Accouchées ont le temps.

LE FRÈRE.

Les vogues...

LA SEUR.

Je ne deuil que de vielles dogues
Qui font les sucrées.

LE FRÈRE.

C'est la guyse.

LA SEUR.

Mon frère, il est temps qu'on s'avise
D'aller autre part caqueter.

(Dyalogue composé l'an mil cinq cent douze
pour jeunes enfans [*Œuvres de maistre
Roger de Collerye, etc.* Paris, *Bibliothèque
elzevirienne de P. Jannet,* 1855, in-16].)

VI.

« 17. — Deffendons de faire le procès extraordinaire à quelques personnes que ce soit, si ce n'est
chez les accouchées ou autres bureaux solennels à ce

expressement dediez, ausquels lieux seront traictez
et decidez tous affaires d'Estat, et signamment ceux
qui concernent les mariages inegaux, soit pour le
regard de l'aage, des mœurs ou des biens; et pareillement les bons ou mauvais traictements des maris à l'endroict de leurs femmes, et au reciproque,
des femmes envers leurs maris; les entreprinses qui
se font par unes et autres dames au pardessus de leurs
puissances et dignitez, et, à peu dire, toutes telles
matières qui regardent tant la police que le criminel. En quoy nous enjoignons et très expressément
commandons à toutes dames, damoiselles et bourgeoises, de quelque état et condition qu'elles soient,
vuider sommairement et de plein telles matières,
sans aucun respect ou acception de personnes. »

(Est. Pasquier, *Ordonn. générales d'a-
mour*... Paris, 1618, in-8, p. 8.)

VII.

Sur un vieux lit de famille retrouvé à Susy, chez madame Amelot.

Sur l'air : *Enfin, grâce au dépit.*

Enfin je vous revois, vieux lit de damas verd.
Vos rideaux sont d'été, vos pentes sont d'hiver;
Je vous revois, vieux lit si chéri de mes pères,
   Où jadis toutes mes grands-mères,

Lorsque Dieu leur donnoit d'heureux accouchements,
De leur fecondité recevoient compliments.
Helas ! que vous avez une taille écrasée !
On ne voit plus en vous ni grâce ni façon....
    Autant de modes que d'années.
    Aujourd'huy, le tapissier Bon
    A si bien fait par ses journées,
    Qu'un lit tient toute une maison.

        (*Recueil de Chansons* [par Coulanges].
          Paris, 1694, in-8, p. 72.)

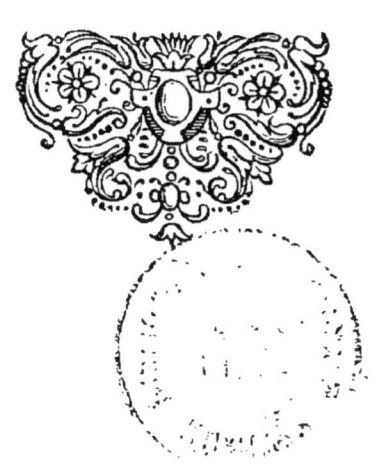

RECUEIL GENERAL

DES CAQUETS

DE L'ACCOUCHÉE

Ou discours facecieux où se voit les mœurs,
actions et façons de faire de ce siècle,

*Le tout discouru par Dames, Damoiselles,
Bourgeoises et autres,*

Et mis par ordre en viij. après-dinées, qu'elles
ont faict leurs assemblées, par un Secretaire qui a le tout ouy et escrit;

Avec un discours du relevement de l'Accouchée.

———

Imprimé au temps de ne se plus fascher
M. DC. XXIII.

AU LECTEUR CURIEUX[1].

*Q*uelques critiques (m'asseuray-je),
voyant que le frontispice de ces diverses journées du Caquet de l'Accouchée n'est decoré d'aucun tiltre
autre que celuy que la qualité de la chose luy
donne, riront à gorge desployée du secretaire
qui a ramassé une chose infructueuse pour en
faire part au public, et d'une imposture s'effor-
ceront à ternir sa reputation. Mais je ne veux
en cela arrester leur ordinaire regime, m'estant
une chose indifferente ce qu'ils en pourront dire,
pardonnant aussi librement à leur calomnie
comme l'on pardonne aux corbeaux croassans,
parce qu'ils ont ce langage de nature : jamais
les corps des cyones n'ont esté plus invulnerables
aux traicts des centaures que mon ame l'est au
langage des langues mesdisantes. Ce n'est à
eux ny pour eux que je me suis adonné à ceste

1. Cet avertissement ne se trouve qu'en tête du *Recueil
général.*

occupation, ains pour les esprits vuides de passion, et qui, desireux de ronger la moelle des escrits, ne s'arrestent à l'escorce. La chose, pour naïfve qu'elle soit, contient en soy de l'enphaze, et, sous des apparences basses, il y a des effects relevez dignes de contenter les ames les plus difficiles. Voy donc, amiable lecteur, c'est ouvrage de bon œil; il n'a esté mis au jour que pour reformer les mœurs, reigler les actions et retrancher les abus. Cet escrit ne retient rien de la flatterie; il publie murement les choses comme elles sont, retenant de la liberté de vivre des anciens, qui preferoient le supplice à la complaisance. Quand tu sçaurois quel je suis, volontiers agrerois - tu davantage cet œuvre, voyant qu'estant ce que Dieu m'a faict naistre, et colloqué en un rang qui me separe du vulgaire, tu croirois qu'il y auroit apparence que je ne me fusse appliqué à ce travail s'il n'estoit profitable. Je cache mon dessein aussi bien que mon nom pour ce coup, me contentant de t'asseurer qu'aucune intention de mesdire ne m'a faict prendre tant de peine, mais seulement afin que plusieurs qui se recreront en la lecture de ceste pièce profitent de mon labeur. Lis attentivement cet abregé de la vicissitude humaine, et tu trouveras quelque chose propre à assouvir ton appetit, si au moins, desbauché et despravé, toutes sortes de viandes ne luy sont à cœur. Adieu.

VERS DE L'AUTHEUR[1].

L'oysiveté est dommageable
A un esprit infatigable
Qui cherist la diversité;
Le mien, qui jamais ne se lasse,
Veut faire voir comme se passe
Le temps aux couches limité.

Aprestez vos gorges pour rire
De ce que j'ay voulu descrire
En ces Caquets d'accouchement;
La matière est si trivialle,
Qu'il n'y a suject qui l'égale
Pour prendre du contentement.

Si l'accouchée est en collère
De me voir conter le mystère

1. Ces vers se trouvent seulement dans le *Recueil général.*

Du secret dit en sa maison,
J'appaiseray sa fantasie,
Et d'une parole adoucie
Je luy en diray ma raison.

LE CAQUET

DE L'ACCOUCHÉE

M. D C. XXII[1].

Nouvellement relevé d'une grande et penible maladie, de laquelle j'avois esté fort bien pensé, me donna le subject de me gouverner doresnavant par le regime de vivre que l'on m'en donneroit : pour quoy je fis assembler deux medecins de divers aages et diverses humeurs, qui, après m'avoir veu en bon estat, chacun d'eux dict son advis sur mon futur gouvernement et pour retourner en ma pristine santé.

Le plus jeune oppina le premier, et me dit qu'il donnoit conseil à autruy selon qu'il se gouvernoit luy-mesme, qui estoit d'aller souvent en sa maison des champs pour secoüer l'oreille de la tulippe et du martigon, faire cinq ou six tours de

---

1. Dans le *Recueil général*, cette partie est intitulée : *La première journée de la visitation de l'accouchée.*

jardin, prendre la dragme du vin clairet, puis monter sur son mulet et s'en revenir soupper à Paris, et qu'ainsi l'air des champs divertissoit les mauvaises humeurs, restauroit les membres et reveilloit l'esprit.

L'autre medecin, plus vieil, fut d'advis que ce plaisir estoit trop court, et que, souvent reyteré, en fin il ennuyoit plus qu'il ne donnoit de plaisir; pour son regard, qu'il ne trouvoit point un plus grand divertissement d'esprit que la comedie, la tragedie et la farce, et que souvent il la faisoit joüer en sa presence, et par ses enfans mesmes[1], sans avoir esgard à ce vieux dicton : *Corrumpunt mores colloquia prava*, et quoy que, parmy ces jeux, les enfans impriment mille astuces et fallaces en leurs ames, se mocquans ordinairement de toutes personnes sans suject. Mais passe, c'est pourtant un des plaisirs que je vous conseille de prendre, plaisir qui est à present ordinaire dans Paris; et, tout ainsi (Dieu mercy da) que la religion catholique, apostolique et romaine sort de France pour habiter au Perou et terres estrangères, ainsi l'Italie commence à se purger de telles folies de jeux publics, qu'ils nous renvoyent

---

1. Il étoit de bon ton de faire jouer alors la comédie aux enfants. « La reine, écrit Malherbe à Peiresc, s'en va lundi à Saint-Germain, où *Mesdames* lui préparent le plaisir d'une comédie qu'elles doivent réciter. » *Mesdames*, ce sont les petites princesses sœurs de Louis XIII.

à Paris[1] pour nous rendre encore plus vicieux qu'eux, estans bien informez que les officiers qui ont le pouvoir de donner telles punitions ou de l'empescher n'en font aucune difficulté, ny de faire observer les ordonnances de sainct Louys, qui de son temps avoit chassé toutes ces canailles hors de France.

Le second plaisir que vous prendrez (et qui est le meilleur), c'est de tascher à accoster quelqu'une de vos parentes ou amies, ou voisines, accouchées, pour vous permettre vous glisser à la ruelle du lict une apresdinée, pour entendre les nouvelles

---

1. Il y avoit en effet alors des comédiens italiens à Paris. En juin 1613, Malherbe avoit écrit à Peiresc : « On dit que les comédiens de Mantoue viennent, conduits par Arlequin. » Le 6 septembre, il avoit encore écrit : « Les comédiens italiens sont arrivés ; mardi ils joueront au Louvre. » Le 27 janvier 1614, preuve singulière de la faveur de ces comédiens à la cour, le roi et Madame, toujours au dire de Malherbe, avoient tenu sur les fonts l'enfant d'Arlequin. Cette troupe étoit sans doute celle des *Gelosi*, que Henri IV avoit déjà appelée à Paris en 1600, lors de son mariage avec Marie de Médicis. Elle avoit pour chef J. B. Andreini, dit *Lelio*, que nous retrouvons encore à Paris, sur le théâtre de l'hôtel de Bourgogne, en 1618, puis, ce qui s'accorde fort bien avec la date de ce premier *caquet*, de 1621 jusqu'à la fin du carnaval de 1623. Il revint une dernière fois en 1624, époque où il publia à Paris son *Teatro celeste*, précieux volume qui nous a valu un remarquable article de M. Charles Magnin (*Revue des Deux-Mondes*, 15 décembre 1847, p. 1090-1109).

qui se racontent par la multitude des femmes qui
la viennent voir, et en tenir bon registre ; et par
ainsi vous aurez non seulement dequoy contenter
vostre esprit, mais aussi cela vous fera rajeunir
et remettre en vostre pristine santé.

Advis que je trouve assez bon, qui fut cause
que, d'une pleine liberalité, je leur donne à chacun leur droict de consultation, avec promesse de
loüange si ma santé en augmentoit.

Or, pour l'executer dès le lendemain, je me
fais conduire sur le Pont-Neuf, où je taschois à
aller le petit pas ; mais il me fut impossible, pour
estre poussé et foullé par une multitude de petit
peuple de toutes sortes d'estats, qui avoient quitté
leur boutique pour venir voir le charlatan [1] : les
uns y menoyent leurs enfans plus soigneusement
qu'au sermon, les autres estoient huyez par leurs
femmes, qui se lamentoyent de n'avoir point de
pain à la maison ; et neantmoins que leur meschant mari s'amusoit à la farce plus qu'à sa besongne ; et bref, quant je fus arrivé sur le lieu,
j'y vis une si grande confusion, meslée de querelles et de batteries, pour les couppe-bourses qui
s'y rencontrent, que je n'eus le loisir que d'entendre trois ou quatre mots de leur science, qui
m'estonnèrent de prime face, parce que le char-

1. C'étoit sans doute soit Mondor, soit Desiderio Des-
combes, dont il sera parlé plus loin.

latan promettoit de guarir toutes sortes de maux
en vingt-quatre heures pour une pièce de huict sols.

Je suis bien miserable, ce di-je alors, d'avoir
despencé tant d'argent à me faire medeciner, et
avoir eu tant de mal, puis qu'avec si peu d'argent
on peut recouvrer sa santé! Et comme je me plai-
gnois, marmotant entre mes dents, un homme de
la trouppe, qui m'escoutoit, me toucha sur l'es-
paule et me dit : Ne vous faschez point de n'avoir
usé de ses drogues : j'en ay acheté plusieurs fois,
et pour beaucoup d'argent, pour me guarir le mal
d'estomach, les dents et les caterres ; j'ay trouvé,
pour en avoir usé, mon mal estre augmenté, et ce
qui estoit mal procedant de chaleur voire augmenté en chaleur, et ce qui estoit trop froid s'estre cou-
verty en mauvaise humeur. C'est pourquoy je l'a-
bandonne et le donne au diable avec mon argent.

Je disois qu'en cela l'advis du medecin ne me
plaisoit plus, et que, si celuy de l'accouchée estoit pareil, que j'avois perdu mon argent aussi
mal à propos que celuy qui avoit acheté les drogues du charlatan

Le lendemain, pour executer l'advis tout entier,
je fus adverty qu'une mienne cousine demeurant
ruë Quimquempoix, autrement dicte ruë des Mauvaises Paroles[1], estoit accouchée il n'y avoit que

1. La *rue Quincampoix* ne porta jamais le nom de *rue des
Mauvaises-Paroles*, qu'on ne lui donne ici sans doute qu'à

deux jours, laquelle j'alay voir, et, après avoir
congratulé l'accouchée, je la priay me donner ce
contentement de me cacher à la ruelle du lict aux
apresdinées, pour entendre le discours des femmes qui la venoient voir; ce qu'elle m'octroya
facilement, à la charge de l'en dispenser si j'estois
antiché de la maladie de la toux, parce que pour
rien elle ne voudroit cela estre descouvert.

Or, pour le faire court, le lendemain vingt-
quatriesme avril, je m'y transporte sur le midy,
où, comme l'on m'avoit promis, je trouve à la
ruelle du lict une chaire tapissée pour me seoir,
et une petite selle pour mettre mes pieds. L'on
ferme le rideau, et tout incontinent après, à une
heure attendant deux, arrivèrent, de toutes parts,
toutes sortes de belles dames, damoiselles, jeunes,
vieilles, riches et mediocres, de toutes façons, qui,
après avoir faict le salut ordinaire, prindrent
place chacun selon son rang et dignité, puis commencèrent à caqueter comme il s'ensuit.

Qui commença la querelle, ce fut la mère de
l'accouchée, qui estoit assise proche le chevet du
lict, à costé droict de sa fille, qui respondoit à une
damoiselle qui lui demandoit combien sa fille

cause des commères qui s'y trouvoient en nombre. Tallemant, peut-être pour la même raison, dit, dans une note
de l'*historiette* de Scudéry (t. 9, p. 146), qu'on l'appeloit
aussi *rue des Cocus*.

avoit d'enfans, et si c'estoit le premier? La fille accouchée rioit et n'osoit parler, luy ayant esté deffendu, à cause de la fièvre causée de la multitude de son laict, et la mère respond : Vramy, Madamoiselle, c'est le septiesme, dont je suis fort estonnée. Si j'eusse bien pensé que ma fille eust esté si viste en besongne, je luy eusse laissé gratter son devant jusques à l'aage de vingt-quatre ans sans estre mariée ; je ne fusse pas maintenant à la peine de voir tant de canailles à ma queuë.— Eh! Madame, ce dit la damoiselle, resjouyssez-vous, ce n'est que benediction ! — Par S. Jean, dit la mère, ce sont biens de Dieu, mais ce ne sont pas des meilleurs, maintenant que l'on a tant de peine à marier les filles et pourvoir les garçons ; il faudra à la fin, bon gré mal gré qu'ils en ayent, qu'ils soyent moynes et religieuses, car les offices et les mariages sont trop chers.

— C'est la vérité ce que Madame dit, ce fit une damoiselle de haut parage : je resens bien en moy-mesme ceste incommodité, et toutes les financières de mon calibre qui s'estoient deliberez de pourvoir leurs filles à de la noblesse, pour avoir du support cy-après, en cas de recherche des financiers. [1] J'ay veu que nous estions quittes de tels mariages pour cinquante ou soixante mil escus ; mais à present que l'un de nos confrères a

1. Cette *recherche* des financiers pour leurs malversa-

marié sa fille à un comte, avec doüaire de cinq
cens mil livres comptant, et vingt mil escus d'or
pour les bagues, toute la noblesse en veut avoir
autant à present, et cela nous recule fort ; je voy
bien que, pour en marier une doresnavant, il faut
que mon mary entre en charge deux ou trois années davantage qu'il ne pensoit.

Sa damoiselle de chambre, qui estoit derrière
sa maistresse, s'advança de parler, et luy dit avec
humeur : Madamoiselle, je ne sçay comment me
plaindre, puis que vous vous plaignez, qui avez
acquis soixante mil livres de rente en trois ans.
Mon père, que vous sçavez estre procureur, et qui
a des moyens assez honestement, a marié au commencement ses premières filles à deux mil escus,

---

tions étoit le vœu de tout le monde et ne se fit pas attendre,
puisqu'elle fut décrétée en 1624, comme on le verra par une
autre note. Une pièce satirique de ce temps-là, *la Voix publique au roy* (Recueil A-Z, E, p. 241), la demandoit avec
instance ; un autre écrit du même esprit et de la même époque, *le Mot à l'oreille de M. le marquis de la Vieuville* (Recueil F, p. 192), émettoit non moins vivement un désir
pareil. « Ce sont, y est-il dit des financiers, des éponges
mouillées qu'il faudroit presser. Il ont plumé l'oie du roy;
qu'ils rendent au moins un peu de sa plume. » — Par
le 411e article de la fameuse ordonnance du roi connue
sous le nom de *Code Michault*, et publiée en parlement le
15 janvier 1629, une chambre composée d'officiers des cours
souveraines fut créée pour vaquer de nouveau « à cette recherche et punition des fautes et malversations commises
au fait des finances ».

et a trouvé d'honnestes gens. A present, quant il auroit douze mil livres comptant, il ne pourroit trouver party pour moy, occasion qui a meu ma mère de convertir ma souffrance en supercession, et me donner la coiffe et le masque pour servir de servante et avoir la superintendance sur le pot à pisser et sur la vaisselle d'argent.

— Et moy donc, se dit une servante qui estoit assise sur ses genoux près de la porte, je suis plus à plaindre que vous autres : car autrefois, quand nous avions servy huict ou neuf ans, et que nous avions amassé un demy ceint d'argent, et cent escus comptant, tant à servir qu'à ferrer la mule[1], nous trouvions un bon officier sergent en mariage,

---

1. L'origine de cette locution s'explique d'ordinaire par un passage de Suétone (*Vie de Vespasien*, chap. 23), ainsi reproduit dans le livre de Moizant de Brieux : « Nous avons pris, dit-il, cette façon de parler de ce que fit autrefois le muletier de Vespasien, qui, sous pretexte que l'une des mules estoit deferrée, arrêta long-temps la litière de cet empereur, et par là fit avoir audience à celuy auquel il l'avoit promise sous l'asseurance d'une somme d'argent, mais dont l'odeur vint frapper aussitôt le nez de ce prince, qui l'avoit très fin pour le gain ; en sorte, dit Suétone, qu'il voulut partager avec son muletier le profit qu'il avoit eu à ferrer la mule. » (*Origine de diverses coutumes et façons de parler*, Caen, 1672, p. 101.) De là venoit qu'on appeloit *ferre-mule* tout valet qui trompoit son maître sur le prix des achats qu'il lui faisoit faire : « Un serviteur malin, trompeur et ferre-mule. » (Chapelain, trad. du *Guzman d'Alpharache*, 1re part., chap. 4.)

ou un bon marchand mercier [1]. Et à present, pour nostre argent, nous ne pouvons avoir qu'un cocher ou un palfrenier, qui nous fait trois ou quatre enfans d'arrache-pied, puis, ne les pouvant plus nourrir, pour le peu de gain qu'ils font, sommes contrainctes de nous en aller reservir comme devant, ou de demander l'aumosne ; on ne voit autre chose par ces ruës.

— Et vous, Madame, à ce coing, vous ne dites mot? Le temps ne vous importe-il point comme

---

1. Le *mercier* étoit, son nom l'indique, le marchand, *mercator*, par excellence, de même que le *fèvre* ou *fabre*, dont le nom se perdit plus vite, étoit l'ouvrier, l'artisan type. « Le corps des marchands merciers de Paris, lit-on dans le *Dictionnaire de Trévoux* (1732), est le plus nombreux et le plus puissant des six corps des marchands. » A lui seul il avoit pu fournir 3,000 marchands armés, en bon équipage, à la grande revue que Henri II avoit faite au landi de 1557. Ce corps « si nombreux et si accommodé » ne comptoit pas moins de vingt classes de marchands : les marchands grossiers, les marchands de drap, les marchands de dorure, les camelotiers, les joailliers, les toiliers, les marchands de dentelles, les marchands de soie en bottes, les marchands de peausseries, les marchands de tapisseries, les marchands de fer et d'acier, les clincaliers (*sic*), les marchands de tableaux, estampes, etc.; les miroitiers, les rubaniers, les papetiers, les marchands de dinanderie, les marchands de toiles cirées, parasols et parapluies ; puis les menus merciers et les merciers ambulants. On peut en voir l'ample détail dans le *Guide des corps des marchands*, Paris, 1766, in-12, p. 358, etc.

aux autres? — Je vous asseure, Madamoiselle, que je ne m'estonne nullement de vos discours : car, ce qui est cause en partie de ce desordre, je recognois que ce sont les bombances d'aucuns ; car moy qui suis marchande, je le cognois à la vente. Il est aujourd'huy venu à nostre boutique un nombre de bourgeoises, conduisant une fiancée pour achepter des estoffes, le fiancé present, qui menoit la fiancée par dessous le bras ; et comme je leur ay demandé quelles estoffes ils vouloyent, ils se regardoyent l'un l'autre, et se disoient : Parlez, Madame. — Moy, je m'en rapporte aux parens les plus proches. — Et comme je ne pouvois avoir raison d'aucun d'eux de le dire, je demande quel estat avoit le fiancé. Une bonne vieille respond : Il est d'un grand estat ; il est tresorier et receveur, et payeur des gages des conseillers et juges presidiaux de Montfort[1]. — Tresorier, ce dis-je alors, il faut doncques des plus belles estoffes. Incontinent je desployc un velours à la turque [2], un satin à fleurs, un velours à ramage, un damas meslé et autres grandes estof-

---

1. Les trésoriers étoient accusés de s'enrichir comme les autres gens de finance. Dans *le Mot à l'oreille de M. le marquis de la Vieuville* (Recueil A–Z, F, p. 178), il est dit que ceux de l'extraordinaire et ceux de l'épargne font seuls les profits.

2. Les étoffes à la Turque étoient alors les plus recherchées ; on alloit jusqu'à faire venir des ouvriers de Turquie pour les confectionner à Paris, et pour en faire des robes.

fes ; puis je demande au fiancé si ces estoffes luy
plaisoient. Il n'osoit respondre. Je m'en rapporte,
dit-il, à ma maistresse. La fiancée dit que c'estoit
bien son cas ; luy, au contraire, se hazarde de
parler, et dit que ces estoffes estoient de trop
grand pris pour sa qualité ; qu'il n'avoit que cent
livres de gages à son office, et qu'il ne pourroit
pas entretenir si grande vogue. Mais la mère de
la fille, qui n'a nul esgard à cela, dit qu'elle veut
que sa fille soit brave, et partant que l'on couppe :
si bien que j'ay delivré pour douze cens livres à
monsieur le tresorier.

— Ho, ho ! ce fit la femme d'un notaire, S.
Gry ! mon mary n'a point de gages, et si je porte
bien de pareilles estoffes, et si on ne m'en donnoit j'en trouverois bien ; je ne veux pas estre
moindre que ma cousine, encores que son mary
soit officier du roy.

— Nous serions bien sottes, dit la femme d'un
petit advocat du Chastelet, de porter de moindres
estoffes que cela ; ce que nous en faisons donne
davantage de courage à nos maris de travailler, et
plumer la fauvette sur le manant pour nous en-

« Je vous avois mandé, écrit Malherbe à Peiresc le 6 avril
1614, qu'on faisoit des habits pour la petite reine : c'est
une robe qui se fait à l'hôtel de Luxembourg par des Tur-
ques, dont il y a deux lez de fait, et dit-on que c'est la
chose du monde la plus belle. »

tretenir [1], et si faut que nos maris portent la sous-
tane de damas pour nous honorer davantage, et
non pas un saye, comme au temps passé, qui ne
passe pas la braguette, pour les distinguer d'avec
les conseillers.

— Madame, ce dit une autre, quelquefois cela
ne dure pas ; le temps n'est pas tousjours propre à
gaigner, les hommes ont de la peine.

— Hé! Madame, ce dit-elle, quand ils ont trop
de peine, il faut leur donner des aydes pour les
soulager.

— Ha, ha, ha! ce fit une jeune bourgeoise qui
avoit espousé un vieillard de cinquante-six ans,
qui estoit au milieu de la troupe, je me ris de vos
plaintes, mes dames; pour moy, je ne me puis
plaindre , car ce dont j'ay le plus de besoin, c'est
ce que j'aurois tout à l'instant si je le voulois : il y
a assez de jeunes gens qui m'en font l'offre.

Alors l'accouchée s'azarde de parler tout doucement, et dit qu'autrefois elle avoit esté ainsi curieuse d'estre brave ; mais maintenant qu'elle avoit
tant d'houërs et ayant cause, qu'elle faisoit servir
ses vieilles besongnes [2] à habiller ses enfans. Et

1. Expression qui répond à celle que nous avons repro-
duite dans une note précédente : *plumer la poule, plumer l'oie
du roi*, etc. On disoit, pour un homme adroit et d'intrigue,
un *dénicheur de fauvettes*. (Dict. de Furetière.)

2. *Besoyne* ou *besoigne* se disoit alors pour *hardes, effets*.
On en a un exemple dans ce passage d'une *lettre de Mal-*

moy, je me passe à peu ; mais voulez-vous que je
dise la vérité? ce n'est pas de bonne volonté, ains
par force, car je suis aussi ambitieuse que jamais.

Or, comme l'accouchée eust prononcé un arrest, on fit un silence, qui fut cause qu'on entendoit au pied du lict une petite bourgeoise qui
parloit bas à sa voisine; et toutes deux sembloient
se resjouyr, dont la compagnie fut jalouse, pour
participer à quelqu'autre nouvelle, qui fut cause
qu'une damoiselle proche leur dit : Mes dames,
vous avez quelque contentement en l'ame, puisque, mesprisans nos premiers discours, vous vous
estes entretenues vous deux sous un plus beau sujet.

— Madamoiselle, ce sont petites affaires particulières de nos maisons qui ne touchent à personne.

L'autre dit : — Ma voisine, vous n'en serez pas
deshonnorée pour dire ce qui en est. La chose est
honneste et profitable ; tous ceux qui le meritent
ne le sont pas : c'est que le mary de madame brigue l'echevinage ; c'est ce dont elle se resjoüit.

— Ho, ho ! il est donc fort aagé, monsieur vos-

---

herbe à Peiresc (p. 384) : « Cette pauvre princesse (la reine
Marguerite) est volontiers excessive en ses libéralités :
elle donna... une montre de cinq à six cents écus à madame de Montglas ; elle donna aussi je ne sais quelle *besoigne*
à madame d'Aumale, sous-gouvernante, et à madame la
nourrice de Monseigneur. » Ailleurs, Malherbe parle encore
« des *besongnes de nuit* de la signora Sperancilla » dont s'ha-
billoient les cardinaux à Rome. *Id.*, p. 58.

tre mary? — C'est vostre grace, madamoiselle, il
n'a pas plus de trente-cinq ou quarante ans ; mais
c'est qu'il prend son temps : il a veu que ceux qui
y sont à present, ce sont gens (au moins quelques
uns, da) de si petite estoffe, et que trois ou quatre
taverniers commencent à briguer pour y entrer,
qu'il s'est hazardé comme les autres, encore qu'il
ne soit que procureur du Chastelet. Il espère y
faire ses affaires, s'il y entre.

— Et y gaigne-on donc quelque chose? ce dit
une bonne mère qui avoit son chaperon destroussé
à la mode ancienne [1]. Par le vray Dieu, mon
mary deffunct, mousieur Dambray [2], qui a esté
trois fois prevost des marchands, n'a jamais profité
à l'Hostel-de-Ville que d'un pain de sucre par

1. Le *chaperon* étoit la marque de la petite bourgeoisie (V.
notre *Recueil de variétés historiques et littéraires*, etc., t. 1,
p. 306). Il fut aussi, jusqu'au temps de Louis XIV l'habillement des femmes nobles pendant le deuil de leurs maris.
Saint-Simon, dans une note du *Journal de Dangeau*, décrit
longuement celui que portoient les princesses du sang. (Lémontey, *Essai sur la monarchie de Louis XIV*, etc., *précédé de
nouveaux mémoires de Dangeau*, Paris, 1810, in-8, p. 204.)

2. C'est Daubray qu'il faut lire. L'auteur des *caquets* prête
une erreur à sa veuve, en lui faisant dire que son « mary
deffunct » fut trois fois prévôt. Claude Daubray, conseiller,
notaire et secrétaire du roy, fut élu échevin en 1574, sous la
prévôté de Monsieur le président Charron, puis prévôt de
1578 à 1580, époque où il eut pour successeur Auguste de
Thou. Voilà toute sa vie municipale. (V. Piganiol, *Description de Paris*, t. VIII, p. 441.)

an, aux estrennes; encore faisoit-il difficulté de le
prendre, et quand il est mort il a laissé par testament que l'on mist la valeur de trois pains de succre au tronc de l'Hostel-Dieu de Paris, que sa
conscience et son ame n'en fussent en peine.

— Vramy, si ceux qui ont esté depuis luy, et
qui ont mis tant d'estats de charbonniers [1], gaigne-
deniers [2], jurez-racleurs [3], porteurs de foin et
autres officiers de la ville, en leur bourse, estoient
damnez, il y en auroit bien. Et à present, quand
les eschevins sortent de charge, ils se font payer
cinq ou six mil livres de vieux arrerages de ren-

1. Les charbonniers, comme tous les autres petits métiers
ou emplois nommés après, ne formoient pas à Paris de communauté, « parcequ'il ne peut pas y avoir de fabrique de
charbon dans la ville. » Ceux qui le portoient devoient avoir
permission du roi, ou tout au moins des magistrats. C'étoient
« des espèces de charges, qui ne furent établies que depuis le
XVIIe siècle. » *Mélanges tirés d'une grande bibliothèque*, Hh,
p. 39. — V. aussi dans notre *Recueil de variétés historiques
et littéraires*, t. 1, la note de la page 204.

2. C'étoient de petits officiers de ville créés pour tasser et
mesurer le bois dans les membrures, en présence des jurés.
Les hommes de peine ou crocheteurs s'appeloient aussi
gagne-deniers. Le *règlement général pour la police de Paris,
du 30 mars* 1635, fixa le tarif dont, sous peine du fouet,
ils ne devoient pas se départir pour leurs salaires.

3. Ces *racleurs-jurés* ne sont sans doute autre chose que
les *ramoneurs de cheminées*, qui en effet ne formoient pas non
plus une véritable corporation, et rentroient ainsi dans la
catégorie des métiers précédents. V. *Mél. d'une gr. biblioth.*,
id., p. 280.

tes sur toutes natures de deniers pour leur dernière main ; et s'ils n'ont point de rentes, ils acheptent des arrerages de la vefve et de l'orfelin à six escus pour cent, et se font payer de tout comme ayant droict par transport.

— Nostre-Dame ! et où prennent-ils cet argent-là ? On dit que c'est sur les deniers du domaine de la ville et autres fonds que nous ne sçavons pas ; il n'est que d'estre en charge pour le sçavoir. J'espère bien que, si mon mary peut gaigner les voix à force de briguer, qu'il viendra bien à bout de tout aussi bien que les autres.

— Et voyez-vous, Madame (ce dit l'ancienne), au temps passé, le prevost des marchands et eschevins avoyent plus d'esgard au proffit public qu'au particulier. Tout cest argent que l'on mange à present en banquets (car on y disne tous les jours), en estrennes, en superfluitez du feu de la Sainct-Jean [1], en payement d'arrerages de rentes

1. Il doit être fait ici allusion aux fêtes encore récentes que la Ville avoit données à Louis XIII quand il étoit venu, en 1620, allumer lui-même sur la place de Grève le feu de la Saint-Jean. Entre autres *superfluitez* de ce bûcher annuel, il ne faut pas oublier les chats qu'on y brûloit dans un sac ou dans un *muid*, singulier auto-da-fé dont il est parlé dans le libelle infâme, *le Martyre de frère Jacques Clément*, etc. Paris, 1589, p. 34, 35. Sauval, qui en fait mention dans ses *Antiquités de Paris*, t. 3, p. 631, cite ce passage des registres de la ville au XVIe siècle, tant de fois rappelé depuis : « Payé à Lucas Pommereux, l'un des commissaires

et autres choses que nous ne sçavons pas, s'em-
ploioit à fortifier la ville, à refaire les quais rompus, dont l'argent se prend à present sur l'escu
cinq sels qui a esté imposé sur le vin des bourgeois, et qui jamais ne sera cassé [1] ; plus, à faire
travailler les pauvres valides, à remuer la terre

des quais de la ville, cent sols parisis, pour avoir fourni
durant trois années, finies à la Saint-Jean 1573, tous les
chats qu'il falloit audit feu, comme de coutume, et même
pour avoir fourni il y a un an, où le roi y assista, un renard pour donner plaisir à Sa Majesté, et pour avoir fourni
un grand sac de toile où estoient lesdits chats. » Dans une
lettre de l'abbé Lebeuf (*Journal de Verdun*, août 1751 , re-
lative au feu de la Saint-Jean, se trouvent d'autres détails sur
cette bizarre coutume d'y brûler des chats, et il y est fait
ainsi allusion dans une pièce très rare, contemporaine des
Caquets :

> Un chat qui d'une course brève
> Monta au feu Saint-Jean, en Grève ;
> Mais le feu, ne l'epargnant pas,
> Le fit sauter du haut en bas.

(Le Miroir de contentement, Paris, 1619, in-12, p. 4.)

Je ne trouve la raison de cette cruauté contre les chats
que dans la croyance où l'on étoit qu'ils se rendoient tous à
un sabbat général la veille de la S.-Jean (Moncrif, *les chats*,
1re lettre). On les brûloit, le lendemain, comme convain-
cus de sorcellerie.

1. En 1601, la ville avoit décidé de lever dix sols sur chaque muid de vin afin de pourvoir à la réparation des fon-
taines. Le roi accapara cette taxe, et, dans l'assemblée générale du 17 avril de cette même année, il fit connoître aux
échevins qu'il en destinoit les fonds à l'achèvement du pont
Neuf. (Félibien, *Hist. de Paris*, t. V, p. 483.) Depuis, comme

des fossés de la ville [1] et autres choses nécessaires.
Et de fait, on ne voyoit point de pauvres, car,
pour les vieux et impotens, on les nourrissoit à
l'hospital S.-Germain [2]; toutesfois, si depuis la mort
de mon mary ils ont obtenu lettres patentes du
roy pour faire leur profit particulier de ce qui
appartient au public, à la verité je ne le sçay pas.

— J'ay ouy murmurer que le roi avoit donné
commission à deux maistres des requestes pour

l'indique ce curieux passage des *Caquets*, cette taxe, vivace
comme tout bon impôt, avoit été maintenue. L'argent, d'a-
bord employé à l'achèvement du pont, avoit passé aux ré-
parations des quais.

1. « Les autres pauvres de Paris qui sont valides et *assez
sains* pour gaigner leur vie, et qui neantmoins, pour estre
aucunement foibles, paresseux et mauvais ouvriers, ne
trouvent pas qui les veuille employer, sont enroolez par les
dicts commissaires des pauvres, leur dict bailly ou greffier,
et envoyez, receuz et employez aux fossez, fortifications,
remparts et œuvres publicques de la dicte ville, etc. » G.
Montaigne, *la Police des pauvres de Paris*, s. d., p. 13.

2. L'hôpital Saint-Germain, que nous ne trouvons nommé
nulle part ailleurs, devoit être *l'ancienne maladrerie de S.-
Pierre*, qui fut remplacée par l'hôpital de la Charité vers 1606.
Le nom qui lui est donné ici devoit lui venir de l'abbaye
de Saint-Germain, sur le terrain de laquelle cet hôpital avoit
été bâti. — Dans le temps même où l'auteur des *Caquets*
faisoit ainsi regretter ce premier asile des pauvres, Louis XIII
songeoit à en établir un autre. Des lettres-patentes de février 1622 statuoient sur la fondation d'un véritable dépôt
de mendicité. Le projet, malheureusement, n'eut pas de suite.
Il en sera reparlé plus loin.

faire la recherche[1] de ceux qui prennent des droicts qui ne leur sont point attribuez; mais je pense qu'ils ne s'attaqueront pas à ces gens-là : ils ont trop d'amis et de faveur. Et toutesfois il n'y auroit point de danger de s'informer pourquoy on prend dix sols tournois pour les frais de chacune voye de bois, et pourquoy les eschevins permettent que le bois se vende plus que le taux que l'on y met : car autrement nous n'avons que faire d'eschevins, s'ils ne servent qu'à faire vendre les denrées plus chères qu'il ne faut.

[1] Si cette recherche n'étoit pas encore ordonnée, au moins étoit-elle déjà fort menaçante :

> Mais enfin crève l'apostume ;
> Si les pères mangent l'oyson,
> Les enfans en rendent la plume.

> (*Satyres* du Sr. Auvray, 1625, in-8°, p. 26.)

On pouvoit s'autoriser, pour cette rigueur, de l'exemple de Henri IV, qui avoit fait rendre gorge à ces exacteurs, et qui, de l'argent rendu, avoit fondé un établissement utile :

> Les crimes seroient esblouys
> Si l'hospital de Saint-Louys
> N'en portoit à jamais les marques,
> Qui fut basty des ducatons
> Que le plus grand de nos monarques
> Fit revomir à ces gloutons.

> (Id., *ibid.*)

Tallemant raconte à ce propos l'anecdote suivante dans son *historiette* de Henri IV : « Lorsqu'on fit une chambre de justice contre les financiers : « Ah ! disoit-il, ceux qu'on taxera ne m'aideront plus. » Edit. in-12, t. 1, p. 87.

— Là, là, Madame; vous avez fait vostre temps, laissez faire les affaires aux jeunes gens, et ne ramentevez point le chat qui dort[1].

— Je m'estonne pourtant que la cour de parlement n'y met ordre.

— M'amie, cela n'est pas de leur justice; chacun a son cas à part : la reformation de la justice leur appartient, et non pas du bois. Sçavez-vous pas bien que ces jours passez monsieur le president Chevalier[2] a ressemblé à celuy qui pour faire peur aux souris avoit escorché un rat ? Depuis qu'il a fait faire le procez au procureur general de sa justice, tous les commissaires ont tremblé, et si on frippe quelque chose, c'est en cachette.

— Mais, Madamoiselle, disons la vérité sans

---

1. Ne réveillez pas le chat qui dort.

2. « Nicolas Chevalier, premier président à la Cour des aides, fils d'Etienne Chevalier, conseiller, et de N. Barthemi, fut surintendant de Navarre et de Béarn, et deux fois ambassadeur en Angleterre. » (Le P. Lelong, *Bibliothèque franç.*, t. 4, p. 168, *Liste des Portraits*.) On a de lui deux portraits gravés par Michel Lasne : le premier, fait en 1621, quand le président avoit cinquante-huit ans, est in-4; le second, fait l'année d'après, c'est-à-dire à l'époque dont il est parlé ici, est in-8.— Avant que Luynes fût en faveur, ce président lui avoit rendu service ; mais il paroît que le parvenu eut courte mémoire. V. le *Contadin provençal*, Recueil des pièces les plus curieuses qui ont été faites pendant le règne du connétable, etc., p. 93.

faintise : s'il y a eu du desordre, nous sçavons bien en nostre particulier d'où il procède. Comment seroit-il possible d'entretenir les garçons de ce temps si on ne desroboit? Il n'y a fils ne petit-fils de procureur, notaire ou advocat, qui ne vueille faire comparaison en toutes choses avec les enfans des conseillers, maistres des comptes, maistres des requestes, presidens et autres grands officiers. L'on ne les peut distinguer ny en habit, ni en despence superfluë. Ils hantent les banquets à deux pistoles [1] pour teste; ils empruntent argent [2], joüent aux dets, au picquet, à la paulme, à la boule, vont à la chasse, et font le mesme

1. C'étoit le prix qu'on payoit un repas chez la Boessel-lière, dont le cabaret étoit le plus fameux de ce temps-là. « Etes-vous obligé de suivre le cours, sortez-vous du Lou-vre à l'heure du disné, le premier cabaret de France est celui de la Boessellière; mais, sur ma parole, ne vous donnez pas la peine d'y transporter vostre humanité, quoyque vous soyez le mieux avisé du monde, si vous ne sentez que vostre gousset soit prest d'accoucher d'une pistole au moins, etc. » *Les Visions admirables du Pèlerin de Parnasse*, etc., Paris, 1635, in-12, p. 208.

2. Les emprunts à gros intérêts étoient déjà depuis long-temps le fléau des enfants prodigues :

Mignons de bien dissipateurs
Emprunteront à millions,
Puis payeront leurs créditeurs
De respitz et de cessions.

(*La grande et merveilleuse prognostication nouvelle...*
1583, in-12.)

exercice des grands. Ils empruntent à usure de Traversier, de Dobillon et de l'Italien Jacomeny[1], qui sont les receleurs de la jeunesse. Et puis qu'en advient-il enfin? Ils sont contraints de faire l'amour à la vieille, ou d'anjoler la fille d'une bonne maison, leur faire un enfant par advance, à fin d'estre condamnez à l'espouser.

Une vieille qui estoit à la trouppe respond : Amen. Ce que vous trouvez mauvais, je le trouve bon : quand les vieilles peuvent trouver quelque jeune gars pour leur argent (pourveu qu'il soit bien morigené), c'est un bon heur; il y a de plaisir pour l'un et pour l'autre : l'un prend la courtoisie, et l'autre la commodité ; cela faict subsister la jeunesse selon son ambition, et faict vivre la vieillesse plus long-temps. Et que servent les biens que pour cela?

— O Madame! ce que vous dictes est le suject d'un grand peché : car, sous ombre d'une nuict ou deux que vous en prendrez contentement, il en

---

1. Les livrets satiriques du temps sont remplis de plaintes contre ces usuriers, la plupart Italiens, qui ruinoient la jeunesse et étoient une des causes qui empêchoient *Bon-Temps* de revenir :

Et quand verrez tous ces marchands
Ne vendre plus rien à usure,
Que Bon Temps viendra sur les rangs,
S'il n'a grant faute de monture,
....
Quand les Lombards ne seront plus

vient un grand malheur : on ne voit que bastars[1],
que filles desbauchées ; et toutes les autres qui
sont honnestes, qui pourroyent enjandrer une
belle race par un legitime mariage, fait de pareil
à pareil, demeurent en friche, et n'ont pour toute
retraicte que la religion[2].

Et puis qu'en advient-il quand ils ont dequoy
despendre[3]? Une feneantise, hommes sans soucy,
sans travail, plus apres à chasser un lièvre que
de servir leur roy et la republicque. Et si d'avanture vous les faictes entrer par vostre argent à
quelque office, si c'est à la cour de parlement, il
faut estudier à monsieur Mozan ; si c'est à la chambre des comptes, à Robichon avec son calpin.

> Chiches, avares, jaloux, couards,
> Ne vous enquerrez du surplus :
> Bon Temps viendra de toutes parts.
>
> *(Les moyens très utilles et necessaires... pour faire en
> brief revenir Bon Temps*, 1615, in 12, p. 6-7.

1. Dans la pièce que je viens de citer se trouvent aussi
des plaintes contre le nombre des *bâtards*, qui augmentoit
tous les jours :

> Ne que nous n'ayons plus en France
> De Jaloux, Coquus et Batards,
> Bon Temps sera hors de souffrance
> Et deployra ses etendards.
>
> (*Ibid.*, p. 16.)

2. C'est-à-dire le couvent : entrer en religion étoit alors le
terme consacré.

3. Dépenser.

Et puis, quand ils sont receus, cahin, caha, ils ne sçavent par quel bout commencer la justice ; et par ainsi les cours souveraines sont remplies de beaux fils et bien peignez, logez à l'enseigne de l'Asne.

L'accouchée avoit la teste rompuë de ces discours et commence à dire : Mesdames, vous me faictes apprehender le temps advenir ; je n'ay que vingt-quatre ans et demy, et sept enfans : si je faits ma portée selon nature, et que toutes choses augmentent comme ils font, j'envieilliray de soin, et non d'aage.

— Hé ! ma fille, ne songez point à cela ; j'y songe assez pour vous. Prenez courage : le grand desordre qui est à present engendrera un bon ordre ; l'on fera des edicts qui regleront toutes choses ; l'on cognoistra le marchand d'avec le noble, l'homme de justice avec le mechanique, le fils de procureur avec le fils de conseiller, et puis vostre mary mettra bon ordre à pourvoir ses enfans selon ses moyens, et si vous avez encores à heriter de moy pour plus de deux mil cinq cents livres pour une fois payer ; est-ce pas un beau denier à Dieu ? De quoi vous mettez-vous en peine ?

— Ma mère, vous estes du bon temps ; vous avez accoustumé de ne manger du roty qu'une fois la sepmaine, encore n'est-ce qu'un aloyau ; mais nous ne sommes pas accoustumez à cela, et si je croy qu'il nous y faudra accoustumer, si la chair est tousjours si chère.

— Sainct Gry ! j'avois accoustumé par sepmaine de ne despendre à la boucherie que quatre livres dix sols ; maintenant je donne à nostre chambrière cent sols, et si nous mourons de faim. Il faudra doresnavant manger le potage le matin, et la chair le soir, pour observer l'ordonnance de Philippe le Bel[1].

— Je voy bien que Madamoiselle, qui n'est pas de ceste ville, se rit de nostre petitesse ; mais que voulez-vous ? chacun selon ses moyens. — Et la damoiselle respond : Madame, chacun se sent de cherté et du peu de proffit qui se fait à present aux offices, pour le trop grand nombre d'officiers qu'il y a. Et n'estoit qu'en nostre chambre des comptes de Normandie, d'où je suis, les officiers s'allient avec les comptables, et meslent leur gain ensemblement, nous ne pourrions, non plus que vous à Paris, entretenir nostre gran-

1. C'est de l'ordonnance de 1294 qu'il est question ici. On la trouve en entier dans les notes de la Thaumassière sur les *Coutumes de Beauvoisis*, 1690, in-fol., p. 372. Il y est dit : « Nul ne donra au grand mangier que deux mets et un potage au lard, et au petit mangier un mets et un entremets et un potage ; et s'il est jeûne, il pourra donner deux potages aux harencs et deux mets, ou trois mets et un potage, et ne mettra en une écuelle qu'une manière de chair. »

deur ; mais, Dieu mercy, ils s'entendent bien ensemble. — Et, Madamoiselle, je pensois que la Chambre des Comptes fussent les juges des comptables ? — Hé, Madame, autrefois la linotte et le chardonneret estoient à part en diverses cages ; mais à present tout est en mesme vollière.

— Je vous asseure, ce dit une femme qui n'avoit encores point parlé, maigre, pasle, melancolique et pleine d'inquietude, mon mary, qui est advocat à la Cour, gaigne ce qu'il veut, fait les affaires de tous ceux de la Religion (comme en estant aussi, da); mais il me semble que tout ce qu'il gaigne fond en ses mains ; je ne voy autre chose en nostre maison que des demandeurs : l'un vient querir la taille ordinaire du corps du tresor de la Religion, l'autre la cure [1] de monsieur de Rohan et de Soubize, l'autre le nouvel entretenement des ministres, la cure des espions de France, d'Espagne, d'Angleterre, d'Italie, de Flandres, et de toutes les contrées. Bref, j'ay compté qu'en ceste année j'en ay pour plus de cent escus à ma part ; moy, si cela dure, j'aime bien mieux que mon mary face le papelart, et qu'il aille à la messe, que de continuer. Pour cela, ny luy ny

1. Ce mot, qui s'employoit alors non pas seulement pour l'office du curé, mais pour tout bénéfice à charge d'âmes, est très curieux ici, appliqué aux subventions que recevoient les chefs du parti huguenot. La *cure* des espions, qui vient après, ne cache pas moins de malice.

3

moy ne croirons que ce que nous voudrons ; au
moins nous serons dispensez de telle taille. Aussi
bien dit-on que les excommunications que font nos
ministres contre ceux qui se retournent n'ont non
plus de force et de vigueur que le soleil de janvier.

—Hé! Madame, quand vous ne croyez à rien qu'à
vostre fantaisie, vous n'estes pas cheute de haut :
car tous ceux de vostre religion ont pris à ferme à
vil pris l'ateysme ; et qui est cause qu'il n'y a ny enchère ni tiercement [1], c'est qu'il n'y a rien à gaigner, ny en ce monde, ny en l'autre : et cela vous
demeurera, et si en jouyrez long-temps, si par la
loy du droict canon on ne vous force à mieux faire.

— Madamoyselle, ceste Religion est si douce
à supporter, que tous ceux qui y entrent, ils en
sortent difficilement. Et pour mon regard, lorsque
j'en sortiray ce sera à mon grand regret, car, que
je face ce que je voudray, je ne suis point obligée
de le confesser ; que mes père, mère et parens
meurent, je me resjouys au lieu de pleurer, car
je croy qu'ils sont sauvez ; que le caresme et jeus-
nes viennent, je suis dispensée pour manger de
la chair ; que nous mourions subitement, nous n'a-
vons point peur du purgatoire ; et bref, que les
anges, les saincts et sainctes ayent du pouvoir

1. On appeloit ainsi l'enchère faite, sur une terre ou ferme adjugée en justice, du tiers du prix au delà de celui de
l'adjudication. Il y a un règlement de 1682 sur les double-
ments et *tiercements*.

par leurs prières envers Dieu, nous supprimons tout cela et vivons en liberté d'esprit ; que si ceste taille estoit aussi bien supprimée, nous nous mocquerions de tout le monde.

— Vrayment, c'est une mauvaise police, de permettre qu'il y ait en France des subjects qui contribuent pour faire la guerre contre leur roy legitime! Je vous prie, Madame, cachez vostre vice, et parlons d'autres choses. Avez-vous beaucoup d'enfans? — Elle respond : J'avois trois garçons et deux filles ; mais le mal'heur m'en a voulu qu'un de mes garçons, qui estoit à la suitte de monsieur de Soubise [1], a esté pris prisonnier, et mené aux gallères avec les autres ; un autre fut

1. Pendant l'hiver de 1622, M. de Soubise s'étoit jeté dans le Bas-Poitou et l'avoit occupé, ainsi que les îles de Rié, du Périer, de Mons, etc. Il avoit pris Olonne, et il menaçoit Nantes, quand les troupes royales, que commandoit La Rochefoucauld, franchissant de nuit le bras de mer peu profond qui sépare l'île de Rié de la terre ferme, se jetèrent sur lui à l'improviste et dispersèrent son armée presque sans coup férir. Soubise, vaincu, s'enfuit en laissant à l'armée du roi son armée et ses équipages (V. *Mémoires* de Rohan, coll. Petitot, 2e série, t. 18, p. 269, et *Mémoires* de Richelieu, *ibid.*, t. 22, p. 206-209). Cette défaite, dont le fils de l'entêtée calviniste mise ici en scène fut une des victimes, se trouve amplement racontée dans un livret, devenu rare, paru presque aussitôt après : « *Surprise du sieur de Soubize dans les sables d'Aulonne, investi, tant par terre que par mer... par M. le comte de La Rochefoucauld, marquis de La Valette et baron de S.-Luc.* Paris, P. Ramier, 1622, in-8.

l'autre jour tué en revenant de soupper de la ville, pour vouloir sauver son manteau : excusez si je ne vous ay fait prier de l'enterrement; nous n'avons point fait de ceremonies, nous l'avons mis en nostre jardin au pied d'un saux [1]. — C'est donc là vostre cymetière, ce dit la dame ? — Et elle respond : Toute terre est bonne à cela. — Et quelle raison avez-vous eue de ceste mort ? — Mon mary a poursuivy et fait prendre plusieurs volleurs ; mais par ce qu'il ne s'est pas voulu rendre partie, on les a eslargis. Il est bien besoin que Dieu face la vengeance des meurtres, car les prevosts criminels ne la font que pour de l'argent.

— M'amie, c'est qu'il faut qu'il se remboursent de la vente de leurs offices, lesquels anciennement on donnoit, speciallement le chevalier du guet [2], le prevost des mareschaux [3] le prevost de

1. Sureau.

2. Le chevalier du guet, ainsi que toute la juridiction qui dépendoit de lui, étoit du ressort et à la nomination du prévôt de Paris. V. *Traité de la police*, t. 1, p. 236.

3. Les prévôts des maréchaux étoient des officiers royaux du corps de la gendarmerie, établis pour la sûreté de la campagne contre les vagabonds et les déserteurs. Ils avoient connoissance de tous les cas royaux, appelés à cause d'eux prévôtaux : vagabondages, vols de grand chemin, infraction de sauvegarde, incendie, fausse monnoie. Il y avoit en France cent quatre-vingts sièges de prévôt des maréchaux. Celui qui avoit dans son ressort Paris et toute l'Ile-de-France s'appeloit simplement *Prévôt de l'Isle*.

l'Isle [1], le prevost de la connetablie [2], et autres de justice criminelle; et tandis que l'on leur vendra, jamais ne feront rien qui vaille. Le messager d'Estempes fut l'autre jour vollé de quatrevingts ou cent escus; comme il fit sa plainte, et qu'il demandoit que l'on courut après, le prevost des mareschaux luy demande cent escus d'avance pour sa chevauchée, et, voyant que c'estoit double perte, il a mieux aymé laisser la poursuitte du vol que d'en perdre d'avantage.

— O Dieu! quel desordre! Je ne croy pas que le roy sçache la moitié de ce qui se passe, car, s'il le sçavoit, il y mettroit ordre: il feroit observer les loix. A quoy servent tant d'huissiers et sergens? A faire monstre au mois de may [3], et à piller le manan; tant de prevosts de mareschaux? à faire pendre ceux qui n'ont point d'argent; tant de juges criminels? à bien prendre pour acquitter les debtes qu'ils contractent pour achepter leurs offices; tant de commissaires de Chastelet? à prendre pension des garses [4], des ma-

1. V. la note précédente.

2. C'étoit un juge d'épée qui instruisoit les procès des gens de guerre à l'armée. Celui du régiment des gardes s'appeloit le Prévôt des bandes.

3. Cette *montre* du mois de mai étoit la procession de toute la basoche, y compris le sergent et ses huissiers, allant planter en grande pompe le mai annuel dans la cour du palais.

4. Marigny, dans son poème du *Pain bénit*, parle de

querelles, des boulengers et de tous ceux qui
vendent viandes[1], car à present tout est permis.

— Je ne sçay si ces gens-là enrichissent, et si
leurs biens durent long-temps, car mon père, de
son vivant, me disoit : Ma fille, les biens que je te
laisse viennent de mes grands-pères et bisayeuls,
et profiteront à tes enfans, s'ils sont gens de bien
et qu'ils facent la raison à la vefve et à l'orfelin,
qu'ils ne prennent rien qu'ils ne l'ayent bien gai-

maître Vavasseur, commissaire du quartier du Marais, qui
étoit ainsi de connivence avec les filles ses subordonnées.
Marigny le désigne ainsi :

Des lieux publics grand écumeur,
Adorateur de ces donzelles
Qui ne sont ni chastes ni belles,
Et qui, sans grace et sans attraits,
Vivent des pechés du Marais.

1. Le lieutenant criminel Tardieu, tout aussi bien que
ces commissaires, prenoit de toutes mains, même de celles
des rôtisseurs. « Le lieutenant, lisons-nous dans les *Historiettes* de Tallemant, dit à un rotisseur qui avoit un procès contre un autre rotisseur : « Apporte-moi deux cou-
« ples de poulets, cela rendra ton affaire bonne. » Ce fat
l'oublie. Il dit à l'autre la même chose. Ce dernier les lui
envoie, et un dindonneau. Le premier envoie ses poulets
après coup ; il perdit, et, pour raison, le bon juge lui dit :
« La cause de votre partie étoit meilleure de la valeur d'un
« dindon. » (Tallemant, édit. in-12, t. 5, p. 53.) — Encore M. Tardieu ne s'en tenoit-il pas là. « Le lieutenant
criminel, dit encore Tallemant, logeoit de petites demoi-
selles auprès de lui, afin d'y aller manger, et il leur faisoit
ainsi payer sa protection. » (*Ibid.*)

gné. C'est pourquoy, disoit-il, on ne voit point ès maisons des financiers d'anciens héritages, car, quand ils font bastir maisons, fermes et chasteaux, ils sont plustost hypotecqués qu'ils ne sont couverts, plustost vendus qu'ils ne sont achevés, ou, s'ils viennent à deperir, les grandes debtes sont causes qu'ils tombent en masure.

— Aussi vray, Madame, à propos de cela, la pluspart de mes parens estoyent financiers, et qui avoyent grande vogue de leur temps, et si j'ay esté long-temps si beste que je m'attendois à leur succession : j'avois mon oncle le Hou, premier commis de l'espargne, mon cousin Regnault, tresorier de l'extraordinaire, mon cousin Regnard, receveur general de Paris, mon cousin Puget [1],

---

1. Fameux trésorier de l'épargne, dont la fortune fit scandale à cette époque. Tallemant, qui étoit allié de sa famille, lui a consacré une *historiette*, ainsi qu'à Montauron, qui continua et même augmenta l'opulence de cette maison de parvenus. (V. édit. in–12, t. 8, p. 116, etc.) Dans la *Chasse aux larrons* de J. Bourgoing (in–4, p. 39, 90), on les maltraite fort. « Les Puget, y est-il dit, qui se sont vantés d'avoir mangé en leur temps plus d'un million six cents mille livres, avoir entretenu toutes les plus belles garces de Paris, jouy des plus relevées de France, joué ez plus dissoluz brelans, académies, tripots, bauffré les plus friands morceaux, etc. » Puget fut souvent inquiété, même avant la grande recherche qu'on fit des gens de finance sous Louis XIII. L'un des commissaires qui instruisoient son procès lui fit cette question : « Je vous prie de m'enseigner comment je pourrois, avec deux ou trois mille écus, en

les Bourderets, les Salvancy, et un tas d'autres ou
il n'est pas resté du fil à lier un boudin.

— Il y en a bien d'autres : et Montescot [1],
Sancy [2], Geperny, Des-Ruës, la Bistrade [3], et ce
grand fermier Louvet [4]. Vramy! il n'y a point de

acquérir en peu de temps cinq à six cents mille »; paroles,
dit un auteur, qui le rendirent muet. Il devint pâle, défait,
et possédé des froides appréhensions de la mort, qui le ta-
lonnoient comme s'il eût été condamné. » (*Le tresor des
tresors de France volé à la couronne*, par J. de Beaufort,
Parisien, Paris, 1615, in-8°, p. 31.)

1. Montescot avoit joui d'un grand crédit et mené grand
train sous Henri IV. Au commencement du règne suivant, il
eut à subir, entre autres malheurs, les conséquences d'un duel
après lequel son fils Baronville, ayant tué Dasquy, gentil-
homme du duc d'Aiguillon, dut s'enfuir au plus vite, et fut
pendu en effigie au bout du Pont-Neuf, en août 1611. (*Lettres de Malherbe à Peiresc*, p. 211, 219.)

2. Est-ce le célèbre homme d'état qui eut Sully pour successeur dans la surintendance des finances, ou faut-il
plutôt retrouver ici Lancy, fameux traitant de cette époque,
dont parle *la Chasse aux Larrons*, p. 45, 91 ?

3. Nous ne connaissons de ce nom alors qu'un conseiller
au Grand Conseil. (V. Tallemant, édit. in-12, III, p. 190.)

4. Il est parlé de ce grand fermier dans une petite pièce
fort curieuse : *La rencontre merveilleuse de Piedaigrette avec
maistre Guillaume, revenant des Champs-Elysées*, pet. in-12,
1606. On y voit qu'il florissoit au temps de la faveur des
financiers italiens en France, Ruccellaï, Sardini, Cenami,
et quelques autres nommés ici. C'est lui, à ce que nous
apprend la même pièce, qui organisa toute une armée de
mouches (*sic*) pour surprendre les *coquilberts*, sorte de con-
trebandiers de ce temps-là. Mais les mouches s'entendirent

faute de torcheculs sur leurs heritages, car il y a
bien des placarts; je ne sçay plus à qui on se fiera.

— Pour moy, j'ay envie de me mettre du party de celuy qui a entrepris le pont au Double [1],
car luy et ses associez sont de bons compagnons;
ils ont trompé la cour de parlement et le public :
ils ont fait semblant de commencer un pont de
pierre, qu'ils n'acheveront jamais [2]; et ce pendant,

avec les coquilberts, « tellement que, par le moyen de cette
alliance, le pauvre père Louvet fut métamorphosé comme
Actéon, qui fut mangé de ses chiens propres : car toute son
armée de mouches, tant capitaines que soldats, devinrent
coquilberts, et il fut traité à la turque. » La fuite de Louvet
à Maubuisson est ensuite racontée, etc., etc. (V. p. 19, 26.)

1. Peut-être cet entrepreneur, dont nous avons inutile-
ment cherché le nom, est-il le même que « le nommé
Bizet » dont parle Malherbe dans sa lettre à Peiresc du 12
janvier 1613, et qui proposoit de bâtir un pont neuf devant aboutir « vers la place Maubert », c'est-à-dire à peu
près à la hauteur où fut en effet placé le Pont-au-Double.
Cette construction n'entroit que comme détail dans l'ensemble d'un vaste plan d'embellissement que ce M. Bizet
montra à Malherbe, et qui, « proposé, reçu par le conseil »,
auroit eu, entre autres avantages, celui « d'acquitter cinq
millions de livres de rente que fait le roi, dit encore Malherbe, sans aucune surcharge ni exaction nouvelle. »

2. Le *Pont-au-Double*, qui dut son nom à la petite monnoie, équivalente à deux deniers, qu'on payoit pour y passer, ne tarda pourtant pas trop à s'achever. Les travaux y
allèrent même plus vite qu'au Pont-au-Change, qu'on re-
bâtissoit vers le même temps (V. plus loin). Il étoit ter-
miné en 1634, avec la salle de l'Hôtel-Dieu qui occupoit

avec un double de chacun homme, un sol du carrosse et de la charette, le tribut des vidanges
que l'on y porte, l'impost du bois flotté, et autres
imposts qu'ils prennent, ils tirent par jour plus
de soixante livres, et sont plus que remboursez
des frais qu'ils ont faits; et cependant font accroire
que cela ne vaut rien, et continuent à prendre le
jour et la nuict, et s'entendent avec les volleurs,
qui, à une heure induë, pour un escu de tribut
passent la rivière.

— M'amie, c'est faute de le faire entendre à
monsieur le procureur general de la Cour : c'est
un homme qui n'entend point de raillerie; s'il le
sçavoit, il y mettroit bon ordre; il empescheroit
bien que trois ou quatre partisans trompassent
ainsi le public.

Toute la compagnie ne s'ennuioit point de ces

l'un de ses côtés, et qui lui avoit fait donner son nom offi-
ciel de pont de l'Hôtel-Dieu. « L'an 1634, lisons-nous dans
le *Supplément des Antiquités de Paris*, de Dubreuil, p. 14,
fut fait le pont de pierre de l'Hostel-Dieu, qui prend depuis
le coing de la première porte de l'Archevesché et respond
en la ruë de la Bucherie, et sert audit Hostel-Dieu d'un bel
ornement et logement pour heberger les malades, avec une
gallerie faite à costé pour servir au public. » Quand le double tournois eut cessé d'avoir cours, on paya un liard pour
y passer ; ce péage exista jusqu'en 1789. On le débarrassa
en 1816 des maisons qui l'obstruoient du côté de la rue de
la Bûcherie, et de nos jours on l'a complétement rebâti,
d'une seule arche.

discours ; et cependant l'accouchée, qui avoit envie de pisser, poussoit sa mère pour donner congé à tous ; et moy, qui estois à la ruelle, qui manquois de papier et d'encre, me faschois de ne pouvoir tenir plus long registre de ce qui se passoit, pour en advertir ceux qui y peuvent mettre ordre, remettant le tout à une autre après-disnée.

LA SECONDE APRÈS-DISNÉE

DU CAQUET DE L'ACCOUCHÉE[1].

Comme ordinairement, aux maladies froides et humides, la melancholie y tient le premier rang, et que le seul remède de dissiper tous ses nuages, c'est de prendre une heure de passe-temps pour se rasserener les esprits debilitez et attenuez par la longueur de l'indisposition, ayant veu ces jours passez que j'avois repris une partie de mon embonpoint à entendre les devis recreatifs des femmes qui estoyent venuës visiter ma cousine, accouchée depuis peu à la ruë de Quinquempoix, je me resolus, puis que l'occasion m'avoit esté si favorable, et que tout avoit tellement reüssy à mon advantage, d'y retourner pour la seconde fois, esperant, si le caquet de la première après-disnée m'avoit apporté quelque vigueur et quelque accroissement de santé, que les gaillards entretiens de la seconde journée ne m'apporteroyent pas moins

1. Dans le *Recueil général*, cette seconde partie a pour titre : *La seconde journée et visitation de l'accouchée.*

de force et de soulagement à dissiper le reste de
l'humeur melancholique que la maladie me pouvoit
avoir laissé imprimé en la puissance imaginative.

Cette resolution, excitée plustost d'une consideration interne de reprendre mes premières forces,
que d'une curiosité particulière que j'aye d'entendre leurs discours (sçachant trop bien, selon ce
que j'avois peu voir auparavant, que les entreprises des femmes ne sont fondez le plus souvent que
sur des choses inutiles et de peu de consequence),
esveilla en moy un desir d'en voir la fin aussi bien
que le commencement. Je m'y rencontray donc
à l'heure precise, où je trouvay madame l'accouchée qui commençoit un peu à se bien porter. Je
m'enquestay de sa maladie, et elle reciproquement
de ma disposition ; je luy dis qu'à la verité depuis
l'autre jour qu'elle m'avoit fait ce bon-heur que de
m'insinuer dans la ruelle de son lict, et que j'a-
vois entendu les discours des femmes qui l'estoyent
venu voir, que ma maladie s'estoit de beaucoup
diminuée. — Vramy, mon cousin, respondit-elle,
vous en orrez bien tantost d'autres : car on m'a
adverti que je recevray ceste après-disnée la plus
jovialle compagnie qui se puisse imaginer ; mais,
afin que vous y preniez du contentement et que
vous ne soyez descouvert, derrière le chevet de
mon lict il y a une petite estude, où l'on peut entrer par une petite porte : de là vous entendrez facilement et sans aucune doute.

Je fus quelque temps, depuis une heure jusqu'à deux, à discourir avec elle sur diverses particularitez qui se presentoyent ; enfin, sur les deux heures on commença de frapper à la porte : cela me fit resserrer subtilement dans l'estude prochaine, qui respondoit sur le chevet du lict, d'où je pouvois facilement et contempler les actions des femmes et entendre leurs discours. La chambre bien parée, et les siéges dressez, la compagnie entre, chacun prend sa place, on se saluë, et demeurèrent quelque temps sans rien dire, comme par ceremonie et par respect l'une de l'autre ; toutesfois, comme les langues des femmes ne peuvent demeurer arrestées, n'y ayant rien de plus mobile qu'elles, une damoyselle d'auprez de la porte Sainct-Victor s'avança de dire : Vramy, Mesdames, vous estes bien ceremonieuses ; s'il vous arrivoit ce qui m'arriva l'autre jour, sur les onze heures du soir, devant les Carmes deschaussez, vous ne parleriez jamais de ceremonies : j'y fus entièrement bruslée ; c'est la raison pourquoy je n'ai pas deffait mon masque en entrant[1], car je ne suis pas encor guarie tout à fait.

— Comment, ma cousine, respondit une jeune mariée, estiez-vous à ce feu ? Je ne vis jamais un

---

1. V. plus loin une note sur l'usage des masques, p. 105, et la *Promenade du Cours*, Paris, 1630, in-12, p. 12 ; Lémontey, *Suppl.* à Dangeau, p. 140-141.

tel desordre ny tant de degasts ; un de mes frères y a eu aussi toute la face emportée, et n'y a encor aucune apparence de guarison.

— Mais à quoy bon toutes ces superfluitez ? dit alors une vieille edentée ? De mon jeune temps je n'oüis jamais parler de canoniser les saincts de la façon [1]; c'est plutost les canonner que les canoniser [2].

— Tout beau, tout beau, ma tante, dit une marchande de la rue Sainct-Denis : on en a bien fait davantage à Rome. Ce sont des resjouyssan-

[1]. Il s'agit de la canonisation de sainte Thérèse, que Grégoire XV, par bulle de l'année 1621, avoit mise au nombre des saintes. C'est comme fondatrice des carmélites que sainte Thérèse étoit fêtée par les Carmes avec une pompe si bruyante : « Par toutes les eglises des Carmes et Carmélines deschaussez de France, on fit... huit jours de fêtes solennelles en l'honneur de sainte Thérèse : toutes lesquelles eglises estoient richement ornées de tapis exquis, de tableaux, de lampes et de cierges, pour exciter le peuple à la dévotion, Sa Sainteté ayant octroyé pleinière indulgence. Et s'y voyoit un grand nombre de personnes de toutes qualités communier et recevoir le S.-Sacrement. »— *Le Mercure françois*, t. 7, p. 409 (juil. 1622).

[2]. Ce lazzi se retrouve dans une autre pièce de l'époque, inspiré par un fait tout différent. « Une autre vieille, dit l'*Hermite Valérien*, racontoit au curé qu'elle avoit ouy dire au marché que M. le connestable alloit canoniser la Rochelle avec cent canons. La simplicité de cette femme me fit rire, voyant qu'au lieu de *canonner*, elle disoit *canoniser*.—*Recueil des pièces les plus curieuses faictes pendant le règne du connestable M. de Luynes*, Paris, 1632, in-8, p. 310.

ces publicques, il n'y a point de danger de faire quelques fois ces superfluitez, quand ou y est porté d'une pure et sincère affection. Et puis, ce que les Carmes deschaussez en ont fait, ce n'a esté que par le commandement de la reyne, qui a fourni ceste despence, à cause que saincte Therèse estoit d'Espagne[1]. — Il n'importe, on y a plus offencé Dieu mille fois que lui faire honneur, dit une bourgeoise d'auprès Saint-Leu. Je vous promets, pour moy, que je n'approuve aucunement ces choses. Combien pensez-vous qu'il y ait eu de filles enlevées? Tous les bleds des environs sont renversez et bruslez; il ont trouvé le mois d'août plustost que celuy de juillet. — Pour moy, dit la femme d'un advocat du grand conseil, j'eusse èsté d'avis de mettre toutes ces superfluitez à la decoration de leur eglise; à tout le moins cela leur fust demeuré, et les eust-on estimé d'avantage, sans faire evaporer tant de richesses en fumée; cela eust allumé le feu de devotion dans le cœur de ceux qui les eussent visité, où, au contraire, tout l'air voisin et les champs des environs ont esté embrasez de leur fuzées; j'ay encore un colet monté à cinq estages[2] qui est entièrement

1. « La reyne fit la despense des artifices qui jouèrent sur le haut de l'église des Carmes deschaussez de Paris. » *Le Mercure françois*, t. 7, p. 409.

2. L'un des ajustements à la mode que les bourgeoises ne devoient pas se permettre : « le col garny d'affiquets, de

gasté. Encor si on eust allumé le feu à huict heures, on n'y eust perdu tant de manteaux : tous les
escoliers y estoyent en armes.

— Mais ce qui est plus à rire, ma commère (dit
la femme d'un procureur de la paroisse Sainct-Germain), c'est qu'en allant à l'eglise des Carmes deschaussez, j'entendis crier la Vie et miracles de madame saincte Therèse. J'en voulus acheter une, afin
de pouvoir gaigner les indulgences ; mais comme je
fus retournée au logis, mon mary commença à lire,
et fust estonné qu'on avoit attribué deux pères à
saincte Therèse[1] : le premier, le roy dom Bermude, et le second, Alonse Sanchez de Cepède ; il
n'y a peut-estre personne d'entre nous autres qui
y eut pris garde.

— C'est peut-estre la faute de l'imprimeur, dit
la femme d'un libraire de la ruë Saint-Jacques ;
cela est excusable : c'est une chose qui arrive souvent ; on rapporta l'autre jour un livre à mon mary, où il y avoit autant de fautes que de mots. —
Une femme du palais, que tout le monde cognoist
assez bien, luy respondit : Ma commère, il ne
se faut pas esmerveiller : l'autre jour nous avions
fait faire un factum chez un certain imprimeur,
demeurant en l'université, qui est bon compa-

colet à quatre ou cinq estages d'un pied et demy, pour monter
au donjon de folie, etc. » La Mode qui court à présent, etc.,
Paris, s. d., in-12, p. 8.

1. V. plus loin, p. 114.

gnon ; mais je ne vis jamais tant de fautes : en tous les lieux où il falloit un V, il y avoit mis un Y grec[1] ; je ne sçais pas si c'est pour declarer à tout le monde que mon mary porte les cornes.

— Porter les cornes, dit la femme d'un conseiller de la Cour ! il y a plus de dix ans que mon mari en porte quelques unes, qui l'accompagneront en fin jusques au tombeau ; aussi bien a-il desjà un pied dans la fosse ; rien ne luy servira d'avoir une barbe reverende et une calotte à l'antique.

— Tout beau, ma cousine, dist la femme d'un Maistre des Comptes : il ne faut jamais scandaliser son mary, principalement en une bonne compagnie. Il faut empescher tant qu'on peut les langues de mal parler, et particulièrement d'un bon vieillard comme vostre mary ; cela est mal seant : le bon homme n'y songe pas peut-estre ; encor faut-il porter quelque respect à sa barbe.

— Mais à propos de barbe, dit une de la rue Sainct-Honoré, je vois quelquefois passer un prelat, je ne sçay s'il est evesque ou archevesque[2], mais je ne vis jamais une telle barbe ; on dit qu'il

1. Les plaintes étoient fréquentes alors contre la façon incorrecte dont les livres étoient imprimés ; on peut lire notamment à ce sujet un passage du *Perroniana*, 3e édit. in—12, p. 168.

2. Si le cardinal de Guise, archevêque de Reims, n'étoit mort à Saintes le 21 juin 1621, c'est-à-dire un an avant que

est tous les jours pour le moins deux heures à la peigner et attifer; il n'y a point de ferremens assez à Paris pour la friser; il en fait venir de Normandie.—N'en sçavez-vous que cela? dit une dame de la Cour. Je cognois de nom et de surnom celuy dont vous parlez. Mais il fait bien d'avantage : il a esté si curieux qu'il s'est fait peindre en cinq ou six endroicts de ceste ville, et a envoyé des coppies de son pourtraict à Rome, pour ravir les cardinaux de la beauté de sa barbe. Mon fils m'a dit l'avoir veu en plus de six endroicts depeint dans Rome.—C'est de quoy le reprenoit dernièrement un abbé vestu de rouge (dit la vefve d'un Maistre des Requestes); mais il ne s'en soucie pas beaucoup, car, avec le temps, il espère que sa barbe parlera grec, comme celuy qui la porte. — Ho! ho! grec! dit une bossüe qui avoit leu la Bible, ce seroit pire que l'asne de Balaam, qui parloit hebreu. — Nous avez leu la Bible, luy dit une boi-

---

ceci dût être écrit, je croirois volontiers que l'auteur des *Caquets* a voulu ici parler de lui. C'étoit en effet le prélat le plus coquet et le mieux frisé du royaume. Tallemant le prouve par cette anecdote : « Un jour que le dernier cardinal de Guise, qui étoit archevêque de Reims, vint fort frisé dîner chez M. de Bellegarde..., Yvrande alla dire tout bas ces quatre vers à M. le Grand (on appeloit ainsi M. de Bellegarde) :

Les prélats des siècles passés
Etoient un peu plus en servage;
Ils n'étoient bouclés ni frisés, etc.

(*Histor.*, édit. in-12, t. 1, p. 110.)

teuse qui estoit assise contre le pied du lict. — A la verité, Madame, j'en ai leu quelque chose ; quelques fois j'y passe une heure de temps. — Mais est-ce à faire aux femmes à lire et manier un livre si hazardeux, qui tuë et occist ceux qui le veulent expliquer et manier trop indiscrettement ? Voilà d'où viennent tant de ministres et tant d'errans que nous voyons aujourd'huy, qui tourneboulent, couppent, rongnent et disposent de l'Escriture selon leur plaisir. Si est-ce qu'ils ont beau feuilleter, on ne trouvera jamais dans la Bible qu'il faille se rebeller contre son roy, et se partialiser contre l'authorité de son souverain. — La bossüe alloit respondre, mais l'Accouchée, levant un peu sa teste, ce pendant qu'on relevoit son oreiller : Mais, dit-elle, Mesdames, vous ne dictes rien de l'armée ; n'y a-il rien de nouveau ? Il y a long-temps que je n'en ay entendu aucun bruit.

La femme d'un courrier extraordinaire, de la ruë aux Ours, prenant la parole : Je receus, dit-elle, des lettres hyer au soir de la Cour, par où on me mandoit que tout succedoit entièrement selon la volonté du roy : les rebelles ne furent jamais si mal menez. Montauban est aux abbois[1], la Rochelle enclose et fermée par mer et par terre[2].

1. Cette place ne se rendit toutefois définitivement qu'en 1629.
2. Il est question d'un premier blocus qui précéda le siége fait par Richelieu, et qui fut levé en cette même année 1622.

Il ne reste plus qu'à bien servir sa Majesté, comme font quelques uns ; mais il y en a d'autres qui veulent faire leur main , aussi bien que le connestable deffunct, qui en un jour mettoit dix ou douze mille hommes dans sa pochette : il y a de la tromperie partout[1].

— Tromperie ! dit une sculptrice de la ruë Sainct-Martin. Mercy de ma vie ! je vois là tous les jours devant ma porte mille sortes d'inventions pour attraper l'argent du roy. Il ne suffit pas aux tresoriers de gaigner cent mille escus en un an , ils veulent faire leurs commis et partisans aussi riches qu'eux : s'il faut mener une voye d'argent à Sa Majesté[2], on prendra quatre cens

1. Le même reproche se trouve formulé contre Luynes et ses frères, dans *la Chronique des favoris*. On le fait ainsi parler : « Nous avons encore preveu de faire un grand nombre de régiments invisibles , mes frères et moi , desquels on faisoit courre le bruict que nous les mettions en nostre bourse, au lieu que nostre dessein estoit de nous en servir pour les jetter invisiblement dans la place, pour la surprendre plus facilement. » *Recueil des piéces les plus curieuses*, etc., p. 481.

2. Il falloit alors, quand on faisoit des transports d'argent, un énorme attirail d'hommes et de chariots, n'eût-on à voiturer qu'un million ou douze cent mille livres. Malherbe écrit à Peiresc le 17 juillet 1615 : « On fut mercredi sur les cinq heures du soir à la Bastille, prendre douze cent mille livres pour le voyage...; l'argent fut tiré dans quarante charrettes, qui portoient chacune trente mille livres en quarts d'écus. »

hommes à qui l'on baillera tous les jours un escu ou deux pour gages, de sorte que devant que l'argent soit à l'armée, on trouvera, si on veut bien conter, qu'il couste quinze ou seize mil escus à le mener. Et cela se fait tous les mois. Encor si ceux qui conduisent les chariots se contentoient de cela; mais par où ils passent, ils ruynent et gastent tout (je ne dis pas qu'il ne faille accompagner l'argent qu'on envoye à Sa Majesté par un bon nombre de soldats; mais il y a moyen de les treuver à meilleur marché).

— J'entendois l'autre jour chez M. le prince qu'il s'en plaignoit grandement (dit une fille de chambre).—Aussi y a-il de l'interest, respondit sa sœur : car il est un peu avaricieux ; il a bien pris son temps : voicy une belle occasion, où il se garnira comme il faut. Quant je pense à ses liberalitez, je ne peux me tenir de rire. Il me souvient que j'estois un jour à la messe aux Enfans-Rouges, où de fortune il arriva. Comme il entendoit chanter un *Salve*, il demanda à celuy qui chantoit combien il prenoit. — Dix-huict deniers, Monsieur, luy respondit-il, car il ne le cognoissoit pas, tant son train est grand. —Tiens, dit-il, chantes-en un pour moy, je te donne trois sols. N'estoit-ce pas se mettre en frais?

— C'est à faire à M. de Soubize (dit une autre qui estoit freschement revenuë de Poictou) de se mettre en frais; il y entre jusques aux reins, et sans son cheval, qui estoit fort et massif, il y eust entré pour jamais; aussi l'a-on placé et enroollé dans la Chronologie et le martyrologe des rebelles [1], qui est grossi depuis un an de trois volumes entiers.

Une certaine de Languedoc : On n'a garde d'y mettre M. de Rohan (dit-elle), ny de l'enchroniquer si avant dans les Annales : car il ne s'est jamais trouvé aux meslées; il sçait mieux escrimer de l'espée à deux jambes que d'une picque. Ne l'a-il pas fait paroistre à Saint-Jean-d'Angely [2] et en tant d'autres lieux, où sa poltronnerie l'a signalé par dessus tous ceux de son party? Pour M. de la Force, il a joüé un tour de son mestier : car quand il a veu qu'il estoit forcé, et que toute sa force avoit perdu sa pointe devant Thonins, Clerac et autres places, il s'est rendu quasi comme en reculant, et a attrappé de bon argent [3].

— Il ne le tient pas encore (dit une grande

1. Il est sans doute ici question du livre qui a pour titre : *Histoire des martyrs persecutez et mis à mort pour la verité de l'Evangile...* (1610), trad. du latin (par J. Crispin et continué par S. Goulard), Genève, 1619, 2 vol. in-fol.

2. M. de Rohan en effet ne s'étoit pas conduit très bravement à S.-Jean-d'Angely. Bien que cette ville lui appartînt, sitôt qu'il sut l'approche des troupes du roi, il se retira, laissant la défense de la place à son frère Soubise. S.-Jean, quoiqu'en bon état, ne tint pas long-temps. Le 25 juin 1621 Soubise y capitula.

3. M. de la Force en effet vendit cher sa soumission;

dame qui a esté mariée depuis peu à un homme de soixante ans); je sçay de bonne part qu'il n'a encore rien touché, sinon la promesse que M. de Chomberg[1] luy a faicte; mais il faut qu'il face voir les effects de la sienne auparavant.

— Pour mon regard (dit alors une marchande du Palais), c'est une estrange chose que nous ne faisons plus rien : il n'y a plus de curiosité à Paris; depuis que le roy est party[2], nous n'avons

quand les mauvaises affaires des Huguenots dans la basse Guienne, la perte de Tonneins, que son gouverneur rendit, et la prise de Clerac par les troupes du roi, lui eurent fait désespérer de sa cause, il songea à entrer en arrangements, mais il ne conclut qu'avec de beaux avantages. « Le roi, continuant son chemin par la Guienne, lit-on dans les *Mémoires* de Rohan, acheva son traité avec La Force, qui, moyennant une charge de maréchal de France et 200,000 écus, lui rendit Sainte-Foy, dont il s'étoit rendu maître au préjudice de Terbon, gendre de Pardaillan, et se démit lui et ses enfants des charges et gouvernements qu'ils avoient possédés, sans en donner jamais connoissance ni à l'assemblée générale ni au duc de Rohan. » (Coll. Petitot, t. 18, p. 214.)

1. Il étoit *superintendant* des finances, comme dit Malherbe (*Lettres à Pereisc*, p. 481), depuis la fin d'août 1621. La Vieuville lui succéda (*Mém.* de Bassompierre, Coll. Petitot, 2e série, t. 16, p. 2-3).

2. Les plaintes sur le tort que l'absence du roi et de la Cour faisoit aux marchands de Paris étoient générales. On lit, par exemple, dans une pièce du temps, *Lettre de la ville de Tours à celle de Paris*, 1620 (Recueil A-Z, E, p. 139) : « Le vray sujet de vostre murmure, c'est de vous sentir affamé de

fait aucun trafic; la boutique, qui souloit estre
remplie, est vague; les courtisans et la noblesse
s'en sont allez avec le roy, de sorte que nous perdons infiniment; et encor, qui pis est, les loüa-
ges des boutiques nous ruynent.

— Comment, loüage! respondit une gantière
de dessus le pont Nostre-Dame. Vramy, vous devez bien vous plaindre! Je ne sçay comme on
n'y met ordre : il n'y a pas un petit trou sur le
pont, depuis le bruslement[1] et l'incendie du feu

la manne ordinaire de la cour... Il vous fasche voir un si
grand dechet de prix en vos merceries, et tant de chambres
garnies à louer. A la verité je vous avoue que l'absence
du roy vous fait dommage, pour faire du bien à d'autres, et
s'il continue à s'eloigner de vous, vous deviendrez à moitié deserte. » Plusieurs pièces coururent qui reproduisoient
ces plaintes et qui prouvoient qu'elles étoient l'expression
de toutes les pensées à Paris; voici le titre de quelques
unes : *Les avis de M. le chancelier et de MM. du Parlement,
donnés au roy sur la résolution de son voyage*, Paris, 1622,
in-8. — *Harangue et protestation faite au roi, au nom des
trois ordres de France et de MM. les Parisiens, sur son prochain départ*, Paris, 1622, in-8. — *Requête générale des habitants de Paris, présentée au roi, sur le voyage de Sa Majesté*,
par le sieur de Boiscourtier, Paris, 1622, in-8. — *Franco-
philie présentée au roi sur la résolution de son voyage*, par le
sieur Mangeart, s. l. 1622, in-8.

1. L'incendie du *Pont-au-Change* eut lieu, en effet, dans
la nuit du 24 oct. 1621 (*Mercure françois*, VII, 857). On en
accusa l'imprudence d'un certain de Meuves, que Richelieu
fit juger par une assemblée de conseillers du Châtelet, dont
M. de Cordes étoit président. Il fut pendu (Tallemant, édit.

qui arriva en octobre dernier, qui ne soit rehaussé
de la moitié; nous ne gaignons pas le loüage de
nos chambres; encor, depuis que la mode est
venuë de porter des gans à l'Occasion et à la Ne-
gligence [1], toute la marchandise que nous avions
à la Guimbarde [2] a perdu sa vente et n'est plus
en credit. Mais patience! puisque c'est la mode,
il faut vivre à l'Occasion.

Sur ce mot de mode et d'occasion, une jeune

in-12, t. 2, p. 188). On songea aussitôt à rétablir le pont,
et, afin de le garantir des accidents auxquels sa première
construction en bois l'avoit exposé, on voulut le bâtir en
pierre. Les orfèvres qui y avoient leurs *forges* (boutiques)
offrirent d'en faire les frais : « Les orfèvres de Paris, dit
La voix publique au roy, poursuivent de faire bâtir le Pont-au-
Change de pierres de taille à leurs despens. Le marquis (La
Vieuville) ne le trouve pas bon. » (Recueil E, p. 210.) Le
projet traîna en longueur, si bien que la reconstruction
ne fut commencée qu'en septembre 1639, et achevée qu'en
octobre 1647.

1. C'étoient des gants d'une mode en effet nouvelle, car
nous ne les trouvons pas nommés dans une petite pièce en
vers qui fait la description la plus complète de toutes les
espèces de gants à la fin du XVI⁰ siècle : *Le Gan de Jean
Godard, parisien, etc.*, Paris, 1588, in-8, p. 9-11.

2. *La Guimbarde* étoit une danse dont la vogue avoit commencé vers 1606. Nous la trouvons indiquée sous cette date
dans le premier volume de la Collection des ballets de Phi-
lidor, ms. de la bibliothèque du Conservatoire. L'air sur
lequel on la dansoit est encore populaire : c'est celui de *Du-
pont mon ami*. Alors tout était *à la Guimbarde*, comme de
nos jours tout a été à la Polka.

brunette qui vend de l'encre nouvelle [1] sur le
pont : Hélas! dit-elle, ma mie, c'est bien à nous
à nous plaindre des destins si cruels, et à vivre à
l'occasion! La fortune nous a bien tourné le dos;
depuis que le roy est party, nous n'avons pas
gaigné un teston en nostre boutique. Si ce n'estoit le petit trafic que nous faisons au logis, je ne
sçay comment il nous seroit possible de vivre.
Ce n'est pas faute de marchands, nostre boutique
est tousjours assez garnie : vous y en trouverez
tousjours trois ou quatre; mais leur bourse est si
sterile qu'il n'y a point moyen de tirer ny d'arracher une pistolle d'eux.

Sa sœur alloit advancer quelque propos; mais
sa mère, interrompant son discours, bien que
d'un front ridé, dit ces paroles : Mes enfans, il
faut prendre patience; nous sommes en un temps
miserable, où le vice a tellement pris pied dans
la nature que la vertu s'en est bannie et exilée
d'elle-mesme; on ne parle que de coupeurs de
bourses, que de Grisons [2] et Rougets [3]; et mesme

1. Peut-être cette encre nouvelle est-elle celle de *la Petite vertu*. La maison Guyot, qui en fait le commerce, date
en effet, à en croire son enseigne, de l'année 1609, époque
assez rapprochée de celle-ci.

2. Il est parlé de tous ces voleurs, notamment des Grisons, dans le roman de *Francion*, liv. 2, histoire de Mar-
sault, Paris, 1663, in-8, p. 74.

3. On les appeloit aussi *Manteaux-Rouges*, peut-être
parcequ'étant des échappés des galères, ils avoient gardé

c'est une chose estrange que les archers, qui devroient empescher le desordre, au lieu d'y prendre
garde, s'endorment et s'assoupissent sur la venaison.

— Et moy, dit une jeune marchande d'auprès
le Chastelet qui dès le lendemain de ses nopces
à emmoysé [1] et acteonisé son mary, le plaçant

l'habit rouge, qui étoit déjà au 17ᵉ siècle l'uniforme du ba-
gne (*Hydrographie* du P. Fournier, 1667, liv. 3, ch. 45).
Il paroît que des plaintes pareilles à celles qui se trouvent
ici finirent par réveiller la police, et par la lancer une
bonne fois sur ces bandes nocturnes. Voici en effet ce que
nous lisons dans une pièce du temps: « A force de crier
après le prévôt des maréchaux de Paris, ils ont fait une
capture, depuis peu, de deux cent seize voleurs, au nombre desquels il y avoit vingt-deux Manteaux-Rouges, qui
estoient à gage, et qui jetoient par le soupirail des caves ce
qu'ils avoient butiné par la ville. » (*Les grands jours tenus à
Paris, par M. Muet, lieutenant du petit criminel*, 1622 [*Variétés histor. et littér.*, avec des notes de M. Ed. Fournier,
Paris, Jannet, 1855, in-16, t. 1, p. 198].) Dans la même pièce, p. 202, il est encore parlé des Manteaux-Rouges,
allant faire affront à un clerc de taverne du *Pied-de-biche*,
près la porte du Temple, et lui volant son manteau.

1. C'est-à-dire : lui a donné des cornes comme celles de
Moïse. C'étoit une expression consacrée. Passerat la pa-
raphrase ainsi :

> Ce nom de cocu vous honore,
> Ce nom de cocu vous décore,
> Et par ce nom l'on est contraint
> De vous adorer comme saint.
> Mais advisez si Dieu vous prise
> Qui vous fait *semblable à Moyse* :
> Car, quand les tables il reçut,

dans le zodiaque au signe du Capricorne, arrive
ce qu'il pourra, je ne peux plus manquer; il ne
m'en chaut que nous ayons guerre ou paix, je
suis asseurée sur un bon et ferme pillotis; mes
enfans ont des benefices dès l'instant de leur conception, et mesme devant que l'embrion soit formé.

— Je ne m'estonne plus pourquoy les femmes
ont tant de mal à se descharger de leur fruict,
dit la mère de l'accouchée, veu que leurs enfans
sortent avec la crosse et la mittre en teste.

— Mes enfans, repliqua la marchande, n'ont
ni crosse ni mittre, mais j'espère que celuy en qui
j'ay fondé ma confiance en aura bien-tost; à tout
le moins on m'a dit que l'evesché[1] est en grand
bransle, et qu'il sent bien la resinée. Si cela est,
je vous laisse à penser du succez de mes affaires,
et comme je m'accommoderay, pourveu qu'il me
face tousjours participante de ses affections et de
sa faveur. — Mais vous n'en dictes mot, de la
faveur, dit une fille de chambre qui aymoit à
parler des affaires d'estat.

> Soudainement il s'apparut,
> Estant descendu de la nuë,
> Qu'il avoit la tête cornuë,
> Qui me fait croire, en vérité,
> Qu'encores a divinité.
>
> (*Recueil des œuvres poétiques de Jan Passerat*, etc.,
> Paris, 1606, in-8°. *Consolation aux cocus.*)

1. C'est l'évêché de Paris, alors vacant, et dont on dis-
posa à cette époque, ainsi qu'il sera dit plus loin.

— Ne parlez point de choses qui nous sont in-
differentes, repliqua sa maistresse : les murailles
ont des oreilles ; on ne sçait quelque fois devant
qui on parle.

— Il est vray, Madame, dit la femme d'un advocat du Chastelet : on me disoit l'autre jour
qu'une honneste compagnie estant venuë voir
madame l'accouchée, qu'il y avoit derrière son
lict un certain quidam qui tenoit registre de tout
ce que la compagnie disoit ; ce qui ne tourne qu'à
nostre desavantage, car chacun nous appelle caqueteuse. Si d'avanture il y estoit maintenant, il
nous luy faudroit bailler son change.

Et moy qui entendois toutes ces plaintes,
je me resjouyssois de n'avoir pris ma première
plàce, car sans doute on m'eust faict un affront.

— Nostre Dame! dit alors une damoiselle de
marque, parlant à l'accouchée, y auroit-il bien
quelqu'un de si hardy que de nous jouër ce tour-
là?

— Je vous promets, madamoiselle, que je
n'en ay ouy parler aucunement.

Une vieille ridée alors se leva : Je vous jure
saincte Brigide (dit-elle) que j'en sçauray la verité. Et de ce pas elle alla en la ruelle du lict,
où elle trouva le nid ; mais l'oyseau s'estoit en-
volé. Et moy, qui m'esclattois de rire, je ne peus
jamais mettre en ligne de compte tout ce que deux
ou trois bourgeoises se disoyent secrettement à

l'oreille. Là, là, Madame, en bonne compagnie il ne faut rien celer : est-ce de la faveur que vous parlez ?

— Comment parlerions-nous de la faveur ? il n'en a plus.

— Il y a deux ans que le feu connestable faisoit bien ses affaires devant Sainct-Jean-d'Angely, dit l'autre [1] : il avoit la solde pour 40,000 hommes, et n'en entretenoit pas vingt-cinq mille. C'est la cause qu'on n'a pas pris Montauban l'an passé, ma commère : il n'avoit pas seulement dix mille hommes là devant. N'est-ce pas une volerie ? Mais il a trouvé le terme de ses pilleries dans Monheur [2].

— Je voudrois que vous eussiez veu la predic-

---

1. « Il faisoit partir de Paris force convois d'argent, sous prétexte de payer l'armée, mais la plupart demeuroient dans Bloys. » *L'ombre de Monseigneur le duc de Mayenne, etc. Recueil des plus curieuses pièces, etc.*, p. 379.

2. Monheur est un château près de Toulouse, qui, après la mort de Boesse, s'étoit ouvertement révolté contre le roi. Il résista plus long-temps qu'on ne l'avoit pensé, et, pour comble de disgrâce, les gens de Sainte-Foy massacrèrent à Gontault bon nombre des gendarmes de Luynes. Le connétable s'en affecta jusqu'à tomber malade. Il venoit de s'aliter, quand la place se rendit enfin, le 12 décembre. Il étoit trop tard. « Ce succès si désiré, dit Richelieu, fut à peine ressenti du connétable, que la maladie avoit déjà réduit jusques à l'extrémité, et l'emporta deux jours après, qui fut le quatorzième jour de décembre. » *Mémoires* (collect. Petitot, 2e série, t. 22, p. 162).

tion du curé de Mil-Monts [1] sur ce sujet, dit la femme d'un astrologue de l'Université; vous l'eussiez admiré. Il y a bien dix mois qu'il l'apporta en nostre logis [2]; elle estoit ainsi :

Quand L. sera changé en R.
Et Loys changé en vray roy,
Lors nous verrons ce vice-roy,

[1]. Jean Belot, curé de Mil-monts, étoit alors, comme Morgard ou Mauregard, l'un des plus grands faiseurs d'almanachs. Voici le titre bizarre de celui qu'il avoit publié au commencement de 1621, et qui prédisoit, à en croire nos caqueteuses, la mort du connétable, survenue le 15 décembre de la même année : « *Centuries prophétiques revelées par sacrée théurgie et secrete astrologie à M. Jean Belot, curé de Mil-monts, professeur ès mathématiques divines et celestes, auxquelles centuries est predit les evenements, affaires et accidens plus signalés qui adviendront en l'Europe, aux années suivantes jusques en l'an 1626...* Paris, A. Champenois, 1621, in-8 pièce.—On se préoccupoit beaucoup, à Paris et dans la province, de ces prophéties d'almanach. Malherbe se croit obligé, par exemple, de rassurer l'un de ses cousins de Normandie sur les inquiétudes que ces prédictions lui donnoient au sujet du voyage du roi, qui venoit de partir pour la Guienne. « Mauregard, lui dit-il, le curé de Mil-monts, et tous les autres faiseurs de prophéties, mentent. Vos astrologues ne sont pas plus clairvoyants qu'eux. Il ne faut pas avoir peur de leurs almanachs plus que des autres. »

[2]. Ces almanachs étoient partout, je le répète, la grande affaire des caqueteuses. Celles qui sont mises en scène dans une autre pièce parue vers le même temps, *Le grand procez et la querelle des femmes du faubourg S.-Germain avec les fil-*

Ce connestable de Luyne,
Qui s'esvanoüira en LaiR,
Et sera changé en Ruyne[1].

Jamais il ne fit prediction[2] plus certaine ; mais de ses deux frères on n'en parle plus. Que font-ils ?

Lors la femme d'un certain secretaire porte-

les du faubourg Montmartre sur l'arrivée du Régiment des Gardes, etc. Paris, 1623, in—12, p. 1, parlent aussi du curé de Mille-monts (sic), de son almanach, et du diable d'argent « à qui chacun tire la queue », qu'il y a fait peindre.

1. Richelieu semble croire lui-même à la vérité des prophéties faites au sujet de la mort de Luynes, et va jusqu'à invoquer, comme article de foi, l'almanach du curé devin. « L'almanach du curé de Millemont, dit-il, citant un autre passage que celui auquel il est fait ici allusion, portoit en termes exprès que, depuis le mois d'août jusques à la fin de l'année, un grand *Philocomée* auroit bien mal à la tête, et seroit contraint de se ranger au lit, avec danger de sa personne; que ce ne seroit pas du tout sa maladie qui lui causeroit ceste fascherie, mais des nouvelles qui lui viendroient de la perte de quelques siennes troupes, qui auroient été mises en fuite; et le même almanach, en la fin, où il mettoit les jours heureux de l'année, remarque particulièrement celui de sa mort, jour heureux pour le roi et son état. » *Mémoires de Richelieu*, Coll. Petitot, 2e série, t. 22, p 165.

2. On ne s'en tint pas aux prédictions faites avant, il y eut des horoscopes faits après, et d'autant plus certains ; celui-ci, par exemple, paru dans l'année qui suivit la mort de Luynes : *L'horoscope du connétable et le passe-partout des favoris*, 1622, in-8 pièce.

calotte dit : Madame, depuis que la teste est à bas, tout le reste ne vaut plus rien. Je l'ay bien remarqué en nous depuis la mort de feu Mgr. le connestable : nous y perdons plus de cent mil escus ; ses deux frères [1] n'y perdent pas moins. Il y en eut un l'autre jour qui pensa mourir à Saumur de despit : il voulut jouër en trois rafles avec un certain de la cour ; mais de malheur il ne sceut amener qu'une rafle de quatre, et l'autre luy donna une rafle de cinq. Aussi il ne faut jamais s'adresser à des mareschaux : ils sont du naturel des chevaux, ils ruent.

— Mamie, dit une dame de la cour, la decadence de l'un, c'est l'eslèvement de l'autre : le marquis d'Ancre est tombé, Luyne a pris sa place ; Luyne est tombé. Pour trois pelerins qui alloyent en Esmaü, on vit aussitost naistre quatre evangelistes dans le conseil. Maintenant on ne faict plus rien que par l'advis de M. le prince de Condé, c'est le ressort de la guerre [2] ; mais le roi

1. L'un étoit Honoré d'Albert, qu'on appela d'abord M. de Cadenet, à cause du château patrimonial, puis M. de Chaulne, quand il eut épousé Charlotte d'Ailly, dame de Pocquigny et de Chaulne, l'unique héritière de cette illustre maison. Fait maréchal à l'occasion de ce mariage, il fut plus tard créé duc. Le second frère du connétable, Léon d'Albert, qu'on nommoit M. de Brantes, épousa une fille de la maison de Luxembourg. Il en prit le nom et les armes pleines, et s'intitula duc de Luxembourg et de Piney.

2. Le prince de Condé, catholique assez indifférent jus-

commence à s'ingerer dans les affaires plus avant
qu'il n'avoit encore faict ; luy-mesme il veut assister à tout ce qui se delibère. Cela sera cause
que plusieurs n'oseront desrober si hardiment que
j'ay passé.

Une femme de Tresorier d'auprès l'hostel de
Guise, voulant mettre son nez en cette cause :
Arrive, dit-elle, ce qui pourra, Monsieur de
Joinville ne s'en soucie pas ; il est maintenant
remplumé[1], il a l'oyseau et les plumes. Qu'il le
faict beau voir avec les diamans du connestable !

que alors, et guerrier très calme, s'étoit pris tout à coup
d'une grande haine contre les huguenots et d'une belle ardeur belliqueuse. Bien qu'on n'en comprît pas la raison,
qui n'étoit autre, à ce qu'il paroît, que certain espoir fondé
sur une prédiction qui lui promettoit la couronne à l'âge
qu'il avoit alors, et qui le portoit à se faire chef d'armée
d'abord, pour mériter mieux d'être chef d'état ensuite. Bien
qu'on eût cette soudaine résolution en défiance, comme on
y trouvoit une nouvelle force contre les rebelles, on n'étoit
pas sans y applaudir. C'est ce qui justifie ce passage des *Caquets* sur l'influence de Condé dans le conseil. V., sur toute
sa conduite alors, et sur ce qu'on en pensoit, Vittorio Siri,
Memorie recondite, t. 5, p. 404, et *Mém.* de Richelieu, Coll.
Petitot, 2ᵉ série, t. 21, p. 326.

1. Le prince de Joinville, fils du *Balafré* et frère du duc
de Guise, ainsi que de Louis de Lorraine, cardinal de Guise,
devoit à sa fidélité pour le parti de la cour le rétablissement
de ses affaires. V. sur lui les *Lettres de Richelieu*, publiées,
par M. Avenel, dans la *Collection de documents inédits*, t. 1,
p. 462, 475.

Comme il se rit du soing et du travail que ce pauvre deffunct a eu d'acquérir tant de richesses ! On luy demandoit l'autre jour quelque debte qui estoit sur le registre dès long temps : Ouy da, dit-il, il est raison que je vous paye : ma femme, outre son bien, m'a donné cent mille escus pour payer mes debtes.

— Que voulez-vous, ma commère ! dit une rousse du mesme cartier, ainsi va la fortune : l'un monte, l'autre descend. Pour moy, je ne l'ay jamais esprouvé favorable à mes désirs : j'ay dix enfans en nostre logis, dont le plus grand n'a que xij. ans ; il me met hors du sens : j'avois fait venir un pedan de l'université pour le tenir en bride, mais il y a perdu son latin. Ils seront en fin contraints d'aller demander l'aumosne, si le temps dure.

— Il y a tant de pauvres maintenant, dit une bourgeoise de qualité, que nous en sommes mangez. Je ne sçay comment on ne fait pas un reiglement sur le desordre ; mais ceux qui ont charge des bureaux sont bien aises de pescher en eau trouble.

— Il y a un moyen très facille d'y remedier, dit la veufve d'un eschevin. Du temps que mon mary estoit en charge, il y voulut apporter un expedient ; mais les gros bonnets n'y voulurent jamais songer. Premicrement, ou les pauvres sont impuissans, ou habiles à faire quelque chose : si

impuissans de bras, il les faut employer aux re-
parations de la ville, ils ont bon dos ; si impuis-
sant des jambes, il les faut mettre en un lieu à
part, et leur apprendre à travailler des mains[1].
S'ils peuvent faire quelque chose, à quoy est bon
de voir tant de gueux par les ruës? Mercy de ma
vie! j'en parle comme sçavante, car dernièrement ils en pensèrent voller en mon logis. Il
seroit besoin d'y remedier pour les viellards. A
quoy sert de nous taxer et cottiser pour les pauvres enfermez, si on ne les y renclost? — Chacun
approuvoit assez son dire, quand une tavernière
de l'Université se leva : Ce n'est pas tant aux
gueux qu'il faut prendre garde, dit-elle, qu'à une
infinité de vagabonds et de courreurs de nuict,
qui pillent, vollent, destroussent mesmes tous nos
marchands ordinaires, et, qui pis est, ils empruntent le nom des escoliers, et font semblant d'estre

1. C'est justement le projet qu'on eut alors, et qui, après
avoir été formulé longuement par lettres patentes de février
1622, ne reçut pas d'exécution. Il s'agissoit d'établir au Cours
la Reine une maison royale qui devoit s'appeler d'abord *Maison des œuvres de miséricorde*, puis *Maison royale de Monheurt*,
en souvenir de la prise récente de cette petite ville (V. plus
haut). Cette sorte d'hospice eût été instituée, d'après les termes mêmes de l'ordonnance, « pour le soulagement des pauvres valides..., le moyen de leur apprendre à travailler en
tous arts, etc. » V. sur tout ce projet et son plan développé
l'article de la Revue rétrospective : *Un dépôt de mendicité
sous Louis XIII*, 2ᵉ série, t. 5, p. 207 et suiv.

de leur caballe ; mon mary y pensa perdre la vie l'autre jour, près des Cordeliers [1].

— Mais on ne parle plus des Cordeliers [1], dict une vieille de la paroisse de Sainct-André ; on ne sçait plus quel party ils tiennent, on n'y recognoist plus rien. Il y en a encor quelques uns qui portent des souliers fendus ; mais je crois que c'est

1. Il est aussi parlé de la « bande des assassins du faubourg S.-Germain » daus *Les effroyables pactions faictes entre le Diable et les prétendus Invisibles*, Paris, 1623, in-8, p. 20. Ces attaques continuelles rendoient les Parisiens très peureux, et surtout très casaniers, quand venoit le soir. « Ils ont cette particularité, écrit Davity, qu'ils ne bougent po'nt de leur logis la nuict, quelque bruit qu'ils oyent parmi la rue et quoique quelqu'un crie qu'on le vole ou qu'on l'assassine. De sorte qu'une personne qui se trouve parmy des tireurs de manteaux ne doit espérer, après!Dieu, qu'en ses mains ou bien en ses pieds. Et ce qui les retient au logis en cette sorte, c'est qu'ils ont souvent de fausses alarmes que quelques yvrongnes leur donnent, ou bien des cris de quelques vagabonds qui se plaisent à mettre le monde en action, afin de s'en rire après, ou de quelques méchants qui font ce bruit à dessein, afin d'essayer de faire sortir et d'assassiner ceux qu'ils hayssent. » Davity, *Les Estats, Empires*, etc., in-fol. 1625, p. 75.

2. On en avoit beaucoup parlé peu de mois auparavant. La réforme qu'on vouloit introduire dans leur grand couvent de Paris les avoit mis en émoi. Ils refusoient surtout d'aller pieds nus. Leur rebellion avoit pris les proportions d'une émeute le 26 février 1621 ; on avoit été obligé de se saisir du père gardien et de l'enfermer à l'Ave-Maria, et cette rigueur avoit motivé de nouveaux murmures. V. *Mercure françois*, t. 8, p. 504.

plustost pour la chaleur que pour l'austerité ou
le bon desir qu'ils ayent de reprendre la reforme,
car ils ont desjà la plus part quitté le manteau.

— Tout beau, Madame, dit une devote qui
estoit en un coin! il ne faut jamais mal juger de
son prochain : il y a encor de fort bons religieux
là dedans. Ne sçavez-vous pas qu'on voit toujours quelque grain de zisanie parmy le froment?
Il est impossible autrement, car on ne recognoi-
stroit par les bons d'avec les meschans, ny le vice
de la vertu.

— Je ne plains en cela que le pauvre père
general, dit la femme d'un advocat de la cour, de
n'avoir peu faire entheriner ses lettres au parlement ; mon mary y a travaillé en ce qu'il a peu,
et toutesfois il n'a rien effectué. N'est-ce point une
chose estrange que ce bon père, qui est l'humilité
mesme et le miroir où tous les religieux de son
ordre devroient mouler leurs actions, aye tant pris
de peine et travaux de venir en France pour
trouver ses enfans rebelles? Je ne sçay, pour moy,
où le monde d'aujourd'hui a l'esprit.

Une de la ruë Sainct-Anthoine, qui n'avoit
point encor parlé, oyant discourir d'esprit : Par
sainct Jean, Madame, je vous vay conter le plus
plaisant conte que jamais vous ayez entendu d'un
esprit [1] (mais il estoit domestique et familier).

1. Le titre du petit livret rare cité dans la note précé-

Un bon compagnon, depuis quinze jours en çà, s'est mis en cervelle de faire l'esprit, de sorte qu'il espouventoit tous les petits enfans de nuict. Ce pendant il disoit au maistre du logis que l'esprit s'estoit apparu à luy, et qu'il falloit faire un service à un costé et un pelerinage à l'autre : on luy fournissoit l'argent, dont il s'accommodoit fort bien. En fin il pria un jour son maistre de le laisser coucher dedans son estude, et qu'infailliblement il feroit en sorte, par ses inventions, qu'on n'entendroit plus d'esprit, ce qu'il fit : car, estant dans l'estude, il print huict cens livres à son maistre, et depuis on n'a point ouy parler d'esprit.

—Il n'y a pas long temps que la mesme chose arriva en nos cartiers, dit une femme d'auprès Sainct-Jacques de la Boucherie; mais l'esprit ne peut jouer si bien son personnage que celuy dont vous parlez, car il fut mené prisonnier au Chastelet.

dente est à lui seul une preuve qu'alors on se préoccupoit beaucoup des *Esprits* et des *Invisibles*. L'arrivée à Paris des frères de la Rozée-Croix (*sic*), qui venoient y faire séjour, *visibles* et *invisibles*, en cette même année 1623, contribua singulièrement à entretenir ces chimères, et à inspirer des écrits pour ou contre, dans le genre de celui de tout à l'heure. Nous en connaissons un autre, fait en haine des nouveaux venus, et dont voici le titre : *L'Examen sur l'Inconnue et nouvelle caballe des frères de la Rosée Croix, habituez depuis peu de temps en la ville de Paris, ensemble l'histoire des mœurs, coustumes, prodiges et particularitez d'iceulx*, MDCXXIIII.

— Saincte Barbe ! n'en sçavez-vous que cela ?
dit une femme du faux-bourg Sainct-Germain ;
vramy, on en dit bien d'autres en nos cartiers :
on tient qu'il revient un esprit dans les Carmes
deschaussez (je ne sçay si ce n'est point celuy
qui s'est fait enterrer en son jardin). L'autre jour
la reyne en voulut sçavoir des nouvelles certaines [1] : elle y envoya un gentil-homme, qui sur ce
suject fut prié de disner au refectoir ; mais il
n'eust pas loisir de manger : car l'esprit, bien
qu'invisible, luy deschira son collet et son pourpoint.

— N'est-ce point aussi la deesse Cerès [2], qui est

1. Anne d'Autriche aimoit en effet à s'enquérir de ces
choses surnaturelles, de ces histoires d'Esprits qui couroient
alors le monde, Paris comme la province. Il y en avoit un
à La Flèche qui faisoit beaucoup de bruit. Malherbe en reçut des nouvelles par Racan ; et comme il y avoit là « de
quoy entretenir la reine », il se hâta de remercier son ami,
et de lui demander de nouveaux détails, par une lettre du 4
novembre 1623. D'après les questions qu'il lui fait touchant
cet esprit, dont il paroît que les Jésuites s'occupoient fort,
on voit qu'il étoit d'une assez amoureuse nature. « Infor-
mez-vous, dit-il, quand commença la recherche de cet
inconnu, et combien de temps après le mariage ; s'il couche avec elle, et ce que le mary fait ce pendant ; ce qu'en
dit la demoiselle ; et si, quand ils sont ensemble dans le
lict, il ne parle point à elle, et ce qu'il luy dit ; si elle est
melancolique, et si elle tesmoigne n'y prendre point de
plaisir. »

2. On pense que le couvent des Carmélites de la rue

sur l'eglise des Carmelines, qui demande ses interests sur les bleds et les terres qui ont esté gas-
tées dernierement? dit une du faux-bourg Sainct-
Michel.

—Madame n'a pas trop mauvaise raison , dit
une autre jeune fille qui avoit les pasles couleurs :
car, comme on a desjà dit, il y eut un grand degast , et encor toute ceste estenduë appartient à
de pauvres particuliers, qui d'autre part estoient
assez en disette sans souffrir ceste perte. Vous sçavez qu'un escu à un pauvre qui en a besoin vaut
autant que dix escus à un riche qui n'en a aucune indigence ; mais on tient que les Chartreux
deffendront leur cause, car les terres des environs

Saint-Jacques , qui avoit pris la place du prieuré de Notre-
Dame-des-Champs, occupoit un terrain consacré autrefois à *Cérès*. L'église auroit ainsi remplacé le temple.
On fondoit cette opinion sur l'apparence singulière de la
statue mise tout au haut du pignon , et qu'on croyoit être
celle de la déesse. Charles Patin et Moreau de Mautour
étoient de cet avis. Ils prétendoient qu'il falloit voir dans
l'espèce de faisceau qui surmontoit la statue la gerbe d'épis,
attribut de Cérès. Piganiol combat cette opinion , et Saint-
Foix la soutient. Mais il paroît prouvé aujourd'hui que cette
statue étoit tout simplement celle de saint Michel, qu'on
avoit coiffée de pointes de fer, afin d'empêcher les oiseaux
de s'y percher. Ce passage des Caquets est curieux en ce
qu'il prouve la perpétuité des souvenirs du paganisme chez
le peuple de Paris, et l'espèce d'action que ces souvenirs
pouvoient avoir sur l'opinion des savants, sans que ceux-ci
daignassent l'avouer.

où fut fait ce degast leur appartiennent, c'est leur propre.

— Je vous responds, ma commère, dit la femme d'un clerc, quand ils se mettroyent en procez, je ne sçay si l'affaire leur succederoit selon leurs desirs, car tout est aujourd'huy corrompu, l'argent fait tout ; il y a tant de tours de souplesse entre ceux qui plaident, tant de destours, ambiguitez, labyrinthes et faux chemins, qu'il est bien difficile de parvenir au vray temple de la Justice. On ne fait maintenant trophée que de tromper son prochain; tel aujourd'huy vous monstre beau visage, qui en son cœur vous voudroit avoir mangé [1].

— Et vous, Madame, à ce coin, vous ne dites mot, dit une jeune femme de la ruë du Coq. Il semble, à vous voir, que vous ayez de la tristesse : est-ce point qu'on vous a mariée contre vostre volonté ? (Elle parloit à une jeune femme de la ruë Sainct-Marceau [2], qu'on avoit mariée depuis peu, mal-gré l'inclination qu'elle avoit, à un certain [3] partisan du père Denis.) Il a pourtant des commoditez, et il peut en bref vous rendre dame

1. *Var.* Le *Recueil général* ajoute : Jusques aux os.
2. *Var. Rec. gén.* : Saint-Honoré.
3. *Var.* Dans le *Recueil général*, les mots *partisan —dame d'honneur*, sont remplacés par : « Vendant vin, de peu d'effet, qui est venu tout en une nuict, comme les potirons. Il a pourtant des commoditez de son deffunt oncle. Il peut, en bref, vous faire grand dame. »

d'honneur; plusieurs montent aujourd'huy de la cave à la première chambre.—Vous ne dictes jamais rien plus vray, Madame : il a des moyens, à la verité. Mais vous, qui estes toute fraiche, vous sçavez bien que ce n'est pas là la consequence; les premiers feux sont tousjours plus cuisans, et les premières flammes plus poignantes que les dernières[1].

— Comment, se dit une de ces anciennes voisines, vous avez donc aymé quelque autre, qui avoit preoccupé vostre cœur devant le mariage? —Ouy, Madame; mais la consideration des biens a aveuglé mes parens[2] à me faire embrasser un party où je n'ay eu d'affections[3].

— Là, là, Madame, dit une autre, vous estes dans les biens jusques aux yeux; cela vous doit porter à passer vostre printemps parmi les delices du monde.—Si nous avons du bien, replicqua-elle, nous ne l'avons pas acquis, encor nous faut-il soustenir de grands procez[4] pour l'usurper; mais à tout le moins il se faut resouldre : tout ce qu'est bon à prendre, comme on dit, sera bon à rendre.

— Encor vaut-il mieux faire restitution que de se laisser excommunier, dit une vieille qui avoit fait son temps.

1. *Var.* Le *Recueil général* ajoute : Car j'aimais un de notre vacation.
2. *Var. Rec. gén.* : Mon père et ma mère.
3. *Var.* Le *Rec. gén.* ajoute : Ny n'en auray jamais.
4. *Var.* Le *Rec. gén.* ajoute ici : Des héritiers.

— Mais que diriez-vous d'une rencontre où je
me trouvay l'autre jour? dit une sage-femme.
Une certaine de nos voisines [1], sur l'esperance
qu'elle avoit d'une succession, accoucha de deux
enfans; mais c'est bien le pis qu'ils ne partage-
ront aucunement au gasteau [2]. Je vous laisse à
penser combien le père est fasché maintenant
d'avoir si fort avancé sa besogne: il pensoit tromper les autres, il s'est trouvé trompé [3].

— Voylà mon conte, dit la première. Pour le
jourd'huy on ne tasche qu'à envahir le bien d'autrui. N'avez-vous point ouy parler des Pères de
l'Oratoire [4], qui ont fait mille tours et ambassa-

1. *Var.* Dans le *Rec. gén.*, *de nos voisines* est remplacé par
joualière.

2. *Var.* Le *Rec. gén.*, au lieu de : *au gasteau*, porte : sinon
que quatre mille francs de don, à quoi elle se doit contenter.

3. *Var.* Le *Rec. gén.* ajoute : luy-mesme.

4. L'ambition de la nouvelle congrégation de l'Oratoire
et ses tentatives entreprenantes, tant en France qu'à Rome,
où M. de Bérulle, leur fondateur, pouvoit beaucoup, étoient
des faits acquis et qui causoient du murmure. Nous lisons
dans une petite pièce singulière et très rare adressée à l'un
de leurs adhérents :

> Vostre style n'est pas esgal;
> On tient que ceux de l'Oratoire
> Vous ont fourny quelque memoire :
> Vous n'estes au rapport legal.
>
> Ils ont avec vous entrepris
> De faire la guerre aux chapitres,

des pour s'installer dans Sainct-Louys de Rome, disans que cela leur appartenoit [1]?

— J'en ay ouy quelque mot en passant, dit la femme d'un certain Italien de la ruë Sainct-Honoré; mais on dit qu'ils vouloyent bannir et chasser tous les pauvres prestres françois qui se retirent en ce lieu, pour y prendre leurs places et en recevoir les usufruicts [2].

— Voylà comme ils font dans Sainct-Honoré :

> De s'attacher partout aux mitres,
> Et de prendre ce qui n'est pris.
>
> (*Le Piquet de trique-mouche envoyé pour estrennes par Gueridon à l'autheur de la Plainte apologetique pour faire le voyage de Saint Jacques.* In·12, 1626, p. 99-100.)

1. Il y avoit trois ans déjà, car la première démarche datoit de 1619, que les oratoriens tendoient, avec l'agrément de Louis XIII, il est vrai, à s'établir comme administrateurs spirituels et laïcs de l'hospice et de l'église de Saint-Louis-des-François, à Rome. Le pape donna son consentement, et M. de Bérulle profita, pour hâter l'affaire, de la mission qui lui fut donnée en vue du mariage de madame Henriette de France avec le prince de Galles, qu'on vouloit faire agréer du Saint-Père. (*Mém. de Richelieu*, Coll. Petitot, 2e série, t. 18, p. 312, 469.) C'est donc avec une intention malicieuse qu'il est parlé ici de « mille tours et ambassades ».

2. Ces pauvres prêtres firent si bien, avec l'aide des administrateurs laïcs et spirituels qu'on menaçoit de déposséder; avec le secours du commandeur de Sillery, puis de M. de Béthune, tour à tour ambassadeurs de France à Rome, et tous deux opposés aux prétentions de M. de Bérulle, qu'on

ils veulent supprimer toutes les chanoineries, dit
une autre, et s'installer en leurs places, afin
qu'au temps advenir ils ayent tout le revenu[1] ;
mais ils en pourront bien torcher leur bouche,
aussi bien que des six mille escus de rente qu'ils
pretendoient d'avoir à Rome en l'eglise Sainct-
Louys.

— Mon mary me conta l'autre jour la plus
belle plaisanterie du monde, dit la femme d'un
conseiller du conseil privé. Quand on les va voir,
ils font apporter une carte. — Messieurs, disent-
ils, voicy nostre plan[2] : voilà le grand autel,
icy sera la porte, icy la sacristie ; voilà les chap-
pelles. — Ouy ; mais, mon père, vous n'aurez
guères de veuë de ce costé-là[3]. — Nous aurons

leur donnoit malgré eux pour collègue ; avec l'aveu secret de
Richelieu, qui combattoit partout le fondateur de l'Oratoire,
que les choses traînèrent en longueur pendant plus de dix
ans, en dépit du pape et du roi, et que la solution défini-
tive n'arriva qu'après la mort de M. de Bérulle, en 1629.

1. Ils n'y réussirent point ; mais ils firent tant qu'ils sup-
plantèrent les chanoines dans la faveur du roi. En 1627,
Louis XIII ordonna, par lettres patentes, que les Pères de
l'Oratoire fussent *tenus ses chapelains.*

2. Le P. de Bérulle avoit d'abord voulu établir ses Oratoriens à l'hôtel de Luxembourg (*Perroniana*, 3e édit., p.
214). La reine l'ayant acheté, il se rejeta sur le vieil hôtel
du Bouchage, que le séjour de Gabrielle avoit récemment
fait appeler hôtel d'Estrées. Il l'acquit en 1616, moyennant
quatre-vingt-dix mille livres. (Piganiol, t. 2, p. 282.)

3. C'est, en effet, la vue et l'espace qui manquoient sur-

bonne veuë, Monsieur : il ne nous faut point de lunettes pour voir les benefices. Voicy la chappelle de monsieur un tel, voilà la chappelle de son frère. — Mais qui sont toutes ces petites entrées que je vois dans vostre plan? — Ce sont des oratoires, Monsieur : à chasque chappelle il y en aura deux. Cela coustera, à la verité, mais les bonnes gens nous ayderont : monsieur un tel nous baille cinq cens escus pour sa chappelle, l'autre autant, et son cousin autant; pour les oratoires, on ne les vend que deux cens escus. — Et ainsi, ma commère, tout leur bastiment est payé devant que d'avoir faict les fondemens.

— Si est-ce pourtant que je les trouve bonnes personnes (dit une autre): ils sont si doux, si affables! Il semble à voir que la courtoisie soit peinte dans leur visage.

— Je n'en vois pas au contraire, respondit la conseillère; ils sont très pieux et très devots: il est permis à tout le monde de songer à son profit. Je voudrois que leur eglise fut desjà bastie: il n'y a rien que j'affectionne tant que d'ouyr leur

tout à la maison de l'Oratoire, encaissée comme elle l'étoit entre le Louvre et la rue sombre de Saint-Honoré. Afin même de donner à la façade de l'église la perspective qui lui faisoit défaut à cause de cette situation, l'architecte Jacques Le Mercier la mit de biais, comme on la voit encore, et, dit Piganiol (*ibid.*), « lui donna ainsi l'avantage d'être vue de beaucoup plus loin, arrivant par la rue de la Ferronnerie. »

6

musique et leur chant melodieux [1]. Ce n'est que
la forme de recreation ce que j'en dis ; je ne crois
pas les offenser, ni personne qui soit en la compagnie.

Sur ce mot de compagnie, on commença à entendre un bourdonnement par la chambre : les
unes disoyent qu'elle entendoit parler des Pères
de la societé, les autres en parloyent ambigue-
ment et à l'oreille, de sorte qu'à peine pouvois-
je entendre ce qu'elles disoient. Une entr'autres,
relevant ceste assistance, comme assoupie dans
ces discours, et extravaguée tantost deçà, tantost delà, reprit la parole pour madame l'accouchée: Mais vous ne dictes rien (dit-elle) de Madame : la voilà desormais guarie et en bon poinct.

— Elle n'en aura que le mal avec le temps,
respondit la mère ; encore est-ce un plaisir quand

1. Les Oratoriens de France, pour imiter encore en cela
ceux de Rome, à qui l'art musical doit, comme on sait, les
premiers *Oratorio*, voulurent donner un attrait de nouveauté
à la partie lyrique de leurs offices. Ils firent si bien qu'on
ne les appela plus que les *Pères au beau chant*. « Dès que cette
église fut bâtie, dit Piganiol, la plupart des gens de la cour
n'en fréquentoient point d'autre que celle-ci ; et afin de les
rendre plus attentifs aux offices divins et plus dévots, le P.
Bourgoing, qui étoit habile musicien, s'avisa de mettre les
pseaumes et quelques cantiques sur des airs qu'on chantoit
pour lors. Et voilà l'origine du chant particulier que les
prêtres de l'Oratoire de la congrégation de France ont sub-
stitué dans leur église au chant grégorien. »

n a de beaux enfans qui ne sont point contre-
aits ni deffigurez ; cela apporte du contentement
t au père et à la mère.

— La beauté externe du corps (dit une autre,
emme d'un certain advocat qui fait le philoso-
he) est souvent un signe de la beauté de l'es-
rit : car l'ame, qui de soy est capable de tout
çavoir et de tout comprendre, faict des effects
ien plus admirables quand elle se trouve en un
orps bien organisé, et qui a ses parties mieux
lisposées à exercer ses fonctions.

— Holà ! Madame, ne passez pas plus outre,
lit une vieille chapperonnière à l'antique : car
ous n'entendons pas la moitié de vostre discours ;
l n'y a personne en la compagnie qui entende et
uisse comprendre des choses si hautes et rele-
ées, sinon Madame qui est à ce bout, car elle a
eu Calvin, Clement Marot, Beze et une infinité
le grands philosophes.

— Mercy de ma vie (dit-elle), ouy, je les ay
eus ! qu'en voulez-vous dire, vieille sans dents ?

La compagnie se retourna pour la voir, car la
olère luy estoit montée au visage et luy avoit
narqué le front d'un vermeillon empourpré.

— N'est-ce pas une estrange chose (dit-elle)
qu'on en veut tant à nostre pauvre religion ? On
ous appelle libertins, cruels, acariastres, impos-
teurs, semeurs de zisanies, la peste des Estats et
l'origine de tous les mal'heurs qui ont inondé par

toute la France, et toutesfois il n'y a rien de plus simple que nous : nous ne demandons que la paix ; nous ne cherchons que concorde et fraternelle amitié ; tout nostre but ne tend qu'à la reformation.

— Par le vray Dieu, c'est bien à faire à vous à nous reformer ! dit la vieille ; il y a douze cens ans que la France a quitté son erreur pour s'enrooller sous les drappeaux de la vraye Eglise, et aujourd'huy une femme voudra la reformer ! Il ne faut qu'un Calvin, qu'un Luther et deux autres moynes reniez et appostats pour faire refleurir l'ancienne majesté de l'Eglise !

Un petit chien, qu'une certaine damoiselle de la rue Sainct-Paul portoit pour passe-temps, entendant parler de Calvin, leva la teste, croyant qu'on l'appelast, car c'estoit son nom, ce qui fut assez remarqué de la compagnie ; mais sa maistresse le reserra sous sa cotte, de peur de faire deshonneur aux saincts.

L'autre ne discontinua pas pourtant son discours : Et venez çà (dit-elle), m'amie ; si vous voulez parler avec verité et sans passion, d'où sont venus toutes les guerres civiles qui ont miné et deserté toute ceste monarchie depuis quatre-vingt ou cent ans ? Vostre religion n'a-elle pas allumé le feu aux quatre coins de la France ? N'avons-nous pas veu (au moins mon père me l'a dit cent fois), depuis l'advenement du roy Henry II à la couronne jusqu'à maintenant, tout ce royaume bouleversé de fond en comble pour votre subject[1]? On vous a veu naistre tous armez comme les gensdarmes de la Toison-d'Or que Jason deffit; à peine eustes-vous succé la doctrine impie de Calvin et de Luther que vous minutastes dès lors la ruine de ceste couronne. N'avez-vous pas fait des extorsions estranges, où vostre fureur et vostre rage a peu avoir le dessus? Combien de provinces, de villes, de bourgades et de bonnes maisons ont esté ruinées par vos partisans! La Guienne, le Languedoc, les plaines de Jarnac, de Moncontour, de Dreux, et une infinité de fleuves sont encore empourprez de sang, et jamais, toutefois, la fortune ne vous a esté favorable en toutes les rencontres et batailles qui se sont données contre vous; le Ciel n'a jamais secondé vos mono-

1. Ces plaintes éloquentes se retrouvent dans plusieurs écrits du temps, mais nulle part avec plus de vigueur et de virulence que dans *les Satyres du sieur Auvray*. Ainsi, dans sa *Complainte de la France en l'an mil six cent quinze* (p. 202), il dit, apostrophant les Huguenots :

Jusqu'à quand, esprits factieux,
Ressemblerez-vous la vipère
En deschirant, seditieux,
Les flancs de vostre propre mère?

Rebelles, que vous ai-je fait?
Suis-je une marastre cruelle?
Après m'avoir succé le laict,
Faut il m'arracher la mamelle?

poles; vos gens y ont tousjours laissé les bottes, et
aujourd'huy il y en a entre vous de si acharnez
qu'ils en recherchent les esperons [1]. Il s'agissoit

1. Le poëte Auvray s'en prend encore, avec sa vigueur
haineuse, à l'ardeur vivace et éternelle du parti huguenot.
Il va jusqu'à exalter l'utilité de la Saint-Barthélemy :

> .... Et puis ces Lestrigons
> Se disent reformez! O tigres, ô dragons!
> Helas! combien de fois vos sanglantes furies
> De nos temples sacrez ont fait des boucheries!
> Le sang y fume encor, et, sans verser des pleurs,
> Je n'en peux dans mes vers exprimer les malheurs.
> . . . .
> Quoy! secouer le joug des monarques puissants,
> Mesurer vostre foy à l'aune de vos sens,
> Vous donner tout en proye aux charnelles délices,
> Violer nos tombeaux, dérober nos calices,
> Fouler l'hostie aux pieds, enfoncer, inhumains,
> Au sang des innocents vos homicides mains,
> Et mesdire des roys d'une rage animée :
> Appelez-vous cela l'Eglise reformée?
>
> Vous nous reprocherez la Saint-Barthelemy;
> Mais ce brasier ne fut allumé qu'à demy :
> C'estoit lors que devoit et que pouvoit la France
> Exterminer ce monstre au point de sa naissance.
> Ce feu devoit s'esteindre avant qu'il fût plus grand :
> Par trop starer la playe incurable on la rend.
> La moisson, dira t on, n'etoit point encor meure.
> Si falloit-il ce chancre amputer de bonne heure,
> Il n'auroit pas gaigné les membres principaux.
>
> (*Le Banquet des Muses, ou les divers satires* du sieur
> Auvray, etc. Rouen, 1627, in-8, p. 271.)

L'opinion exprimée si énergiquement dans ces derniers
vers étoit partagée par tout le parti catholique. Dans l'*Epistre
dedicatoire au Roy*, de son livre : *Les principaux points de*

alors de la religion ; c'estoit à vous à vous deffendre. Mais maintenant que le roy veut protéger tous ses sujects en paix, sous l'authorité de ses edits ; qu'il ne demande que l'entrée de ses villes, et qu'il ne requiert autre tesmoignage de l'affection et de l'hommage que vous luy devez que l'obeyssance en tous les lieux qui sont du ressort de son domaine, ceux de la religion luy ferment les portes, font des assemblées et monopoles contre sa volonté, portant opiniastrement les armes contre son service, tranchent du souverain en leurs factions, disposent des provinces et deniers royaux, constituent gouverneurs où bon leur semble, partagent tout ce royaume à leur volonté ; bref, se persuadent que la France ne doive plus respirer que par leur moyen. Vous voilà tantost à la fin de la carrière : le roy tient le haut bout ; plusieurs en bref viendront collationner en Grève pour aller soupper à l'autre monde. — Elle disoit ces paroles d'un cœur enflammé pour le service du roy, qu'elle voit estre profané par telles gens ; d'autre costé, l'autre, qui avoit la bouche ouverte pour luy respondre, confuse de la verité, luy alloit chanter injure, si la compagnie ne l'eut retenuë ; une entre au-

la foy de l'Eglise catholique défendus contre l'escrit adressé au Roy par les ministres de Charenton, 1618, in-12, Richelieu tient à peu près le même langage : il rend les protestants responsables de la Saint-Barthélemy.

tres, voulant mettre le hola, monstra de quelle
estoffe estoit sa robbe : Ce n'est pas, dit-elle, aux
femmes à s'entremesler si avant dans les affaires,
et principalement où il s'agit de religion : car,
outre que notre sexe est imbecille à proposer les
raisons de part et d'autre, nous nous laissons incontinent emporter à la colère. Si du Moulin estoit icy, peut-estre qu'il deffendroit le party de
Madame.

— Du Moulin, dit la femme d'un musnier,
c'est un grand docteur ! il quitte la bergerie et les
oüailles au temps de la persecution. Vramy ! voilà
bien comme il faut faire ; au lieu de songer au
troupeau que le Seigneur luy a donné en garde,
il s'enfuit pour eviter les coups. Calvin ny Luther
ne faisoient point cela du temps de la primitive
Eglise.

— Que voulez-vous ! dit une demoiselle assez
jovialle, c'est un moulin qui tourne à tous vents :
il a veu qu'il n'y avoit plus rien à moudre à Cha-
ranton, il a quitté la praticque et a pris ses aisles
pour s'envoller à Sedan [1].

Comme on estoit sur ce discours, voicy une

1. Pierre Du Moulin, en effet, l'apôtre du parti réformé
à cette époque, instruit par Drelincourt que le roi, prenant
ombrage du synode calviniste qu'il avoit présidé à Alais,
en 1620, vouloit le faire arrêter, s'étoit retiré à Sedan, où
le duc de Bouillon le fit professeur de théologie et ministre
ordinaire. Il continua d'y surveiller les affaires de son parti

nouvelle compagnie qui entre. On s'estonna de les voir si tard, et principalement l'accouchée, car le temps approchoit qu'elle desiroit congedier l'assistance. Ce fut qu'on recommença les reverences. Ma cousine (elle parloit à l'accouchée), nous venons du Landy, où nous n'avons pas veu grandes raretez ; je vous asseure que les marchands n'y gaigneront pas chascun dix mil escus. — Si est-ce pourtant qu'il y en a quelques uns qui y font bien leur besongne, dit une gantière. — On fait d'aussi bons coups au Landy qu'à la foire Sainct-Germain, repliqua l'autre ; les jeunes gens font des parties avec leurs maistresses et sont bien ayses d'avancer la besongne devant le mariage, de peur d'estre renvoyez à la cour des aydes. Demandez-en vostre advis à deux jeunes marchandes d'auprès Saincte-Opportune : nous les avons veuës faire leurs quinze tours dans Sainct-Denis, puis elles sont allées achever le reste de leur voyage dans le bois de Nostre-Dame-des-Vertus, où je me recommande.

et de les diriger, comme s'il eût été encore dans son prêche de Charenton et *évêque de Paris* en espérance, ainsi que le disoit un petit libelle de 1618 : *Les OEufs de Pâques adressez au ministre Du Moulin*, etc. (Recueil Y, p. 174). Après la déroute de Soubise, il parut un manifeste soi-disant émané de lui : *Lettre d'avis donné à tous les ministres de France et autres de la religion prétendue réformée, par le sieur Du Moulin, ci-devant ministre de Charenton, sur la défaite des troupes des sieurs de Soubise et Faras.* Paris, J. de Bordeaux, 1622, in-8.

— Ainsy va le temps d'aujourd'huy, dit la mère de l'accouchée; les filles donnent tant de privauté aux jeunes gens, que bien souvent ils empruntent un pain sur la fournée, et puis, quand quatre mois après le mariage madame vient à accoucher, c'est à se plaindre entre nous : Helas! ma pauvre fille n'a point porté son fruict à terme, elle a faict quelque effort! Et tous les efforts qu'elles font, c'est qu'elles marchent quelquefois sur la platte d'une orange, et glissent dans un lieu infame.

— Il y en a qui ne sont point en ceste peine (dit une dame d'honneur), car dès l'aage de six ans, ils placent leurs filles en religion, sans sçavoir si elles y sont propres ou non, et bien souvent il faut sauter les murailles.

— Aussi vray, Madame, dit sa voisine, vous ne rencontrastes jamais mieux; la pluspart le font pour agrandir leurs maisons, les autres pour des considerations particulières; mais tous en general, et les parents et les religieuses, ne songent qu'à leur profit.

— Pour faire bien maintenant son profit, dit la femme d'un certain receveur, il faut s'associer avec ceux qui tiennent la ferme du sel [1] et avec les commissaires des guerres : les premiers font

1. Les receveurs y faisoient de très gros profits ; aussi le sel devenoit-il chaque jour plus cher et les plaintes plus fré—

leur profit et desrobent par mer, et les autres
pillent et vollent par terre ; on fait passer des bat-
teaux chargez de sel soubs main, et puis ils font
les rencheris. D'autre costé, les tresoriers et commissaires des guerres sont en saison ; s'il leur faut
faire un payement de deux ou trois mil livres :
Monsieur, diront-ils à un capitaine, nostre argent
n'est pas encore arrivé ; s'il vous plaist d'avoir
un petit de patience... L'autre, qui est pressé, les
quitte pour la moitié, et ainsi monsieur le tresorier se trouve aussi riche tout seul que ceux à
qui, en general, il aura fait son payement[1], sans
les passe-vollans[2] qu'ils admettent dans les compagnies. — M'amie, cela ne sera pas long-temps
ainsi : le roy y mettra bon ordre. Quand il en

quentes. « Les laboureurs n'ont pas de quoy payer leurs
tailles et acheter du sel. » (*Avis donné à M. de Luynes par
un fidèle serviteur du roy, et amateur du repos public.* — Recueil Z, p. 152.) — Le nombre des faux sauniers augmentoit.
Dans la Guienne, un pauvre diable s'estoit fait leur chef ; on
l'avoit pris et on lui avoit mis sur la tête une couronne de
fer rougi. (*Cosmographie* de Thevet, liv. 14, ch 4, « *de Bour-
deaux* ».) — Dans le Berry, il y avoit eu, en 1612, une ré-
volte à cause d'eux. (*Lettre de Malherbe à Peiresc*, p. 224.)

1. *Var.* Tout ce qui termine cet alinéa manque dans le
Recueil général.

2. On appeloit ainsi les soldats de hazard à l'aide desquels, les jours de revue, les capitaines complétoient leurs
compagnies. Une ordonnance de 1688 les condamna à être
marqués d'une fleur de lys à la joue.

aura chastié deux ou trois, les autres n'y retourneront plus.

Tandis, le temps s'escouloit insensiblement. La nourrisse eut bien désiré de dire un mot devant que de partir, mais sa maistresse la remit à un autre jour et pria sa mère de congedier la compagnie, ce qui m'apporta du contentement[1], car, si elle y eut sejourné plus long-temps, il m'eut fallu faire comme le diable que vit un jour sainct Martin, qui, tenant registre derrière le pillier d'une eglise de tout ce que trois ou quatre femmes disoyent, et voulant allonger le papier qui luy manquoit avec les dents, de mal'heur il se frappa la teste contre le pillier. Moy, de peur que le mesme accident ne m'arrivast, j'ay mieux aymé remettre le tout à une autre fois.

3. *Var.* Ce qui termine cet alinéa est remplacé, dans le *Recueil général*, par : Attendu que l'encre et le papier venoient à me manquer, c'est pourquoy je remis le tout à une autre fois.

LA TROISIÈME APRÈS-DISNÉE

DU

CAQUET DE L'ACCOUCHÉE[1].

Depuis hier j'ay appris d'un certain medecin de mes amis que les potages blancs estoient grandement profitables aux accouchées, et que l'on ne pouvoit leur apprester aucun assaisonnement ou viande plus propre, d'autant qu'elles ont besoin de restringens propres pour arrester le grand flux qui arrive aux femmes lors de leur accouchement, outre qu'il est besoin de les resserrer; ce qui me fit songer aussi tost à ce que j'ay ouy dire d'un drosle qui, le jour de l'accouchement de sa femme, s'escrioit devant la porte de la maison:

---

1. Cette troisième partie a pour titre dans le *Recueil général* : *La troisiesme journée et visitation de l'accouchée.*

Largesse, largesse! Je fis mon profit de ce que me dit le medecin, pour le dire le lendemain à ma cousine, que je fus visiter pour pouvoir escouter tout ce que celles qui la visiteroient rapporteroient, tant des affaires particulières de leurs maisons que de celles de dehors, et, m'estant rendu au logis à l'heure accoustumée, je vis l'accouchée, laquelle n'estoit pas trop contente de la visite qu'elle avoit eu le jour d'auparavant, d'autant (disoit-elle) qu'il pourra sembler à la compagnie que, pour luy faire moins d'honneur, l'on y avoit fait trouver des fruictières, des femmes de meuniers[1] et autres racailles, qui estoient si impudentes et effrontées que de parler avec des femmes de Messieurs des Comptes, de secretaires, de tresoriers et autres de qualité.

Après luy avoir dict ce que j'avois apris de ce medecin, je me plaçay dans le cabinet qui est au chevet de son lict, et me mis là en estat d'escrire; et songeant à ce que je commancerois, la femme d'un commissaire des guerres, qui porte l'attour de damoiselle, combien qu'elle soit cousine germaine de M. I. G.[2], entre, et, après avoir faict la reverence assez bien, car elle est courtisane il y a fort long-temps, s'assit et dit que le temps estoit

1. *Var.* Au lieu de *meuniers*, le *Recueil général* porte : basse étoffe.

2. Ces initiales doivent cacher le nom de Jean Guillaume,

fort inconstant, et que le bon-heur luy en avoit bien voulu depuis un an en çà, car son mary avoit eu suject de revenir de la guerre, ayant eu les jambes cassées, où il faisoit assez bien ses affaires, mais que pour ce suject il estoit dispensé de servir, et ne laisseroit de recevoir ses gages par deçà, tout ainsi que s'il y estoit.—Pour moy, dit l'accouchée, encores est-ce un contentement quand hors d'exercice l'on est bien payé, veu que pendant iceluy on a toutes les peines d'estre payé des thresoriers, qui font passer tant de passe-volans que c'est merveille, et en disant qu'ils n'ont point d'argent font faire composition d'ordinaire à la moitié, à la confusion du pauvre soldat et au profit de monsieur le tresorier.—Veritablement, Madame, dit la damoiselle, vous avez touché au but, car cela est vray ; et ils font bien pis : ils font à toute heure croire au roy qu'il n'y a point d'argent dans ses coffres, et l'obligent par ce moyen à trouver de nouvelles inventions pour en avoir, ce qui ne se fait jamais qu'à la foule du pauvre peuple, lequel est à present aux plus grans abbois du monde. — Mais encores, dictes-moy, Madamoiselle, quels sont les plus communs profits de Messieurs les commissaires des guerres,

alors bourreau de Paris. Il est déjà nommé, et en toutes lettres, dans *la Chasse aux larrons* (pag. 47), dans les *Quas-tu veu de la cour* et *Advis à M. de Luynes*, *sur les libelles diffama-toires*. (*Recueil des pièces les plus curieuses*, etc., p. 45, 31.)

veu que ces estats sont tant recherchez aujourd'huy, que beaucoup de tresoriers, conseillers, presidens, advocats, procureurs et autres y placent leurs enfans et parens? Pour mon regard, il me prend envie de dire à mon mary qu'il en aye un pour vivre plus à son aise. — Madame, dit la damoiselle, le gain est si grand que (s'ils veulent) ils peuvent mettre trois ou quatre livres de poudre dans leurs pochettes autant de fois et à chaque coup de canon que l'on tire ; ainsi des boulets, ne faisant mettre assez souvent que de la bourre dans les canons, comme ont fait plusieurs au premier voyage du roy vers Montauban. — Pendant ces discours, plusieurs damoiselles et bourgeoises entrèrent en la chambre, lesquelles prirent place.

Une damoiselle, femme d'un autre tresorier des guerres qui se trouva là, prenant la parole, dit comme en cholère: Madamoiselle, puisque Monsieur vostre mary est de l'artillerie, vous ne devriez pas parler si ouvertement. Ne sçavez-vous pas qu'il est besoin de celer le secret des charges de nos maris, lesquels ne nous les disent qu'avec grande difficulté, de peur que l'on n'en face quelque rapport au roy, lequel est assisté de flatteurs qui nous font ronger les ongles d'assez près? Et tant s'en faut qu'il faille en parler, qu'au contraire il se faut toujours plaindre. Croyez-vous que nostre cuisine fust si grasse qu'elle est, et que nous au-

rions tant de suitte de valets et servantes, si le roy
voyoit bien clair en nos affaires? Et pour empescher la recherche que l'on voulut faire, il y a
quelques années, des tresoriers de la France, ne
composa-on pas avec les partisans? Et asseurez-
vous que l'on ne fera pas autrement si l'on les
recherche de nouveau, comme l'on en murmure.

— Madamoiselle, ce dit la femme d'un secretaire, je vous prie de croire que MM. les tresoriers de France ne seront pas recherchez, car ils
sont trop grands seigneurs, et que si l'on entre-
prenoit ceste affaire, ce ne seroit que pour tirer
quelque pièce d'argent[1]; mais toutesfois, pour
que l'on ne descouvre leurs affaires à tout le
monde, je pense qu'il n'y a rien meilleur que de
courir au devant, et de jetter, comme on dit, à la
gueule une somme d'argent pour n'en estre point
parlé. Mais je sçay bien que l'on en veut fort aux
greffiers, qui reçoivent plus que leurs droicts, et

1. Cette commère a raison. Lorsqu'en 1624 cette recherche des financiers, si long-temps menaçante, eut été décrétée et la chambre de justice instituée, à l'instigation de Richelieu et de la reine-mère, on se contenta de sévir contre
La Vieuville, le surintendant, et contre Beaumarchais, son
beau-père, qui, on le prouva, s'étoit enrichi de dix millions depuis les quelques années qu'il étoit trésorier de
l'Epargne. La Vieuville fut mis en prison au château d'Am-
boise, et Beaumarchais pendu en effigie. Justice étant ainsi
faite des deux hommes contre lesquels la mesure avoit surtout été prise, le roi se fit bien supplier par les femmes,

s'ingèrent de faire des charges qui sont deües à d'autres, ou au moins prennent des charges en tel nombre que six ou sept jeunes hommes seroient honnorablement employez, lesquels, au moyen de ce, perdent leur jeunesse faute d'offices et d'exercice ; outre qu'ils sont cause que les offices sont très chers et se vendent à si haut prix [1] que bien souvent aussi on n'en peut avoir, car ils en cèlent le revenu.

La femme d'un conseiller dit : Mes damoiselles, voulez-vous que je vous die ce que mon mary me disoit l'autre jour à propos des greffiers ? Il me dit qu'il s'estonnoit de ce qu'une place de greffe du Chastelet de ceste ville de Paris a esté venduë dix mille escus, laquelle place, à son avenement à son office de conseiller, ne se vendoit que mil escus. N'est-ce pas pour s'estonner avec raison ? Car quelle apparence de gaigner l'interest de ceste somme ? Il dict qu'il est impossible, et que l'affluence des affaires et les droits ne sont si

enfants, parents, de ceux que l'arrêt de la chambre rendu le 25 janvier 1625 avoit frappés ; puis il rendit, au mois de mai de la même année, un édit portant révocation de la chambre de justice, avec une abolition pour les gens de finances, à la charge de payer les taxes auxquelles ils pourroient être condamnés par le conseil. Cette recherche n'en fit pas moins rentrer dans les coffres du roi dix millions huit cent mille livres. *Mémoires* de l'abbé d'Artigny, t. 5, p. 57-58.

1. *Var.*, éd. orig. : si cher.

grands ; pour le regard du tour de baston [1], on le faict aussi grand [2] que l'on veut. L'on ne sçauroit juger de la volonté des hommes et de leur intention ; mais sçay-je (comme dict mon mary) que l'on ne sçauroit faire son salut en cest exercice, et qu'il faut de necessité exiger plusieurs droicts qui ne leur sont deubs.

— La femme d'un greffier qui estoit là dict : Madamoiselle, vous parlez bien des greffiers, mais vous ne sçavez pas la recherche que l'on veut faire des conseillers ; et l'on dict qu'ils ne doivent faire faire des comparitions en leurs maisons, car les arrests de la Cour les leur deffendent. Vramy, Madamoiselle, vous devriez bien prendre garde à vos affaires ; vous serez peut-estre plustost en peine que nous, car l'on commencera premierement par vous et non que par nous.

---

1. Tous les gens de justice, du plus grand au plus petit, vouloient leur pot-de-vin, leur pour-boire, leur tour de bâton.

> Il faut aller caresser un greffier,
> Il faut flatter un clerc gratte-papier,
> Faut honorer, à longue bonnetade,
> Son advocat, soit ou ne soit maussade ;
> Faut costoyer un sergent serre-argent,
> Afin qu'il soit un peu plus diligent ;
> Aux moindres clercs il faut payer à boire.

(*La Mort de Procez*, Paris, 1634, in-12, p. 17.)

2. *Var.* du *Recueil général* : On le faict monter à ce que...

L'accouchée, levant la teste, dit alors : Là,
Mesdames, je vous prie de prendre ce qui se dit
icy par forme de devis, et non pas au point d'honneur, car c'est à faire aux hommes de le debat-
tre, et prevoir ce que nous pouvons dire. Parlons, s'il vous plaist, d'autres choses. N'avez-
vous veu et leu les questions de Tabarin [1].

— Ouy, Madame, dit la femme d'un secretaire du roy, je les ay leuës il n'y a pas un mois ;
mais je n'y prends pas beaucoup de plaisir, car
l'on m'a dit qu'il y a bien à dire de ce que dit
Tabarin et de ce que l'on a escrit sous son nom,
et qu'il n'y a rien de tel que de l'ouyr.

— Vramy, Madamoiselle, dit la femme d'un
medecin, je l'ay ouy dire ainsi à mon mary ;
mais il trouve que Mont-d'Or dit beaucoup con-
fusement, et s'estonne de la facilité des bourgeois
de Paris, qui se laissent persuader si legerement
à ses discours [2], qu'à le voir debiter aujourd'huy
sa marchandise il semble qu'il arrive tout nouvel-

1. *Recueil général des rencontres, questions, demandes, et
autres œuvres tabariniques*, petit volume in-12 paru en 1622,
c'est-à-dire de manière à être encore dans sa pleine nouveauté quand fut imprimé ce troisième Caquet.

2. Il paroît toutefois que c'étoit moins l'éloquence de Mondor que les lazzis de son valet Tabarin qui faisoit la fortune
de leur échafaud de la place Dauphine. « Tabarin proffite
plus avec deux ou trois questions bouffonnes et devineries de
merde ou de la chouserie que ne fait son maistre avec tout

lement en ceste ville : car il la departit en si grande quantité que rien plus.

La femme d'un des tresoriers repliqua : Madame, c'est peut-estre la bonne mine de Mont-d'Or qui luy fait debiter sa marchandise si promptement : car il y a des personnes qui m'obligeroient plustost à prendre quelque chose d'eux que non pas les autres.

Peut-estre que la bonne façon de son commis [1] luy faisoit tenir ce discours, car on dit quelle luy porte quelque affection. J'en appris des nouvelles il n'y a pas long-temps; mais, sans la scandaliser, elle ne va guères aux champs sans luy, faisant croire à son mary qu'elle craint les rencontres mauvaises. Mais oserois-je dire qu'une femme d'un procureur de la Cour de parlement ne fait rien que par la volonté de son clerc? Et le plus souvent, quand elle veut prendre un collet monté, il faut prendre l'advis du clerc pour sçavoir s'il est bien empezé ou non ; et, s'il ne le trouve bien, il le rompt et froisse entre les mains, en disant qu'il ne veut pas qu'elle le porte, et si elle pense dire qu'il couste de l'argent, il repond que ce n'est pas grand chouse d'un teston.

La femme du medecin, reprenant la parole à

___

son : « *Questo e un remedio santo per sanare tutti gli morbi.* » *Les Essais de Mathurine* (s. l. n. d.), p. 4.

1. *Var.*, éd. orig. : la bonne mine de son clerc.

propos de Mont-d'Or, dit : C'est vray que la
bonne mine provoque quelquefois à prendre de
la marchandise, encore bien que l'on n'en aye
affaire [1] ; mais l'on n'en peut pas dire autant de
Desiderio des Combes, que l'on nomme Charlatan [2], car il n'a pas bonne trongne [3], et de bien
dire il luy en manque autant; on dit aussi qu'il
le sçait bien confesser. Pleust à Dieu que chacun
fust aussi libre de confesser sa naïfveté ! En cela
l'on peut croire qu'il n'est pas charlatan, si ce
n'est que l'on veut dire qu'il use de mots estran-

1. En 1631, Mondor trônoit encore à la place Dauphine,
mais sa bonne mine commençoit à baisser. Afin qu'il pût la
relever et reprendre un peu de sa majesté première, voici ce
qui fut stipulé à son intention dans *le Testament de feu Gau-
thier Garguille*, Paris, 1634, in-12, p. 10 : « A mon oncle
Mondor, afin qu'il ait plus de majesté en distribuant ses
medicamens à ceux qui luy en demandent, et pour l'alliance
qui est entre nous, je donne et lègue ma belle robbe dont
je representois les rois dans la comedie. Et pour ma
chaisne et ma medaille en façon d'or, j'ordonne qu'on les
luy livrera à un prix raisonnable, en cas qu'il en ait affaire. »

2. C'est de lui qu'il a déjà été parlé dans le premier *Caquet*. On trouve sur sa personne, assez maussade, sur les
serpents dont il faisoit parade, sur son parallèle avec Tabarin, beaucoup plus plaisant et plus heureux que lui, de longs
détails, dans un petit livre de cette époque : *Discours de l'o-
rigine, des mœurs, fraudes et impostvres des charlatans, etc.*
Paris, 1622, in-8, p. 35, 39, 51.

3. *Var.*, éd. orig. : mine.

ges pour mieux vendre et debiter ses drogues, et par ce moyen en baille à garder aux uns et aux autres; toutefois il faut sçavoir qu'en la medecine il y a des mots fort obscurs, et de l'art (comme l'on dit), et si cela n'avoit lieu, il faudroit dire que les apotiquaires et medecins, pour oster la commodité au menu peuple de composer de soy-mesme quelques medecines, usent de mots barbares, combien que les choses et drogues qu'ils signifient soient très communes.

— Je l'ay ouy dire ainsi, dit la femme d'un secretaire, qui ayme fort à ouyr parler de la medecine et pharmacie, car son premier mary estoit empirique et distillateur de la royne, et dit luy avoir ouy dire plus, sçavoir, qu'il y a des herbes dans nos jardins dont nous pourrions bien ayder et servir pour notre santé, si nous en avions la cognoissance, et que le plus souvent l'on s'en sert à la medecine et pharmacie, et les apotiquaires les nomment par mots grecs, latins ou arabes, de façon qu'à cause des noms, le plus souvent ils font croire qu'ils viennent des Indes-Orientales ou Occidentales, etc.

La femme d'un notaire qui estoit là dit : Pour mon regard, j'ai demeuré il y a jà quelque temps chez un apotiquaire ; mais je ne luy ay veu employer que des herbes que l'on racle souvent dans nos jardins, et me souviens qu'un jour, comme j'estois à la boutique, l'on envoya commander une

medecine : l'apotiquaire ne prit pas d'autres herbes ny ingrediens que ces meschantes herbes. Depuis j'ay veu les parties pour celuy auquel on
porta la medecine, lesquelles sont pleines de tant
de discours estranges, que pour moy je n'y cognois
que le haut alleman, car il y avoit Or, Occ, Arab,
et toutefois je cognoissois tout ce qui estoit entré
en ceste medecine, et je jure la foy qu'il n'y entra
jamais que de meschantes herbes.

— Vramy, Madame, dit la femme de ce secretaire cy-dessus, il ne s'en faut pas estonner, car
s'ils ne faisoient ainsi, ils n'enrichiroient pas leurs
enfans comme ils font. Ne sçavez-vous pas qu'à
S.-Germain un apotiquaire a laissé des moyens
suffisamment à son fils pour avoir un office de
payeur, qui vaut huict mil escus et plus ? Mais
qui vous diroit qu'ils font aujourd'huy leurs enfans conseillers de la Cour, dont y a eu un grand
bruict entre Messieurs du Parlement, qui ne les
veulent recevoir, à cause de la qualité ? Mais il y
a un bon remède à cela : c'est qu'il se font recevoir
au Parlement de Bretagne le plus proprement du
monde.

— Madamoiselle, dit la femme de ce medecin,
je ne sçay si vous sçavez qu'un apotiquaire a
quitté la moitié de sa boutique pour acheter un
office de secretaire ; et qui plus est, sçavés-vous
que femme et fille pleurent ses pechez tous les
jours, et n'ont autre resjoüyssance que de prier

Dieu en son logis ou dans les eglises? Mais que ne diray-je pas des chirurgiens, qui donnent des offices de controoleurs, ou semblables, qui valent quinze à seize mil francs, à leurs fils? et quant à leurs filles, il ne leur manque que le masque[1] que l'on ne les prenne pour damoiselles : elles osent bien aussi faire comparaison avec elles à cause de leurs moyens.

La femme de ce secretaire dit : Je vous jure, Madame, que jamais je ne fus plus estonnée. J'estois en une fort honneste compagnie l'autre jour, où il arriva un jeune muguet vestu à l'adventage, avec l'habit de satin decoupé, le manteau doublé de panne de soye, le chappeau de castor et le bas de soye[2], lequel se mit à cajoler une bonne heure

1. Le masque étoit un luxe que les bourgeoises devoient laisser aux dames et damoiselles :

> La Mijolette a bonne grace
> De maintenir par ses discours
> Qu'elle est première de sa race
> Qui a le masque de velours.
>
> (Le Bruit qui court de l'Espousée, 1624, Variétés histor. et litt., Paris, 1855, in-16, t. 1, p. 307.)

2. Nous trouvons dans les satires d'Auvray le portrait complet, dont ceci n'est que l'esquisse :

> . . . . Ce goguelu
> Estoit gay, goffré, testonné,
> Brave, comme un chou godronné ;
> Le manteau à la Balagnie,
> Le soulier à l'Academie,
> Dedans la mule de velours,
> Les jartiers à tours et retours,

entière, et usoit de toutes sortes de complimens.
Après qu'il fust sorty, je m'enquestay quel il estoit :
l'on me dit qu'il estoit fils d'un chirurgien ; mais
jamais je ne vis rien de plus leste, car il a mine de
quelque courtisan. Aujourd'huy l'on ne cognoist

> Bouffant en deux roses enflées
> Comme deux laictues pommées ;
> Le bas de Milan, le castor
> Orné d'un riche cordon d'or.
> L'ondoyant et venteux pennache
> Donnoit du galbe à ce bravache ;
> Un long flocon de poil natté
> En petits anneaux frizotté,
> Pris au bout de tresse vermeille,
> Descendoit de sa gauche oreille ;
> Son collet bien vuidé d'empois
> Et dentelé de quatre doigts ;
> D'un soyeux et riche tabit
> Estoit composé son habit ;
> Le pourpoint en taillade grande,
> D'où la chemise de Hollande
> Ronfloit en beaux bouillons neigeux
> Comme petits flots escumeux ;
> Le haut de chausse à fond de cuve,
> La moustache en barbier d'estuve,
> Et recoquillé à l'escart
> Comme les gardes d'un poignard ;
> La barbe, confuse et grillée,
> En piramide estoit taillée
> Ou en pointe de diamant.
> Ce mignon alloit parfumant
> Le lieu de son odeur musquée.
> La mouche, à la tempe appliquée,
> L'ombrageant d'un peu de noirceur,
> Donnoit du lustre à sa blancheur.

(*Le Banquet des Muses*, satires divers du sieur
Auvray, etc., p. 191-192.)

plus rien aux habits : tout est permis, pourveu que l'argent marche ; quant on parle à quelqu'un, on ne sçait si l'on doit dire Monseigneur ou Monsieur simplement.

— Mais que dira-on de l'apotiquaresse qu'un chacun cognoist bien? dit la femme du notaire. Elle contrefaict si bien la belle, qu'il luy semble bien qu'ouy. N'avez-vous pas ouy dire qu'elle va souvent en la cour du Palais, et que l'on est bien receu chez elle pourveu qu'on luy porte? Quant à elle, elle n'est nullement ceremonieuse.

Sur ces entrefaittes le medecin et le chirurgien entrent, qui fut cause que l'on changea de discours, et toutes les damoiselles et dames qui estoient presentes leur demandèrent s'il y avoit de l'amendement en l'accouchée, et si elle avoit encores la fièvre qui l'avoit tourmentée les jours precedens. Ils dirent qu'elle en avoit encores quelque reliqua, mais que, Dieu aydant, elle seroit bientost à son aise ; et incontinent ils sortirent. Après, l'accouchée dit à la compagnie : Sur quels discours estiez-vous demeurez, Mesdames ?

La femme d'un conseiller, prenant la parole, dit que l'on parloit des enfans des medecins et apotiquaires de Paris, et qu'il n'y avoit que trop à dire sur eux, mais qu'il y avoit encores plus à redire sur les orfévres : Car j'en cognois, dit-elle, un qui a plus de suject de vacquer à fermer sa boutique que non pas à l'ouvrir, d'autant qu'il y

en entre plus qu'il n'en sort : je dis des marchands ;
aussi a-il une assez jolye femme ; je ne dis pas
qu'elle face l'amour , car il y a long-temps qu'il
est fait, outre qu'elle est prescritte et ne sert plus
qu'à un, dit-on, qu'elle nomme son frère.

La femme du medecin replicqua : Quoy! Madamoiselle, seroit-il possible qu'elle fust entretenuë par son frère ? — Madame, dit la damoiselle,
on le dit ainsi, proche la ruë aux Ours. — Madamoyselle, ils meriteroyent donc tous deux d'estre
punis, car c'est un grand peché [1].

Mais , dit la damoiselle , que doit-on juger
d'une femme qui descouche quelquefois au desçeu
de son mary, comme elle fait ? — Vramy, Madamoiselle , dit la femme d'un medecin, c'est pour
donner suject de mal parler d'elle, beaucoup plus
que ces filles qui avoyent esté perduës l'espace de
vingt-quatre heures , car elles ont esté emmenées
contre leur volonté, et non pas elle, qui ne pouvoit pas estre forcée. — Il est vray, dit la damoiselle.

— Je ne sçay, dit la femme du medecin, si je

1. Ces histoires d'inceste n'étoient pas rares alors.
Quelques années auparavant il avoit couru dans Paris un livret portant ce titre : « La grande cruauté et tyrannie exercée
en la ville d'Arras, ce 28 jour de may 1618, par un jeune gentilhomme et une damoiselle, frère et sœur, lesquels ont commis
inceste , ensemble ce qui s'est passé durant leurs impudicques
amours. Paris, 1618, in-8.

vous oserois dire que la femme d'un jeune orfèvre
demandoit, ainsi que j'entendis l'autre jour en
passant, à un jeune homme, s'il avoit une maistresse, et qu'il devoit luy acheter une monstre
qu'elle tenoit, pour luy en faire present; ce qui fut
cause que je m'arrestay court à une boutique vis-
à-vis, pour voir et contempler les actions de ceste
jeune femme. Je remarquay tant de folies et de
sottises entre ces jeunes gens que rien plus, dont
je fus fort estonné, et avec moy le voisin au logis
duquel je m'estois arresté. Il faut crier : Au chat !
au chat !

— A propos de monstre, dit la femme d'un
conseiller, il me souvient que la femme d'un or-
févre avoit attrapé d'un jeune homme une belle
monstre pour jouyr de ses beaux yeux chassieux,
qu'elle a esté depuis contraincte rendre, mesmes
en la presence de son mary, qui feignoit n'en
sçavoir rien. La feinte fut bonne aussi de la part
de l'orfevaresse, car elle dit que le jeune homme
l'avoit oubliée le jour de devant, et que l'on ne la
luy vouloit pas retenir.

L'on apporta pendant ces discours un panier
de cerises très belles à confire à l'accouchée, de la
part d'un sien parent orfèvre, qui fut cause que
l'on changea de discours, et que la femme du medecin dict qu'elle s'estoit trouvée depuis huict
jours en çà en compagnie vers la rue de la Cous-
tellerie, où l'on faisoit confire des cerises, et avoit

remarqué que l'on en mettoit à part pour Monsieur
un tel, à cause de la sollicitation d'un procez qu'elle
avoit gaigné : car son mary ne dit mot, fait le
tacet en sa presence, et elle court partout.

— Je fus il n'y a pas long-temps en la ruë
Sainct-Jacques, dit la mesme femme du conseiller,
pour y acheter des pots à confiture ; mais j'y appris de belles nouvelles : on disoit qu'une certaine
jeune femme avoit esté emmenée à Roüen, et
que son mary l'estoit allé querir, et qu'il l'avoit
fait mettre prisonnière, ensemble celuy qui l'em-
menoit ; que cet affaire avoit esté accordé moyennant cinq ou six cens livres.

La femme d'un advocat, qui estoit en la compagnie, dit : Mesdames, je l'ai ouy dire ainsi à mon
mary, qui plaida la cause ; et, bien d'avantage,
celuy qui a payé cet argent a bien eu encores du
différend avec eux : car ils ont plaidé au criminel
pour des injures ; le mary a eu des deffenses contre
ce tel de mesfaire ny mesdire.

— Que dira-on, dit la femme d'un conseiller,
de la belle vitrière ? A propos de pots de verre, je
ne sçay s'il est vray qu'elle fait benir ses verres
par un P. (sans offenser l'ordre) ; mais à la Tour-
nelle on en parle fort, comme aussi de sa sœur,
qui va voir quelquesfois madame de la Pille.

L'accouchée fit le holà pour parler de l'imprimerie, et commença elle-mesme à dire : Mesdames, ceste sœur dont Madamoyselle a parlé a

bien advancé son mary par le moyen de Monsieur un tel, qui a bien du credit chez les libraires, principalement sur ceux proche le Puis-Certain [1] et de la ruë Sainct-Jacques.

La femme du conseiller dit qu'elle en cognoissoit bien une, laquelle court et va souvent au marché neuf avec une jeune passementière de dessus le pont, et la femme d'un advocat, au quartier de l'Université, pour satisfaire à des assignations qu'elles donnent au Coq, où se debroüillent plusieurs affaires dont leurs maris ne sont capables : car elles n'y vont qu'à leur desçeu, deux ou trois fois seulement par semaine.

— Il est bien à craindre (dit la femme du medecin) que la necessité ne face joüer quelques amours entre une femme de ce cartier-là et un jeune homme, tous deux de l'Université, ou bien le peu d'amitié qu'elle a pour son mary ; je sçay bien au moins qu'il y a bien du soubçon, et peut-estre avec raison.

— Il y a bien pis, dit la femme du conseiller : on dict que deux jeunes femmes de la ruë Sainct-Jacques se vont pourmener à deux lieuës de cette ville, en la compagnie de deux jeunes hommes qui leur assignent heure, jour et rencontre par un

1. V. sur ce puits, placé au carrefour de la rue S.-Jacques et de la rue S.-Hilaire, etc., le point central du quartier des libraires, une note de notre édition du *Roman bourgeois* de Furetière, Paris, P. Jannet, 1854, in-12, p. 222-223.

mot de lettre, et que par mal'heur la lettre ayant
esté venë par les maris, ils simulèrent n'en rien
sçavoir, et le jour venu dirent à leurs femmes
qu'ils alloient aux champs, dont elles furent bien
ayses, croyans par ce moyen avoir le temps libre
pour aller à leurs assignations, où elles ne man-
quèrent non plus que leurs maris, qui se desgui-
sèrent et entrèrent à l'hostellerie où se passoient
les affaires, et d'une chambre proche qu'une simple
cloison separoit de la leur, ils entendirent faire la
feste à la façon de la beste à deux dos, dont ils demeurèrent bien estonnez, et avec leur courte honte
s'en reviennent en ceste ville, se consolans en eux-
mesmes contre l'infortune qu'ils disoient estre commune à plusieurs, disans que leurs femmes n'en
avoient apporté la mode en France. Je vous demande si ces maris-là ne meritent pas bien cela ?
Je sçay bien qu'il n'y a point de soubçon de ce
costé-là, car l'affaire est toute certaine.

— Madame, dit la femme du medecin, les
livres sont de grand prix, et si j'ay ouy dire à
mon mary qu'il y a des temps que certains livres
qui ne valent par cinq sols pièce, valent pistolles, de sorte que ceste marchandise augmente souvent et ne diminuë guères, et ainsi ils s'enrichissent fort, ce que ne peuvent pas faire ceux qui
impriment ou font imprimer tant de nouveautez
ou phantasies qui se publient et debitent tous les
jours.

— A propos de nouveautez, dit la femme du conseiller, on fit present l'autre jour à mon mary d'un petit discours intitulé l'esprit de la Cour qui va de nuict [1]; mais d'autant que la matière ne respond en façon du monde au titre, je voudrois que celui qui l'a faict eust un esprit de jour, et non pas de nuict, obscur et perdu, afin qu'il peust recognoistre ce qu'il veut escrire, car on n'y cognoist rien.

— Mais que vous semble, dit la femme du medecin, de ceste relation generale des conquestes et victoires du roy sur les rebelles [2]?

— C'est du papier mal employé, dit la femme du conseiller, car il n'y a rien de remarquable, qui soit de l'histoire; l'ordre n'y est pas bien gardé, et, qui plus est, l'on escrit par là que Clerac a esté pris et reduit à l'obeyssance de Sa Majesté depuis la ville de Negrepelisse, qui a esté renduë au roy depuis quinze jours seulement [3]. Je ne m'estonne pas de toutes ces fautes, et des faussetez qui se passent aux escrits d'aujourd'huy.

1. Le véritable titre est celui-ci : *l'Etonnement de la Cour de l'esprit qui va de nuit.* S. 1., 1622, in-8.

2. *Relation generale des conquestes et victoires du roy sur les rebelles, depuis l'an mil six cent vingt jusqu'à present, avec les nom et situation des villes, places et chasteaux rendus à l'obéissance de S. M.* Paris, Fleury Bourriquant, in-8. Le jugement porté ici sur cette pièce est fort juste.

3. Clérac, en effet avoit été pris en juillet 1621 (V. plus

8

— J'ay veu, dit la femme du maistre des requestes, un discours de la prise de Sainct-Antonin[1] qui est fort mal faict aussi, car l'autheur met à la fin ce qu'il doit mettre au commencement, sçavoir, la sommation aux habitans de se rendre, après avoir escrit la reduction, qui est posterieure.

— J'ay veu aussi, dit la femme du medecin, deux discours de la vie de la dame Therèse[2], en l'un desquels il est escrit qu'elle a eu deux pères, en l'autre qu'elle n'en a eu qu'un ; mais je pense que l'imprimeur n'a peu lire l'escriture de l'autheur, ou bien qu'il ne l'a pas releu. Au moins, il semble que l'autheur ait voulu dire qu'au monastère dont est question , il y avoit deux filles du nom de Therèse, l'une desquelles estoit fille d'un

haut), tandis que Negrepelisse ne fut emportée que le 10 juin de l'année suivante , après quelques jours de siége. Ce passage fixe positivement, à un jour près , la date de ce troisième Caquet.

1. *La prise et reduction de la ville de Sainct—Antonin à l'obeissance du roi, Sa Majesté y estant en personne; avec le nombre des habitans et rebelles qui ont esté pendus par le commandement du roi* (22 juin). Paris, P. Rocolet, 1622, in-8.

2. Nous ne savons à quels discours sur la vie de sainte Thérèse il est fait allusion ici ; nous ne connoissons à cette époque que la traduction françoise publiée à Anvers en 1607, par J. D. B. P. et D. C. C., de l'ouvrage de Francisco de Ribera : *Vida de la madre Teresa de JHS., Fundadora de los Descalças y Descalços carmelitos, repartida en V libros.* Madrid, 1601.

nommé Bermude, et l'autre (qui est la veritable mère et saincte Therèse) estoit fille d'un nommé Sanchez : car je l'ay appris ainsi. Toutesfois l'on a eu tort de faire ceste faute en l'impression, car il y a de la peine de faire sçavoir les erreurs au menu peuple, qui est par trop grossier et lourd d'esprit.

— J'ay veu aussi, dit la femme du conseiller, un discours du Courtisan à la mode, imprimé il n'y a pas long-temps, lequel n'estoit autre chose qu'un extraict ou transcrit de l'Espadon satyrique[1] mot pour mot, ce qui ne se devroit tolerer :

1. Ce qui est dit ici vient compliquer d'un fait de littérature légale l'histoire déjà singulièrement curieuse de l'*Espadon satyrique*. On ne sait au juste de qui est réellement ce recueil de satires assez obscènes. Les uns, Brossette le premier, l'attribuent au baron de Fourquevaux, à qui Régnier dédia une de ses épîtres ; les autres le restituent à Claude d'Esternod, dont le nom, quoique bien réel, passa long-temps pour être un pseudonyme du baron. Ce qui fut cause de cette erreur, c'est que la première édition, publiée à Lyon en 1619, in-12, est en effet signée de ce nom supposé : *Franchère*, et qu'on put croire avec quelque raison que le nom de d'*Esternod*, qui signe la seconde, n'avoit pas plus de réalité, et n'étoit qu'un nouveau travestissement de M. de Fourquevaux. En cherchant un peu, l'on eût pourtant trouvé, comme l'a fait M. Weiss pour la *Biographie universelle*, que d'Esternod, né à Salins en 1590, long-temps soldat, puis gouverneur d'Ornans, n'étoit rien moins qu'un mythe; on eût découvert aussi que le pseudonyme *Franchère* n'étoit pas aussi impénétrable qu'il le sembloit, puisqu'il n'étoit

car c'est tromper et abuser le monde. J'ay ouy dire, mais je ne sçay s'il est vray, qu'un petit libraire reformé de la ruë Sainct-Jacques est fort ordinaire de ce faire : c'est pourquoy l'on ne veut plus rien acheter de ce qui se vendra sous son nom.

La femme du medecin dit : Et pourquoi, Madamoiselle, ne veut-on plus acheter de ce qui se vend souz son nom? N'est-il pas libraire? ne luy est-il pas permis de faire imprimer et vendre comme les autres? ne fait-il pas des apprentifs? bref, n'est-il pas bien capable?

— Ouy-dà, dit la damoiselle femme du conseiller, il est bien capable; mais c'est qu'il ne se veut pas donner la peine de travailler quand il

que l'anagramme de *Refranche*, nom d'un village dont d'Esternod étoit seigneur. Quant à la raison qui a donné lieu à l'opinion de Brossette, dans ses notes sur Régnier, opinion admise par l'abbé Goujet *Bibliothèque françoise*, t. 14, p. 209), et défendue par M. J. B. Pavie, dernier descendant du baron de Fourquevaux, dans une lettre du 24 frim. an IV, à l'abbé de S.-Léger (V. Brunet, *Manuel*, au mot d'*Esternod*), nous n'avons pu savoir d'où elle vient et sur quoi elle se fonde. — Le fait révélé par le passage des Caquets objet de cette note, et qui prouve que, si le nom de l'auteur varioit, le titre du livre changeoit aussi, n'est pas unique dans l'histoire de ce singulier recueil. En 1721, il fut republié à Amsterdam, sous le titre de *Satires galantes et amoureuses* du sieur d'Esternod. Il est très rare sous ce déguisement, mais moins encore que le *Discours du Courtisan à la mode*, que nous n'avons jamais pu trouver.

trouve la besongne toute faite , comme les pourceaux (sauf la chrestienté), qui mangent, par reverence, la merde, pource qu'elle est toute mas-
chée. Il est quelquefois temps de rire.

La femme d'un notaire dit : Mesdames , j'estois,
il n'y a pas long-temps, en une compagnie où on
se plaignoit fort de ce libraire-là ; je me doute
quel il est sans le nommer. On disoit que le jour
il faict imprimer ce qu'il songe la nuict , et un
honneste homme de qualité, je vous jure, le disoit
ainsi ; et plus , il dit que le roy n'avoit point de
plus valeureux guerrier que luy en tout son royaume : car on est tout estonné que, luy ayant donné
le bon soir bien tard , le lendemain, avant qu'il
s'esveille, il a mis à bas dix-huict mil hommes,
tantost des dix mille , quelquesfois cinq cens tout
à la fois , et au premier jour d'après l'on crie par
la ville des deffaictes plus grandes que celles d'un
Pompée.

— Je ne m'estonne pas de ces escrits, dit la
femme du conseiller ; qui est celle d'entre nous
qui n'a point veu son nom escrit dans quelques
pasquins , attendu que l'envie ou mal-veillance
du monde est si grande aujourd'huy, qu'à peine
la plus femme de bien se peut-elle garentir de
tels escrits scandaleux et injurieux ? Mesmes les
plus grands n'en sont pas seulement exceptez :
c'est pourquoy les vertueux et vertueuses ne se
ressentent pas autrement des injures qu'on leur

impose, ne plus ne moins que la palme que l'on essaye abbaisser et atterrer, et plus neantmoins elle se relève.

La femme du notaire dit : L'on appelle ouvertement un partisan monopoleur, à cause qu'un clerc qui anciennement avoit servi dix ans estoit maistre, et qu'aujourd'huy, après avoir servy ce temps-là, il est contrainct de vendre son patrimoine, et encores emprunter pour achepter un meschant estat, qui ne le peut nourrir six mois en un an s'il ne desrobe.

— Ne parlons plus, dit l'accouchée, de ces libelles diffamatoires ; parlons des belles papetières. Quand à moy, je vous diray qu'au cloistre[1], l'une y a tant de credit, qu'elle y pourra faire mettre un enfant pour servir au chœur quand il luy plaira : car elle est bien venuë de monsieur un tel.

— Vramy, Madame (dit la femme d'un secre-

---

1. Le cloître Notre-Dame. Il étoit alors fermé de portes qu'on n'ouvroit plus après une certaine heure. Tous les gens du Chapitre y logeoient, et, en outre, il étoit permis aux hommes de travail et de piété, comme de Thou, comme Boileau plus tard, et aux femmes qui vouloient se soustraire aux entreprises galantes, d'y chercher un refuge. « Mademoiselle Chamilly, écrit Malherbe à Peiresc, le 12 février 1610, a pris logis dans le cloître Notre-Dame pour y être plus sûrement. » V., sur ces asiles du cloître, une note de notre *Paris démoli* (les Demeures de Boileau), 2e édition, p. 163-164.

taire), bien d'autres qu'elles y ont bien du credit, à cause de quoy l'on en doit parler à Monsieur le procureur general, et sur tout pour faire faire deffence au portier d'ouvrir la porte à heure induë la nuict, comme il fait nonobstant quelque adveu que ce puisse estre : car il y a de l'abus trop grand; un procureur qui en est proche le peut bien dire s'il veut. Mais rayons cecy et passons outre.

La femme du notaire dit qu'il y avoit deux filles papetières et lingères, toutes deux assez proches voisines, lesquelles sont d'humeur fort courtoise, et que bien souvent elles font partie avec des jeunes hommes pour aller à Sainct-Cloud et à Vaugirard pour y passer le temps, sans que leur père et mère leur en osent dire mot, ce qui est de mauvais exemple.

— C'est chose de bien plus mauvais exemple, dit la femme d'un secretaire, de voir qu'une fille retient sa mère prisonnière sous couleur qu'elle la tance de ses complexions, et de ce qu'elle luy reproche qu'elle a attrapé tout son bien par l'artifice de son mary, et que tous deux ils ne la veulent plus voir, aujourd'huy qu'ils l'ont despoüillée : encores dit-on que ceste pauvre femme ne s'affligeroit point tant si sa fille se retiroit de sa mauvaise vie, et ne donnoit exemple de faire mal à sa fille, qui est fort jeune.

— Les exemples des inimitiez d'entre les pa-

rens sont si ordinaires, que de les citer icy les uns
après les autres (dit la femme d'un procureur), ce
ne seroit jamais faict; parlons plustost des bons
maris : sçavez-vous point qui est ce libraire
lequel porte tant de respect à sa femme, qu'il
prend cinquante escus en cachette d'elle pour
payer les espices d'un procez contre les Normands
(Dieu benisse la chrestienté!) qu'il a perdu, et
qu'il luy fait croire qu'il a gaigné? — Madamoiselle, j'en ay bien ouy parler; mais je ne me puis
souvenir de son nom; au moins je sçay qu'il porte
une grande barbe, et la perte de son procez pro-
vient peut-estre de ce que son solliciteur n'y
voyoit qu'à demy, ou bien que l'on a sonné la
diane et la retraicte promptement.

La femme du notaire dit : Veritablement, Mesdames, j'estime ces femmes-là heureuses desquelles les maris sont tant respectueux et doux. Pour
mon regard, je me puis vanter d'avoir un bon mary,
car il n'est point jaloux de moy; il me laisse baigner et pourmener avec mes voisines, et d'ordinaire je demeure, pendant qu'il s'en va coucher,
à la porte avec de mes voisins et voisines à deviser
quesquesfois jusques à minuict, et s'il sçait que je
presente la collation, il ne m'en dit mot.

—Pleust à Dieu, dit la femme d'un conseiller,
que mon mary me fust aussi facile, et qu'il ne me
tinst point de si court! Quand il luy prend quelque
ombrage, il m'enferme soubs la clef et s'en va ;

à quoy toutesfois j'ay bien donné ordre, faisant faire une autre clef, que ma servante porte, avec laquelle je me mets en liberté quand bon me semble.

— Je me suis laissé dire, disoit la femme d'un advocat, que la femme d'un C. estoit grandement aise de ce que son mary faisoit la despence du logis, et achetoit jusques à un balai à balayer la maison, et qu'il seroit bien marry de bailler un sol pour un carolus[1]; aussi y regarde-il de bien près. Quant à sa femme, elle n'a autre soing que de prier Dieu, se lever, boire, manger et dormir, ce qui est bien difficile à faire, comme je croy.

— Une autre, dit la femme d'un conseiller, doit bien estre aussi aise, car son mary est si soigneux de la cuisine, qu'il espargne les gaiges d'un cuisinier et ceux d'un sommelier, faisant bouillir luy-mesme la marmitte, et accommodant le couvert de la table ; sa femme luy sçait bien dire que ce n'est pas sa qualité.

L'accouchée, voulant prendre congé de la compagnie et lui donner le bon soir, dict : Mesdames, quand l'on a parlé tantost de l'imprimerie, j'avois peine de me souvenir de ce qui me vient à present en memoire, sçavoir que, l'autre jour,

---

1. Le sol valoit 12 deniers, et le carolus, qui n'étoit déjà plus guère en cours, n'en valoit que 10.

un de mes amis ayant un factum à faire imprimer,
il s'adressa à un certain quidam qui affiche à sa
boutique : « Ceans y a imprimerie, où l'on imprime
» factum et autres œuvres », combien qu'il n'en ayt
point, et qu'il n'y cognoist que bien peu, s'ad-
dressant aux imprimeurs pour les faire imprimer,
comme font la pluspart desdits preneurs de factum à imprimer, essayant ainsi à gaigner quelque
chose, tant avec ceux qui donnent à imprimer,
qu'avec les imprimeurs. Mais le malheur en voulut tant pour ce mien amy, qu'à faute d'avoir eu
à l'heure promise ledit factum, il perdit son procez. Cela advint par la contention d'entre l'imprimeur et le libraire qui avoit entrepris de le
faire ; et certainement il y a plus perdu que gaigné, à ce qui m'en a esté rapporté, car, n'ayant
eu fait en temps et lieu qu'on lui avoit demandé,
on ne l'a pas voulu recompenser de la perte qu'il
dit avoir soufferte. Je croy que cela luy appren-
dra une autre fois.

— Vrayement, Madame, dit une de la compagnie, je m'estonne que les imprimeurs n'y mettent ordre, sans se laisser usurper ainsi le gain qui
leur appartient ! — Il est vray (respond celle-là qui
avoit encommencé le discours) qu'ils devroyent
bien y donner ordre ; mais aujourd'huy tout va à
la renverse, chacun en tire et prend où il peut, et,
avec le temps, chacun aura la cognoissance de

l'imprimerie. Ainsi, restant sur ces derniers discours, chascune se lève de son siége, donnant le
bon soir à l'accouchée[1].

1. *Var.* Le *Recueil général* ajoute : Jusques à la revoir
une autre fois.

LA
DERNIÈRE ET CERTAINE JOURNÉE
DU
CAQUET DE L'ACCOUCHÉE.

M. DC. XXII[1].

Arrière toute melancolie ! je ne demande plus qu'à rire et passer mon temps. Je faisois partie avec nos voisines pour aller à Fontainebleau, quand on m'est venu advertir que, l'après-dinée, des dames d'importance se devoient rendre chez ma cousine l'accouchée. Je coureus incontinent chez elle pour[2] clorre ma dernière journée, nonobstant l'Anti-caquet de nos idiots, qui ne parlent françois ny latin, quoy qu'ils feignent revenir de l'autre monde. Quand ils auront corrigé leur plaidoyé et escriront en termes recevables, je leur respon-

---

1. Dans le *Recueil général*, cette partie a pour titre : *La quatriesme journée et visitation de l'Accouchée.*

2. *Var.* du *Recueil général* : jouir du contentement de ceste quatriesme journée.

dray de mot à mot. Ce sont des sots qui ne sçavent point de nouvelles que celles de la basse-
court, que je laisse pour le commun. Ma cousine
me receut à bras ouverts ; nous nous entretinsmes
long-temps des discours facetieux qui s'estoient
faits à nostre dernière entreveuë, de la deffiance
des dames, du conte que l'on leur avoit fait que
quelqu'un se cachoit en la ruelle du lict, et
mesme de leur curieuse recherche. Nous en rismes
à gorge desployée. Elle s'informa des nouvelles
du Palais. Je luy dis la plus commune, du pelerinage des deux mercières. Elle me pria de luy en
faire le conte. Je luy rapporte fidelement comme
tout s'estoit passé : que les deux bourgeoises, fei-
gnant de se vouloir acquitter d'un vœu qu'elles
avoient faict d'aller à Nostre-Dame-des-Vertus,
auroient demandé congé à leurs maris ; qu'après
leur avoir accordé, ils seroient entrez en ombrage, et, pour sçavoir la verité, les auroyent
suivies, l'un avec un habit de moyne emprunté
des religieux de Sainct-Martin, l'autre avec le sien
ordinaire de père de l'Oratoire, et rencontrées à
my-chemin, conduites par deux jeunes advocats ;
comme ils les suivirent de loing, entrèrent en
mesmes logis que nos amoureux choisirent sans
estre recognus, et, s'estans glissez subtilement
soubs un lict de leur chambre, virent en leur presence balotter leurs femmes, sans y pouvoir apporter remede ; leur retraitte sur le soir, le nou-

veau courage des maris, qui doublèrent le pas et
les abordèrent, la fuitte de nos galands , et fina-
lement comme nos cocus menèrent leurs femmes
dans une saulsaye prochaine pour partager en
leur communauté la miserable fortune d'Acteon.
Ils se reservèrent les cornes, et donnèrent à leurs
paillardes les decouppures et diaprures gentilles.
— Veux-tu que je te die , cousin? me dit-elle, je
ne sçaurois m'empescher de plaindre le sexe ; je
ressens un extrême desplaisir de la mauvaise fortune de ces pauvres femmes, car, sur ma foy, ces
sots meritent bien de porter le ramage. Sçachez,
mon amy, qu'il y a trois choses qu'à l'heure
qu'on les recherche le plus curieusement, on
voudroit les trouver le moins : le fond de sa
bourse, de la viande à un privé, et sa femme faisant l'amour. Ces curiositez trop grandes sont
grandement blasmables, et n'apportent enfin que
toutes sortes de desplaisirs. Mais il me semble que
j'ai apperceu quelque esmotion en ton visage au
recit que tu m'as fait de ceste histoire ; en conscience, si tu estois marié , ne serois-tu point jaloux ? — Je luy respondis hardiment que non.
Elle me pressa pourtant encores , et me demanda
laquelle des deux conditions je voudrois choisir,
ou d'estre cocu, ou abstraint à ne jamais faire l'a-
mour. Je lui fis la mesme response que fit autrefois ce grand capitaine à Tholoze, le souprieur de
la nation Bourbonnoise, que , prenant le certain

pour l'incertain, j'aymerois mieux que tous les laquais de la Cour courussent sur le ventre de ma
femme, que d'estre abstraint à ne point faire l'a-
mour. — Je t'aime de cette humeur, cousin, me
dit-elle, et veritablement tu as raison : aussi bien
dois-tu croire qu'il y a quelque fatalité qui accom-
pagne ce ramage que l'on ne sauroit esviter, et
semble qu'on y est destiné. Larcher, notre procureur en Parlement, ce mangeur de patés de phe-
niceaux, m'a advoüé qu'auparavant son mariage
ses cornes commençoient à pointer, et que plusieurs fois, faisant faire son poil, il les avoit fait
voir à L'Ange, son chirurgien. — Nous entrions
bien avant en lice, quand une fille de chambre,
accoudée sur une fenestre, nous advertit que les
dames estoient sur le seuil de la porte. Je me re-
tire incontinent au cabinet, où je n'eus pas plustost prins place, que la compagnie entra ; chacune
prit son siége selon son rang. Une maistresse des
requestes, qui conduisoit la troupe, commença à
parler la première. Hé bien, ma mignonne, dit-
elle à l'accouchée, comme t'en va ? Il me semble
que je ne t'ay point veuë en meilleur estat. Sans
mentir, je te trouve plus belle que jamais. Asseurement, les enfans t'embellissent : je te conseille
d'en recommencer un bien tost, si tu n'y as desjà
travaillé. — Helas ! Madame, que me dites-vous !
dit l'accouchée ; je suis bien resoluë au contraire,
et de faire plustost lict à part pour m'en garantir.

Je suis desjà chargée de cinq petites canailles, qui crient continuellement ; je ne puis prendre ny repos ny patience ; ils me tourmentent nuict et jour. Hé, bon Dieu, que deviendrois-je si j'en avois davantage ? — Ma fille, tu es bien folle, dit alors la maistresse des requestes ; ce ne sont que gentillesses ; auparavant qu'ils soient en estat de te donner beaucoup de peine, tu en auras perdu la moitié, ou peut-estre tout. Si tu estois comme moy, veritablement tu serois à plaindre. J'ay quatre grandes filles, la plus jeune aagée de dix-huict ans, desquelles je ne me puis deffaire. C'est une grande pitié aujourd'huy, que, quelque gentilles et bien conditionnées qu'elles soient, l'on ne sçauroit les pourvoir si on ne leur donne des miliers d'escus. Un conseiller de la Cour, ni un maistre des comptes, n'espouseront point une fille si elle ne paye leur office, qu'ils achètent pour la pluspart à la bource d'autruy. J'en suis quelquefois au desespoir. — Madame, je sçay un bon remède, dit la femme d'un conseiller des requestes du Palais, de la ruë Montorgueil : il faut faire comme nostre voisin, marier ses filles dans les petites villes ; il a rencontré, avec dix mil escus qu'il a promis à sa fille, un jeune homme de bonne mine, des meilleures familles de Moulins, bien qualifié, qui luy rend des effects pour quatre vingts quatre mil livres.— Madamoiselle, dit une changeuse du pont Nostre-Dame, permettez-moi que je vous die qu'il

9

n'y a que de se frotter à l'herbe qu'on cognoist, et
que mon oncle a esté grandement attrapé, puisque
l'on reduit les quatre vingts quatre mil livres à
huict mil escus de bien pour le plus.—Vous estes
une moqueuse, dit la conseillère; son office seul
vaut plus de soixante mil livres. Comme se pourroit
faire cela? Vostre oncle est trop fin pour se laisser
dupper de la sorte. — Asseurez-vous, Madamoyselle, dit la changeuse, que je vous dis la verité,
à mon très grand regret, et qu'en estant bien in-
formée, je vous diray la fourbe que l'on luy a
faicte, si vous voulez prendre la patience de l'entendre. L'office que vous tirez en ligne de conte, il
l'a acheté veritablement, depuis qu'il est accordé à
ma cousine, soixante mil livres, et cent pistolles
outre trois mil livres qu'il a promis par promesse
separée, qu'il ne veut pas que mon oncle sçache;
mais il en doit encore quarante huict mil livres;
le surplus, il l'a payé des deniers de mon oncle,
et mesme son quart denier. Je le sçay asseurement, monsieur Benoist et mon mary luy ayant
presté l'argent; le Breton en porta une partie :
c'est ce qui mit ma tante en si grande alarme, et
qui fit partir ce gentil officier en si grande diligence pour se rendre auprès d'elle pour accom-
moder cet affaire, et l'empescher de declamer
comme elle avoit commencé. Le reste du bien
consiste en une maison à Moulins, une maison
aux champs, assez plaisante, size pourtant au ter-

ritoire le plus ingrat et infertile de tout le Bourbonnoys, des vignes à la campaigne, une rente de trois cens livres constituée pour seize cens escus, quelques meubles, et un office de conseiller au presidial, qu'il a vendu treize mil cinq cens livres[1]. Tout cela se doit partager entre luy, deux frères, et sa sœur, mariée au bailly de Montegu ; et pour vous faire voir que ce que je vous dis est très veritable, ledit sieur bailly son beau-frère, ayant obtenu lettres royaux pour faire restituer sa femme contre son contract, d'autant qu'on ne lui a donné que douze mil livres en mariage, depuis lequel un des frères s'est rendu jesuite, a fait voir l'inventaire de tout leur bien à son conseil, un des intimes amis de mon mary, qui nous a dit confidamment que ledit inventaire ne monte que quatre vingt deux mille livres, sur lequel il faut defalquer douze mille livres de debtes ; que l'action en seroit desjà intentée, sans la prière qu'en a faict le jesuite audit sieur bailly. Il dit que ce pauvre religieux, pour l'esmouvoir d'a-

---

1. Les charges se vendoient partout à ces prix élevés, particulièrement dans le Bourbonnois, dont il est question ici. Il en coûtoit huit mille livres pour devenir conseiller d'élection. (*Mém. des intendants*, *Bourbonnois*, chap. Finances.) Une charge de seigneur conseiller à la cour des aides se payoit jusqu'à 25,000 livres, et celle de chevalier-trésorier général des généralités ne s'acquéroit pas à moins de 30,000. (*Ibid.*, *Généralité de Montauban*, chap. Finances.)

vantage, se jetta à ses genoux en sa presence, et
le conjura, les larmes aux yeux, de surseoir toutes poursuites jusques à ce que le mariage de leur
frère fust achevé; qu'autrement sa fortune seroit
perduë; qu'il feroit en sorte qu'il luy donneroit
contentement; qu'il luy en avoit desja parlé plusieurs fois, et representé le grand tort qu'il faisoit
particulierement au jeune frère, de faire faire
toutes les années des descentes sur leurs heritages, supposant quelque gelée ou gresle pour se
faire estrousser les fruicts à bonne condition, ou
à personnes interposées, et tromper le pauvre mi-
neur; que, pour toutes raisons, il ne luy respondit autre chose, sinon qu'estant l'aisné, il avoit
tousjours esté obligé à faire une grande despence,
mesme depuis la mort de sa femme; que, son revenu n'y pouvant suffire, il avoit esté contrainct
d'emprunter dix mil livres de son premier beau-
père, et plusieurs autres parties à perte de finances, avec son bon compère son voisin, estant très
asseuré que soubs son nom on ne luy eust pas
presté un teston; qu'il ne seroit raisonnable que
luy tout seul portast cette despence, qui absor-
beroit la moitié de la legitime, puisqu'il l'a faicte,
poussé du courage de leur mère, pour relever le
nom de la maison; que, neantmoins, il luy promettoit qu'après son mariage il leur rendroit
toute sorte de satisfaction, pourveu que monsieur
le bailly, leur beau-frère, permist à leur sœur

malade de se faire voir à son medecin ordinaire,
sans soupçon. L'artifice duquel il a usé pour faire
voir à mon oncle qu'il avoit du bien est admirable : il luy a fait croire, contre la coustume du
pays, que la maison des champs luy est substituée, que le jesuite lui a donné tout son bien,
que les rentes qu'il a renduës du mariage de sa
première femme luy appartiennent. Jugez si le
pauvre homme avoit l'esprit perdu. Il luy mit ses
contracts entre les mains, il les leut, et ne cognut pas qu'ils avoient desja changé de main depuis que ce bon gendre les avoit rendus à son premier beau-père, qui les avoit cedez au procureur
du roy, son autre gendre, et que mesme ils estoient apostillez de sa main ; enfin on luy fit voir
quantité d'obligations personnelles conceuës soubs
son nom, desquelles les creanciers ne seront jamais poursuivis : aussi n'ont-ils jamais rien deu.
Mon oncle, ensorcelé, comme je croy, prit tout
pour argent comptant. Hé ! pleust à Dieu qu'auparavant que signer les articles il eust consulté
l'oracle que vit d'autrefois le receveur des tailles
son beau-frère pour recouvrer ses pierres d'or !
peut-estre eust-il descouvert quelque chose de la
verité de ce mistère ; mais le malheur veut que
ce qui nous touche le plus, c'est de quoy nous
sommes les derniers advertis. Croiriez-vous que
chacun s'en rioit en ces quartiers, et en alloit à la

moutarde[1], et que le greffier du bureau des finances ne se put empescher de dire à monsieur Feuillet que tous les Messieurs de leur compagnie s'en mocquoient, et soustenoient affirmativement qu'il n'eust jamais huict mil escus de bien, avec les advantages de sa première femme. Quel desplaisir pensez-vous, Madame, que mon oncle en reçoive? Il seiche de regret d'avoir esté ainsi trompé, et ne s'en oze plaindre, puisque luy tout seul l'a voulu. Je ne sçay qu'il n'a point fait pour advancer ceste nouvelle mariée, et rendre son mariage meilleur : il a forcé son autre fille d'entrer en religion; il a donné des maisons dedans Paris par le contrat de mariage, et a promis, par promesse separée, de les retirer dans un temps, pour tromper mon cousin, fils de sa première femme, supposant que ce seroit acquisitions qu'il auroit fait avec celle-cy.

— Madame, que je vous arreste, dit la femme d'un advocat au Chastelet; je ne sçaurois souffrir

---

1. On disoit *aller au vin et à la moutarde*, pour railler, faire quolibets et chansons sur une chose. Notre locution *s'amuser à la moutarde*, et le nom donné au gamin de Paris, en sont restés. Cette expression étoit vieille dans la langue. On la trouve déjà dans un passage du *Journal du Bourgeois de Paris* sous Charles VI; et Villon, parlant de la belle bergeronnette qui rioit et chantoit bien, dit : *Elle alloit bien à la moutarde*. (Huit. CLIV.)

cette injustice; j'en advertiray monsieur le conseiller Le Bret, qui y mettra bon ordre. N'est-ce pas une grande ingratitude à vostre oncle, ayant receu tout son bien de sa première femme, de vouloir aujourd'huy frustrer son fils de sa succession par des voyes obliques damnables? Ne sçavez-vous pas qu'elle le prit par amourette, contre le gré de tous les siens, la plupart desquels l'ont desavoüée depuis, et qu'il n'estoit, en ce temps-là, que simple mercier et ferreur d'esguillettes? Contentez-vous que, pour votre respect, je n'en diray pas davantage.

— Madame, respondit la changeuse, si nous ne sommes de noble extraction, nous sommes pourtant issus de bonne race, et n'avons jamais fait tort à personne.

— Je ne vous dis rien là-dessus, dit l'advocate; je renvoye l'esteuf au bon homme Rossignol, qui jure qu'on ne se doit jamais fier à ces chatemittes, et soustien que vostre oncle a trompé plusieurs fois son nepveu, l'associant en de mauvaises fermes pour supporter la moitié de la folle-enchère, mais aux bonnes affaires où l'on peut gaigner quelque chose, il ne veut point de compagnon : il me suffit de deffendre le party de mon parent, jusqu'à ce que monsieur son oncle venge sa querelle et fasse regorger son bien à ceux qui l'ont injustement usurpé, et, ne se contentant du revenu, veulent faire perdre le fonds.

— Mesdames, je vous prie, pour l'amour de moy, dit la maistresse des requestes, et le respect que nous devons à ce lieu, que tout se tourne en raillerie. Pour moi, je veux croire que l'on a choisi ce monsieur le thresorier pour sa suffisance et capacité, et veritablement il a tesmoigné qu'il avoit de l'esprit, d'avoir si dextrement conduict son affaire.

— Madame, repart incontinent la changeuse, qui ne se pouvoit taire, s'il n'y eust eu que luy qui s'en fust meslé, asseurément nous ne serions en ceste peine ; c'est pourquoy il ne l'eust jamais entrepris sans l'assistance de son premier beau-père, qui est l'un des braves hommes les plus desliez et habilles qui se rencontrent en ceste province. Il faut que je vous avouë que c'est le plus gros buffle que l'on ayt jamais veu ; on le receut l'autre jour à la chambre par grande pitié et avec beaucoup de peine. Croyez-vous que l'on ne sçeut jamais entendre un mot, ny de son harangue, ny de ses responses, si bien que celuy qui l'interrogea le moins en fut le plus satisfaict, et ne peut s'empescher de dire, opinant à sa reception, qu'il avoit de la bonne fortune de se presenter en la belle saison du mois de juin, que les asnes passent partout.

— Mais, Madame, dit la femme d'un procureur en Parlement, il me semble qu'ayant esté conseiller, il doit sçavoir du latin.

— Madame, reprit la changeuse, chacun s'accordera à ce que vous dites ; mais je suis contrainte, à sa confusion et la nostre, puisqu'il est entré en nostre alliance, de vous confesser qu'il ne sçait rien du tout, et qu'il a tousjours exercé si negligemment ceste charge, que son bon voisin le procureur, pour le soulager et l'empescher de rougir, dressoit ordinairement les sentences des procez qui lui estoient distribuez. Et puis Messieurs de la chambre ne les pressent point de ce costé-là, et se contentent quand on leur parle bon françois. Il eust esté aussi habile homme que celuy qui passa après luy, par un malheur extraordinaire, le pouvant et devant preceder par toute sorte de raisons, puisqu'il luy a tousjours offert, et mesme devant ses juges, de vuider ce different de presceance par la capacité, asseurement il eust mieux satisfaict.

— N'est-ce point, dit madame Charles, femme du medecin, celuy qui estoit si fort chargé de chaligourny ?

— Non, Madame, respondit la changeuse ; c'est un de leurs confrères, qui fut receu trois jours auparavant.

— Qu'appellez-vous chaligourny ? demande la maistresse des requestes.

— Madame, dit la medecine, c'est une intemperie froide et humide qui a attaqué les anciens et nouveaux officiers de ce bureau.

— *Quod sinifrimity* là-dessus, Madame, dit une mercière du palais.

— Plaist-il, Madame? respondit l'autre.

— Je dis, reprent la mercière, que cela n'importe, puisqu'ils retournent en leurs maisons bien guaris.

— Madame, j'en suis fort contente, dit madame Charles; mon mary est très bien satisfaict.

La mercière, qui estoit en train et sembloit estre interessée, ou au moins obligée de soustenir le party de ses chalans, ne se peut empescher d'attaquer la changeuse. Mais Madame, lui dit-elle, il me semble qu'au paranymphe [1] que vous avez fait de vostre nouveau parent, vous avez oublié une qualité qui doit estre relevée : vous n'avez rien dit de son bon naturel. Pour moy, je le trouve bon comme le bon pain. Je m'asseure que, s'il trouvoit vostre cousine en faisant l'amour, il

---

1. Discours élogieux, mais souvent avec ironie, qu'on avoit coutume de faire dans les facultés de théologie et de médecine de Paris, avant de recevoir les licenciés. Chaque bachelier y trouvoit son lot. Ce mot de *paranymphe* venoit de l'usage qu'on avoit en Grèce d'adresser aux nouveaux mariés un chant de louange le jour de leurs noces. Il étoit fort employé à l'époque de Louis XIII. Régnier dit dans sa V[e] satire, v. 233-236.

> Et, ce qui plus encor m'empoisonne de rage,
> Est quand un charlatan relève son langage,
> Et, de coquin faisant le prince revestu,
> Bastit un paranymphe à sa belle vertu.

la traiteroit encore plus favorablement que n'a fait le comte de Vertus sa femme; et qu'au lieu de mal traitter celuy qui auroit rendu ce bon office, il le recueilleroit à bras ouverts.

— Madame, repart la changeuse assez brusquement, ma cousine n'en viendra jamais là; nous ne pechons point en nostre race de ce costé. Hé, grand Dieu! d'où le tiendroit-elle? Son père, depuis la mort de sa première maistresse, a gardé inviolablement la foy à sa femme, et sa mère n'a jamais eu seulement une mauvaise pensée : la pauvre femme est trop devote; elle a tousjours le nom de Jesus à la bouche.

Toute la compagnie se mit à rire, reservé madame la maistresse des requestes, qui se tenoit sur le serieux; elle pria neantmoins la mercière de leur dire l'histoire du comte de Vertus.

— Helas! Madame, dit la mercière, est-il possible que vous seule en ceste ville n'en ayez point ouy parler? C'est une tragedie commune dans Paris; je l'ay ouy dire à mille personnes, qui s'accordent tous à une mesme verité : que le comte de Vertus[1], ayant surpris dans la ville

1. Voici comment Tallemant, d'après le récit qu'en faisoit la fille de la comtesse, raconte l'aventure sinistre de madame des Vertus (édit. in-8, t. 3, p. 407): « Le comte des Vertus étoit un fort bonhomme, et qui ne manquoit point d'esprit. Son foible étoit sa femme : il l'aimoit passionnément, et ne croyoit pas qu'on pût la voir sans en de-

d'Angers des lettres qu'escrivoit madame sa femme à un gentil'homme angevin, nommé Sainct-Germain, et la response dudict Saint-Germain, il avoit envoyé prier ledit sieur de venir soupper chez luy; et, après soupper, luy ayant mons-

venir amoureux. Un gentilhomme d'Anjou, nommé S.-Germain La Troche, homme d'esprit et de cœur, et bien fait de sa personne, fut aimé de la comtesse. Le mari, qui avoit des espions auprès d'elle, fut instruit aussitôt de l'affaire. Il estimoit S.-Germain et faisoit profession d'intimité avec luy; il trouva à propos de luy parler, luy dit qu'il l'excusoit d'être amoureux d'une belle femme, mais qu'il luy feroit plaisir de venir moins souvent chez luy. S.-Germain s'en trouva quitte à bon marché; il y venoit moins en apparence, mais il y faisoit bien des visites en cachette : c'étoit à Chantocé en Anjou. Le comte savoit tout; il n'en témoigna pourtant rien, jusqu'a ce que, durant un voyage de dix ou douze jours, le galant eut la hardiesse de coucher dans le château. Les gens dont la dame et luy se servoient étoient gagnés par le mary. Ayant appris cela, il deffendit sa maison à S.-Germain. Cet homme, au désespoir d'être privé de ses amours, écrit à la belle et la presse de consentir qu'il la défasse de leur tyran. Les agens gagnés faisoient passer toutes les lettres par les mains du mari, qui avoit l'adresse de lever les cachets sans qu'on s'en aperçût. Elle répondit qu'elle ne s'y pouvoit encore résoudre. Il réitère, et lui écrit qu'il mourra si elle ne consent à la mort de ce gros pourceau. Elle y consent, et, par une troisième lettre, il lui mande que dans ce jour-là elle sera en liberté, que le comte va à Angers, et que sur le chemin il lui dressera une embuscade. Le comte retient cette lettre, se garde bien de partir, et, ayant appris que S.-Germain dînoit, en passant, dans le bourg de Chantocé, il se résout de ne pas laisser passer

tré et faict recognoistre leurs missives, l'auroit fait assassiner en presence de sadite femme,
qu'il fit entrer après dans un carosse, la mena en
une sienne maison forte, où il couche avec elle,
et la caresse à l'ordinaire, comme si rien ne s'estoit passé.

l'occasion : il lui envoie dire qu'il fera meilleure chère au
château qu'au cabaret, et qu'il le prioit de venir dîner avec
lui. Le galant, qui ne demandoit qu'à être introduit de nouveau dans la maison, ne se doutant de rien, s'y en va. Il
n'avoit pas alors son épée : il l'avoit ôtée pour dîner; il oublie de la prendre. Dès qu'il fut dans la salle, le comte luy
dit : «Tenez, en lui présentant son dernier billet, connois-
sez-vous cela ? — Oui, répondit S.-Germain, et j'entends
bien ce que cela veut dire. — Il faut mourir. » Les gens du
comte mirent aussitôt l'épée à la main. Ce pauvre homme
n'eut pour toute ressource qu'un siége pliant. Il avoit déjà
reçu un grand coup d'épée, le mari entra dans la chambre
de sa femme, qui n'étoit séparée de la salle que par une
antichambre. Il la prend par la main et luy dit : « Venez, ne
craignez rien ; je vous aime trop pour rien entreprendre contre vous. » Elle fut obligée de passer sur le corps de son
amant, qui étoit expiré sur le seuil de la porte. Il la mena
dans le château d'Angers. Elle eut bien des frayeurs, comme
on peut penser. Les parents du mort, quand ils eurent vu
la lettre, ne firent pas de poursuites. La comtesse ouït tout
le bruit qu'on avoit fait en assassinant son favori. Elle étoit
grosse; elle ne se blessa pourtant point, mais la petite-
fille qu'elle fit, et qui ne vécut que huit ans, étoit sujette à
une maladie qui venoit des transes où sa mère avoit esté,
car elle s'écrioit : « Ah! sauvez-moi ! voilà un homme, l'é-
pée à la main, qui veut me tuer! » et elle s'évanouissoit.
Elle expira d'un de ces évanouissements. »

— Jesus! dit une conseillère du Chastelet, que les grands seigneurs sont heureux dans les petites villes! Ils entreprennent tout sans contredit. Si le bon seigneur avoit fait cela à Paris, il seroit au Chastelet il y a long-temps, où on lui feroit son procez en toute diligence.

— Ne me parlez pas de vostre justice, dit une conseillère de la Cour à celle du Chastelet; vos Messieurs n'ont-ils pas bien operé en l'affaire de Cotel? Le seul respect d'une robbe qu'il a quitté leur a fait peur. Je parle contre moi-même, mais veritablement l'acte meritoit une punition exemplaire. Il faut faire comme l'on fait à la cour, se roidir au bien de la justice, sans acception ni exception de personnes. Ne voyez-vous pas comme le pauvre monsieur Demacho, conseiller aux requestes, a fait mettre son fils prisonnier, pour luy faire espouser une fille qu'il a desbauchée?

— Madamoiselle, repart la conseillère du Chastelet, si les officiers du Chastelet alloient du pair avec messieurs du Parlement, desquels ils relèvent et reçoivent toute leur authorité, ils reformeroient bien souvent beaucoup d'abus qui s'y commettent, aussi bien qu'aux justices inferieures. Est-ce bien faire la justice, de permettre qu'un gentil'homme donne un soufflet à un conseiller, dans la gallerie du Palais?

— Madamoiselle, dit la conseillère du Parlement, je sçay bien comme ceste affaire se passa.

Sans la prière d'un ancien conseiller de la grand chambre, qui fit la satisfaction tout à l'heure à monsieur Deverderonne, asseurement il n'eust point reçeu une moindre punition que celuy qui parla trop haut devant feu monsieur le président Forget[1]; et s'il luy reste quelque suject de plainte, ce doit estre contre l'huyssier, qui ne voulut point obeïr au commandement qu'il luy fit de le conduire prisonnier.

— Et quoy! Madamoiselle, dit une conseillère des enquestes, n'est-ce pas une grande honte que les jeunes conseillers ne soient point recognus? Il semble qu'ils ne soyent pas du corps du Parlement, et que tout se termine à la grand chambre. Ne devroit-on pas punir cet huissier pour sa desobeyssance? Si messieurs les conseillers des enquestes croyent mon mary, ils en feront leurs plaintes à monsieur le premier president[2]. Estant

---

1. Il étoit secrétaire d'état et fort homme de cour. Il fut pour quelque chose dans la fortune de Puget à ses commencements. On peut lire sur lui et sur la reine Marguerite une anecdote assez gaillarde dans le *Perroniana*, 3e édition p. 145.

2. Messire Nicolas de Verdun étoit alors premier président. Il avoit succédé, en 1616, à Achille du Harlay, et il occupa cette charge jusqu'en 1627. « Il avoit, dit Blanchard, le goût des peintures excellentes et des bons livres »; mais jusqu'ici nous ne savions pas qu'il eut celui de la galanterie. (Blanchard, *Eloges de tous les premiers présidents*, 1645, in-8, p. 81. — On avoit M. de Verdun en grande estime;

premier president de tout le Parlement, il rendra partout esgallement la justice, et contraindra tous les ministres de rendre l'honneur et le respect à tous ceux qui la distribuent.

— Madamoyselle, repart la femme d'un maistre d'hostel de chez le roy, il le faut donc prendre en autre saison : il ne pense aujourd'huy qu'à l'amour; il est tellement passionné d'une belle dame de la royne, qu'il mesprise l'exercice de sa charge, et, ne se souciant plus de l'impression de la cire, reserve sa grande gallerie[1] pour dancer seulement et faire le bal.

— Madame, respondit la conseillère, j'ay bien ouy parler de ce que vous dites; mais croyés-moy, qu'il veille tousjours au bien de la justice, et veut absolument que les anciens reiglements s'observent. Le grand mal procède de ce que tous les messieurs de la grand chambre n'en demeurent pas d'accord, et que bien souvent il est tondu. Tout est perverty en ce temps-cy, il n'y a point de difference entre les juges et les parties. Messieurs les conseillers font la charge des advocats.

« chascun, lit-on dans une pièce du temps, ne sauroit assez l'admirer, pour estre ses louanges inférieures à ses vertus. » *Advis de Guill. de la Porte, hotteux és halles de Paris*, etc., in-8, p. 7.

1. Cette galerie se trouvoit dans l'hôtel de la préfecture de police, où M. de Verdun fut le premier qui installa la présidence du Parlement.

Monsieur Portail, cet ancien senateur, qui devroit servir d'exemple, dresse luy-mesmes le factum de madamoiselle sa femme, le remplit d'invectives et reproches contre sa partie, en termes si couverts et si obscurs que la Cour ne les peut entendre; et lors qu'elle le prie de les interpreter, et declarer particulierement ce qu'il a desiré de Rose, son valet, quand il le prit pour l'emonder et repurger en toute sorte de façons sans exception, il respond sans respect que c'estoit pour lui torcher le cul, et que, si Rabelais a soustenu que le souverain bien de l'homme consiste à se torcher le cul du col d'un oye, ou d'un cygne, qu'à plus forte raison il recevroit plus de contentement se le faisant torcher de roses. Tout est aujourd'huy permis et toleré. Croyriez-vous que tout ce qui se fait de plus secret au Parlement est maintenant divulgué, et que les distributions mesmes, qui ne se pouvoient faire que chez messieurs les presidens à la sourdine, pour empescher la brigue des gros procez, se font aujourd'huy en plein marché? Monsieur Tardieu, de la première, l'asseurera par tout le monde : il en receut une fort expresse, il n'y a que huict jours, par les pages de monsieur de Nemours.

— Madamoiselle, vous trouverez bon que je vous die, dit une maistresse des Comptes, que quoy que nous soyons en robbe courte, l'on ne voit point de ces desordres à la Chambre : tous

10

d'un commun accord se portent à ce que veut monsieur le premier president, l'on n'oseroit rien entreprendre sans son consentement, ny mesme en son absence faire assembler les semestres, s'il ne le trouve bon. Aussi, de son costé, il n'a autre soing qu'à relever l'authorité de sa charge, et faire faire la justice. Il ne pardonneroit pas à son propre fils ; quelque prière que luy aye faict monsieur le duc de Chaunes, il veut que l'on achève le procez de monsieur Monsigot [1]. La consideration de sa qualité de maistre ordinaire ne peut rien obtenir.

— Mais à propos, Madamoiselle, dit la femme d'un secretaire du roy, de Saincte-Opportune, ne

[1]. Ce procès de Monsigot devoit avoir trait aux affaires du connétable de Luynes, dont il avoit été le secrétaire. L'issue n'en dut pas être bien desastreuse pour lui, puisque quelques années après , en 1629, nous le voyons reparoître comme secrétaire des commandements de Gaston, qui lui accorde toute sa confiance. Quand il songe à s'enfuir en Lorraine, c'est Monsigot qu'il envoie près du duc pour lui préparer une retraite. (*Mém.* de Gaston, Coll. Petitot, 2ᵉ série, t. 31, p. 88, 112.) Cette faveur de Monsigot chez Gaston ne le recommandoit guère auprès de Richelieu, qui d'ailleurs devoit haïr en lui une créature du connétable ; aussi , à l'époque des démêlés graves entre Monsieur et le cardinal, après qu'il eut apporté l'inventaire des pierreries de Madame, comme on l'en avoit chargé, resta-t-il long-temps inquiet et craignant d'être arrêté , dans la retraite qu'il s'é-soit donnée à Orléans. (*Mém.* de Richelieu, Coll. Petitot, 2ᵉ série , t. 26, p. 367.)

roulez-vous pas le faire sortir ? Sur ma foy, je ne
çaurois m'empescher de dire que vous lui faictes
ort ; c'est le plus honneste homme qui se peut
lire. Mon mary luy a d'estroites obligations [1]; il
uy avoit promis de le mettre en credit bien avant,
et moy en particulier je luy suis redevable : il est
:ause que j'ay une porte cochière.

— Madamoiselle, dit la maistresse des Comp-
es, j'en suis faschée pour l'amour de vous, car
asseurement ou luy va faire son procez.

— Madamoiselle, dit la secretaire, à l'extremi-
é, s'il suit le conseil de mon mary, il se deffendra
bien ; il a de fort bons amis [2]. Monsieur le president de Chevry [3] seroit ingrat s'il ne l'assistoit

1. Beaucoup d'autres lui en avoient aussi. « On a vu Monsigot, dit le *Contadin provençal*, tenir banque au Louvre
pour la composition des pensions. » Recueil cité, p. 98.

2. Il avoit surtout pour lui les gens du parlement ; mais
on pouvoit craindre que ce ne lui fût un secours inutile :

Pour Monsigot, j'ai peur que messieurs de la cour
Ne le puissent tirer d'un si fascheux destour.

(*Le De profundis sur la mort de Luynes*, même Recueil,
p. 417.)

3. Duret de Chevri, président de la chambre des comptes. Il avoit commencé par être secretaire de Sully, et mieux
que cela même, à en croire Tallemant, édit. in-12, t. 1, p.
148. Sa mort et l'épitaphe satirique qu'on lui fit sont ainsi
mentionnées dans le *Patiniana*, p. 16 : « Il mourut en 1637,
après avoir été taillé de la pierre. Voici son épitaphe :

Cy-gist qui fuyoit le repos,
Qui fut nourri dès la mamelle
De tributs, tailles et impôts,

de tout son pouvoir : il l'a voulu faire secretaire d'Estat pour prendre sa place de president des Comptes.

— Je pense veritablement, dit la maistresse des Comptes, qu'il le portera ; mais il a contre luy un autre secretaire d'Estat plus puissant, monsieur le president Doguerre [1], qui a sa brigue plus forte ; il luy peut faire beaucoup de mal, par la grande intelligence qu'il a avec monsieur le premier president.

— Madamoiselle, dit la secretaire, si on le presse trop, il recourra à sa bonne maistresse madame la duchesse de Chevreuse [2].

— Je pense, dit la maistresse des Comptes, qu'elle n'a pas aujourd'huy grand credit [3], encore

De subsides et de gabelles ;
Qui mêloit dans ses aliments
De l'essence du sol pour livre.
Passant, songe à te mieux nourrir,
Car, si la taille l'a fait vivre,
La taille aussi l'a fait mourir.

1. Ce nom est altéré ; il faut lire « le président d'Ocquerre. » Il étoit, en effet, secrétaire d'Etat. Il eut pour fils ce Blancmesnil, conseiller au parlement, qui partagea la popularité frondeuse de Broussel. *Histor.* de Tallemant, édit. in-12, t. 7, p. 148.

2. A titre de veuve du connétable de Luynes, son premier mari, madame de Chevreuse devoit en effet protéger Monsigot.

3. Cela est si vrai, qu'elle ne tarda pas à être éloignée de la cour, aux instigations de la Vieuville. *Mém.* de Richelieu, coll. Petitot, 2ᵉ série, t. 22, p. 273.

qu'elle se veuille faire appeller madame la princesse ; je sçay bien qu'il y eut l'autre jour un
grand bruict au Louvre pour cela, et qu'on lui
fit des bonnes reprimandes.

— Je ne vous respondray rien là-dessus, dit la
secretaire ; mais je suis très asseurée qu'elle peut
beaucoup sous le nom de monsieur son mary, particulièrement envers monsieur le chancelier, qui
est la vraye partie, pour les offres que luy fit ledit
duc de Chevreuse, quand on nomma monsieur le
chevalier de Sillery ambassadeur[1], contre les me-
naces de messieurs de Vandosme, qui soustenoient
le party du marquis de Cœuvre, leur oncle[2]; et de
fait, je sçay bien que, sur la promesse qu'on luy
feit de la part dudit sieur Monsigot, que quand il
reviendroit en plus grande fortune qu'il n'avoit

1. Il faut lire le commandeur, et non le chevalier de Sillery. Noël Brulart, frère du chancelier de Sillery, fut en effet ambassadeur à Rome. Il en fut rappelé en 1624 par Richelieu, ennemi juré de sa famille. Le traité conclu par le
commandeur avec le pape, dans l'affaire de la Valteline, fut
le motif ou plutôt le prétexte de cette disgrâce.

2. François Annibal d'Estrées, marquis de Cœuvre, frère
de Gabrielle, et par là, comme il est dit ici, oncle de MM.
de Vendosme. C'est lui qui les avoit amenés à faire leur
paix avec le roi, dans les commencements de son règne.
(*Lettres* de Malherbe à Peiresc, p. 378, 393.) Pendant son
ambassade à Rome, qui précéda celle du commandeur de
Sillery, et qu'il eût bien désiré faire durer plus long-temps,
comme ce passage des *Caquets* l'indique, il avoit réussi à
faire obtenir à Richelieu le chapeau de cardinal.

jamais esté il ne parleroit plus des chiffres ny de l'estat de secretaire des camps et armées, monsieur le chevalier manda à Laffemas[1] qu'il feignist de cesser la poursuitte, et la fist faire sous le nom d'un autre.

— M'amie, dit la maistresse des Comptes, quand tout le monde l'auroit quitté, monsieur le president Aubery[2] ne l'abbandonnera pas.

— Madamoiselle, dit la secretaire, s'il n'y avoit que luy, il n'auroit que faire de craindre; il est aysé à recuser, à cause de la composition qu'il faict avec des assignez d'un mandement de l'espargne, pour laquelle il eust un adjournement personnel au parlement. Hé! pleust à Dieu seulement qu'il puisse gaigner le semestre de juillet! J'espère, quoy que l'on die, qu'il sortira heureusement de son affaire, et emportera la victoire sur ses ennemis.

— Madamoiselle, dit la femme d'un autre se-

---

1. C'est le même qui devint si fameux plus tard comme lieutenant civil, et l'âme damnée de Richelieu. Il ne prit qu'en 1638 cette charge, qu'il garda jusqu'à sa mort, en 1650. A l'époque dont il est parlé ici, il étoit maître des requêtes.

2. Le président Jean-Robert Aubry ou Aubery, conseiller d'Etat, mourut doyen du conseil dans un âge très avancé. On l'appeloit Robert le Diable. Tallemant n'en voit de raison que dans sa brusquerie. En somme, dit-il, sa femme, qu'il ne tourmentoit guère, « étoit plus diablesse qu'il n'étoit diable.» Tallemant, édit. in-12, t. 8, p. 23.

cretaire du roy, de la ruë des Prouvelles, il a beau faire et se deffendre, on a resolu de le perdre [1] ; j'ay sçeu de monsieur L'Escuyer, mon bon voisin, qui ne me voudroit point mentir, qu'on ne luy pardonnera jamais [2], et qu'on a bien preveu à ce que vous dites par l'arrest d'interdiction que l'on a donné contre luy, les deux semestres assemblez, et la defference que l'on a tousjours rendu au semestre auquel vous esperez tant de faveur, les ayant tousjours fait advertir quand on y a voulu travailler, dequoy il y a bons procez-verbaux dressez par les huissiers, pour les engager d'honneur à ne rien entreprendre en cet affaire que les

1. C'étoit encore bien là l'opinion reçue à propos de cette affaire ; dans le *De profundis* sur la mort de Luynes, on fait dire par le connétable à l'un de ses fidèles :

Tu n'ignores, Desplan, que je suis ton soutien,
Que je t'ay soutenu lorsque j'estois en vie.
Monsigot te dira, maintenant qu'on le tient,
Qu'il est en grand hazard d'avoir l'ame ravie.
(Recueil cité, p. 415.)

2. Monsigot, comme une précédente note l'indique, obtint pourtant son pardon. Il n'y épargna rien, il est vrai. Il fit surtout des aveux, pensant, lit-on dans le *Passe-partout des favoris*, qu'il auroit quelque grace par la confession de ses fautes si mal à propos commises ; « mais, ajoute l'auteur, que la suite dut bien surprendre, je crains qu'il sera contraint de tenir compagnie à son maître et d'aller voir s'il est aussi aisé de voler aux Pays-Bas qu'à l'armée. » Même Recueil, p. 136.

semestres assemblez : si je le cognoissois particulièrement, je luy donnerois un conseil plus salu-
taire, le forçant de se servir de son abolition.

— Madamoiselle, dit la secretaire de Saincte-
Opportune, il le voudroit bien, mais le mal'heur
veut qu'il n'est plus dans le temps.

— Il est bien empesché ! respond l'autre ; qu'il
s'addresse à M. Potel [1] : il est homme d'expedient,
il luy signera aussi librement des lettres de suran-
nation, ou telles autres qu'il souhaitera, comme
il faict des advocats du conseil ; il tente tout pour
de l'argent.

— Madamoiselle, dit la secretaire de Saincte-
Opportune, que me dites-vous ? Si cela se cognoissoit, on luy feroit son procez.

— Madamoiselle, respond l'autre, il dit hardiment qu'il ne craint rien, et que, quelque de-
claration qu'aye donné monsieur Mangot [2] de n'a-

1. Potel étoit greffier du conseil. Son fils, qui se faisoit
appeler M. Le Parquet, et qu'on nommoit plus communé-
ment Potel-Romain, « à cause qu'il parloit fort de Rome,
où il avoit été », n'est pas oublié, comme l'un des plus curieux originaux du temps, par Tallemant, dans ses *Historiettes*. (V. édit. in-12, t. 10, p. 34-35.)

2. Il avoit été l'une des créatures du maréchal d'Ancre,
et d'Aubigné, dans le *Baron de Fœneste*, nous le représente,
ainsi que Barbin, comme « un habile homme, bien fidèle à
la reine et à madame la mareschale. » (Liv. 1, chap. 13.) Il
tomba avec son protecteur. Les mémoires de Pontchartrain
le mettent au rang des deux ou trois (il est vrai que Riche-

voir eu le loisir de faire des advocats pendant qu'il a eu les sceaux entre les mains, qu'il ne laissera pas d'en faire d'autres, et puis que monsieur le maistre des requestes du Lyon-Ferré entreprend d'adjouster à des arrests signez par monsieur le chancelier, il hazardera librement d'en faire passer desquels on ne fera pas tant de bruit.

La maistresse des requestes s'offença, et leur dit en cholère qu'elle ne le croyoit point, et que si cela venoit à la cognoissance de messieurs Marescot[1], du Tillet[2] et Foule, ils ne le souffriroient jamais, et en feroient faire justice. Ceste rumeur fit rompre la compagnie; chacun prit congé, et se

lieu en est aussi) qui n'avoient « d'autre mérite et expérience aux affaires sinon d'être ministres des passions du maréchal et de sa femme. » (*Mémoires concernant les affaires de France sous la régence de Marie de Médicis, etc.*, La Haye, 1720, t. 2, p. 268.) Mangot pourtant finit par rentrer en faveur. Au mois d'août 1621, après la mort du chancelier du Vair, il fut investi de la charge dont il est parlé ici: on lui donna les sceaux; mais il ne les garda pas long-temps.

1. C'est le même, sans doute, qui, s'étant poussé dans les ambassades, en fit une à Rome, si malheureuse, pour obtenir du pape que l'évêque de Beauvais fût fait cardinal. Il en revint piteux et enrhumé. « Ce n'est pas étrange, dit Bassompierre, qui l'entendoit tousser; il est revenu de Rome sans chapeau... » Tallemant, *Historiettes*, édit. in-12, t. 4, p. 208.

2. Le président de Tillay, de la famille des Girard, fameuse alors dans la robe, et dont un des membres étoit à cette époque procureur général de la chambre.

retira. Je sortis incontinent après, et me rengeay auprès de l'accouchée, pour luy monstrer mon ample memoire[¹]; je vous laisse à penser si ce fut sans rire. Elle me pria avec instance de soupper chez elle; je la prie de m'en excuser, estant engagé d'un autre costé.

LE PASSE-PARTOUT

DU

CAQUET DES CAQUETS

DE LA NOUVELLE ACCOUCHÉE.

MDCXXII[1].

———

Selon le dire sententieux d'un poëte très renommé parmy ceux à qui l'experience faict voile en leurs actions plus relevées, il n'y a rien qui ne suive son temps et sa mesure. Tout ce qui est çà bas de corruptible prend son train et sa cadence au niveau de son estre; bref, tout ce qui emprunte sa lumière souz les favorables auspices du temps et de la fortune se trouve et fait ses effects à proportion de son instant et de son temps, jusques là que les moins experimentez recognoissent à veuë d'œil, dit-il,

1. C'est, dans le *Recueil général* : *La cinquiesme journée et visitation de l'Accouchée.*

les actions humaines estre tributaires à la censure du public, et au temps qui court pour le jour-d'huy.

Qu'ainsi ne soit, pendant la minorité du roy, qu'est-ce qu'un marquis d'Ancre ne faisoit point? Depuis sa mort, M. de Luynes, que n'a-il point entrepris au prejudice de la couronne et du bien public? De Luynes mort, comment la cour a-elle esté bastie et composée? En effect, *omnia tempus habent;* et, comme j'ay ouy très bien dire à un medecin, heritier en partie de la bosse et du sçavoir de son père, qui tastoit le poux de madame l'accouchée, à cause des assauts que la nature luy faisoit, nous devons ceder aux loix de l'amour, et toutesfois rechercher des moyens pour luy faire la nicque, si faire se peut. Ce qui ne fut pas si tost entendu par la palfrenière des bas guichets qu'elle dit à M. le medecin : Monsieur, monsieur, il vaudroit mieux que vous apprinssiez à dancer la sarabande, comme deffunt votre père, que de conseiller les dames de se servir de drogues d'apotiquaire pour passer les tranchées d'amour. Bran, bran! il ne faut que ces meneurs d'ours pour faire finir le monde, et si au diable s'ils viendront deux fois en un logis sans tendre la patte par derrière.

Sur quoy M. le medecin, qui n'a pas grand replique de son naturel, print congé de l'accou-chée fort humblement, avec un estonnement nompareil de ce que ceste garde disoit contre luy ; après la sortie duquel[1] quatre dames de qualité arrivèrent en la chambre de l'accouchée, lesquelles, après avoir fait chacune la reverence à la mode, prindrent place selon leur qualité[2]. Ce qu'estant faict, la veufve d'un maistre des requestes, fort affligée de l'ancienne desbauche d'une sienne fille, mariée à un conseiller de la cour, homme prudent et fort bon justicier, jetta trois ou quatre souspirs, et, voulant neantmoins les simuler, commença de dire à la compagnie : Hé bien ! mes dames, apprenez-vous des nouvelles de la cour ? Le roy a-il eu Montpellier, Montauban et la Rochelle, comme l'on dict ?

A quoy sur-le-champ la femme d'un tresorier de l'Espargne respondit que ces morceaux-là ne s'avalloient pas si aysement, parcequ'ils s'estoient grandement fortifiez, et, d'autre part, que leurs voisins courroyent à toute bride pour empescher les desseins de Sa Majesté, et pour dissiper ses forces si l'on n'y prenoit garde.

— Pourtant j'ai appris, dit la femme d'un conseiller du Chastelet, qu'ils ont traicté avec le roy, et qu'ils ont asseuré, par une submission que l'on n'eust jamais creu, leurs biens, leur

---

1. *Var.* du *Recueil général* : Je me mis à entretenir l'Accouchée, et peu après...

2. *Var.* : Et moy, je pris la mienne ordinaire au cabinet.

honneur et leur fortune, mesme le sieur duc de
Rohan a esté contrainct de baiser le babouyn [1].

— Quelle apparence de traicter avec des rebelles qui ont desjà faussé la foy promise, dict la
femme d'un auditeur des comptes de la parroisse
de S.-Mederic! ce seroit tousjours à recommencer; aussi je ne puis croire que le roy ait accordé
avec la cabale huguenotte, que ce ne soit souz des
conditions bien considerables, et qu'elle n'ait dict
le peccavit plus de trois fois auparavant : car à
leur subject Sa Majesté a receu mille et mille in-
commoditez, et a esté tellement trompée et abu-
sée qu'il se trouvera, au bout du compte, que la
couronne ait engagé plus de trente millions, et
le tout par l'astuce et intelligence de ceux qui ont
les charges plus honorables, lesquels se sont ser-
vis de l'occasion pour jouër à pincer sans rire.

— Comment! Madamoiselle, voulut repliquer
la tresorière, trouvez-vous qu'on ait fraudé le roy
au siége de Montpellier, comme on a faict à celuy
de Montauban?

— Je ne veux pas vous dire absolument qu'on

1. On peut lire dans les mémoires du duc lui-même comment il fit sa paix avec le roi dans les conférences d'Alais,
et à quelles conditions pour son parti et pour lui-même cet
arrangement définitif fut conclu. (Coll. Petitot, 2e série, t.
18, p. 440-455.) — « *Baiser le babouin*, sorte de proverbe
pour dire : faire des soumissions à quelqu'un avec lequel on
étoit brouillé. » Richelet.

l'ait trompé et abusé de la sorte, luy respondit ceste femme d'auditeur; mais il n'y a si simple qui ne juge qu'il y a eu de la trahison lorsque le duc de Fronsac a perdu la vie [1] et que le duc de Montmorency a esté blessé [2], car on sçait bien que la jeunesse veut tousjours paroistre, principalement où l'honneur engage les courages; ce qu'ayant esté recongnu par ceux qui sont auprès du roy, et qui n'ont jamais triomphé qu'aux despens d'autruy, il est à croire qu'on s'est efforcé de faire de nouveaux princes et de nouveaux seigneurs [3].

— On tient pourtant, dit la maistresse des re-

1. Le duc de Fronsac, fils du comte de S.-Paul, qui servoit comme volontaire au siége de Montauban, fut tué dans une sortie. (*Mémoires* du sieur de Pontis, liv. 5, 1622.) Il avoit vingt ans à peine et n'étoit arrivé que depuis un jour devant la place. (*Mercure françois*, t. 8, p. 814-815.) Le roi écrivit des lettres de consolation au comte et à la comtesse de S.-Paul. (Ibid.)

2. « M. de Montmorency y fut blessé; le duc de Fronsac, le marquis de Beuvron, Hoctot, le baron de Canillac, Montbrun, L'Estange, Lussan, Combalet et plusieurs hommes de commandement, furent tués. » *Mém.* de Richelieu, Coll. Petitot, 2e série, t. 22, p. 222.

3. Ce n'est encore ici que l'écho d'un bruit qui couroit; on avoit même été jusqu'à conseiller aux seigneurs, à M. de Montmorency en particulier, de ne pas trop s'engager dans les expéditions entreprises par le connétable. « Et puis faites-vous assommer pour deffendre telles gens, qui ne demandent que la mort d'autrui pour attraper leur dépouille! C'est pourquoy

questes, qu'il n'y a personne auprès du roy qui
puisse aspirer plus haut que le grade dont il est
honnoré : car, si l'on considère la personne du
connestable, c'est tout ce qu'il a peu meriter, et
encore j'estime qu'il doit bien en toute sa vie
payer les interests d'une telle courtoisie. Pour
Desplan [1], c'est un nouveau coureur de fortune,
qui se doit tenir tout goguelu de son bon-heur.

La conseillère, qui sçait comment il est parvenu, se print à sourire, et souriant dict à la

M. de Montmorency doit prendre garde de se trop engager
en la guerre de Languedoc ; que si par malheur il luy arrivoit d'estre tué, ils se mocqueroient de luy en se revestant
de ses charges. » *Méditation de l'Hermite Valérien. Recueil
des pièces les plus curieuses*, etc., p. 332. — Si, dans le profit qui en est le résultat, il peut être juste de chercher la
raison d'un crime, on peut dire que pour la mort du duc
de Fronsac, reprochée ici au connétable et à ses frères, cette
raison semble un peu exister. Cadenet, l'un des frères,
avoit enlevé au jeune duc, pour l'épouser lui-même, la riche héritière du vidame d'Amiens. En dédommagement, il
devoit lui donner le domaine de Château-Thierry, 100,000
livres, et, de plus, on s'étoit engagé à lui faire épouser l'héritière de Luxembourg. Or cette promesse, nous en avons
la preuve dans le *Contadin provençal*, n'avoit pas encore été
réalisée quand la mort de M. de Fronsac vint si heureusement rendre les trois frères quittes de cette dette et des
autres. *Recueil des pièces les plus curieuses*, etc., p. 19, 106.

1. Ce parvenu de bas étage, sur lequel cette page des
Caquets donne des détails que nous avons vainement cher-
chés ailleurs, ne resta pas long-temps en faveur. Il tomba
avec Toiras, Bautru et quelques autres, par la volonté de

compagnie : Certainement c'est un bon valet ; il a bien servy son maistre, ce M. Desplan.

La maistresse des requestes, qui se plaist par fois à gausser, dit là-dessus : Vous faictes tort à M. Desplan, madamoiselle, veu sa bonne mine et son merite.

— Ce n'est pas avoir beaucoup de merite, repliqua la conseillère, de vouloir aspirer à ces honneurs dont on est indigne, et, pour y parvenir au prejudice des seigneurs de remarque et de la trop grande bonté du roy, de se servir de moyens reprochables à l'infiny. Encores si c'estoit un gentil-homme d'extraction, qui recherchast la bienveillance d'un favory à fin d'accroistre sa maison et de la rendre illustre, l'on imputeroit le project d'un tel dessein à l'ambition, qui fournit des aisles au courage et de vent en abondance pour singler jusques au havre de la fortune. Mais quoy ! sa première condition estoit d'estre lacquais, mauvais gouvernement au reste, et, après avoir quitté la mandille, a faict en sorte de se fourrer au regiment de Navarre, où estant, le sieur Cadenet allant visiter M. le Prince lorsqu'il estoit au chasteau de Vincenne, il fit en

Richelieu, et malgré celle de Louis XIII lui-même. « Desplan, Bautru, Toiras, lit-on dans les *Mémoires* du Cardinal, sont chassés par proposition non approuvée. » *Coll. Petitot*, t. 18, p. 329.

sorte de l'aborder, se servant des astuces de son pays[1], et du depuis le sieur de Luynes le print en affection pour des raisons dont sa memoire seroit par trop ternie si l'on en venoit à la justification ; tant y a qu'il a esté par ce moyen bien venu auprès du roy, jusques là que Sa Majesté l'a gratifié d'un brevet de mareschal de France[2].

Là-dessus la femme de l'auditeur dict tout haut : Je ne m'estonne plus de ce qu'on parle tant de ce Desplan, puis que sa bonne fortune vient par le moyen du sieur de Luynes.

— Voilà ce qui en est, repliqua la tresorière, et si je vous jure que ce que j'en dis n'est point pour mal que je luy vueille ; au contraire, j'estime ceux qui s'eslèvent de peu, et lesquels d'un neant bastissent une fortune relevée.

— Mais, à propos, dit la conseillère, que deviendra le sieur Courbouzon[3] après la reduction

1. C'est dans cette entrevue de Vincennes que le frère de Luynes fit avec menace au prince prisonnier les propositions singulières dont il est ainsi parlé dans la *Chronique des favoris* : « Cadenet n'a-t-il pas esté si outrecuidé que de menasser M. le Prince qu'il ne sortiroit du bois de Vincennes s'il ne consentoit de luy donner en mariage madame la princesse d'Orange, qui en est morte d'apprehension. » *Recueil des pièces les plus curieuses*, etc., p. 466.

2. Il y a ici erreur : ce n'est pas Desplan, mais Toiras, et encore plusieurs années après, le 13 déc. 1630, qui fut gratifié d'un brevet de maréchal de France.

3. Ce M. de Courbouzon ou Corbezon est le même sans

de la Rochelle, puis qu'il a tenu pied à boule au service du roy depuis le temps qu'il est employé?

— Vrayement, respondit la femme de l'auditeur, il ne se faut point donner peine de luy, ny se soucier de ce qu'il deviendra non plus que des autres, car ayant mandé à l'hostel de Nemours la valeureuse deffaite qu'il a faict de dix ou douze habitans de la Rochelle sortis de la ville pour abbatre leurs maisons proche les murailles, et que ce bel exploict a esté crié sur le Pont-Neuf[1], asseurement il ne donnera pas sa bonne fortune pour une pièce de pain.

— Il pourra bien y donner ordre de bonne heure, dit la maistresse des requestes, s'il ne veut demeurer arrière : car à present que la cour est remplie de cadets de haut appetit et de jeunes favoris, chacun d'eux voudra partager au bonheur et aux qualitez, en sorte qu'après la guerre l'on verra autour du roy plus de demandeurs que de deffendeurs, et, pour dire, il sera très difficile d'aborder seulement les galleries du Louvre.

doute qui, lors de l'assassinat du roi, dont on accusoit les ligueurs et l'Espagne, empêcha qu'on massacrât l'ambassadeur de cette puissance. *Lettres de Malherbe à Peiresc*, p. 144.

1. Voici le titre exact de la pièce qui répandoit ainsi la renommée de M. de Courbouzon : *La furieuse escarmouche faite sur les Rochelois par le sieur de Courbouzon, lieutenant de la compagnie de M. le duc de Nemours, estant en l'armée du roy, devant la Rochelle, commandée par Monseigneur le duc de Soissons.* Paris, P. Ramée, 1622, in-8.

— M. de Nemours l'affectionne trop, dit la tresorière, pour ne luy procurer quelque honnorable fortune, en recompence d'un si signalé service; et puis le naturel de ce prince est si benin et si loüable qu'il le recompenseroit plustost de son propre bien qu'il vesquist le reste de ses jours avec un mecontentement.

Sur ces entrefaites, la garde de l'accouchée voulut mettre son nez et discourir de monsieur de Nemours à bonds et à vollée[1]; mais le respect que la compagnie portoit à son rang et à sa qualité fut cause qu'on luy ferma la bouche, sinon qu'on lui permit de discourir des façons de faire de la cour, voyant que le cœur luy en disoit: tellement qu'ayant prins pareatis de ce faire, elle ne fut guère honteuse de declarer son secret, qui estoit qu'au siége de Montpellier, lors que le roy perdit tant de braves seigneurs et gentils-hommes, qu'il estoit demeuré à ceste meslée un certain homme sur la place qui luy faisoit porter beaucoup d'ennuy, qui ne se pourroit jamais terminer que par la mort, quand toutes les meilleures fortunes luy arriveroyent, auxquelles neantmoins elle disoit ne pouvoir aspirer à cause de son aage, et en consideration de ce qu'on la cognoissoit quatre grands lieuës par delà les bornes de la raison.

---

1. *A tort et à travers.* C'étoit une locution des jeux de paume. Charron dit *à bonds et voles.* (*La Sagesse,* liv. 2, ch. 1.)

A ce beau discours, la compagnie se print à rire, et celle qui esleva un ton plus haut, ce fut madame l'accouchée, qui mesme en petta de resjouyssance pour le moins huict ou dix fois consequtivement, à cause que du temps que ce drosle estoit auprès de ladite garde, et que sa marmitte boüilloit à ses despens, on n'eust osé lui dire bran en son nez, tant qu'elle faisoit ma commère l'entenduë. Ainsi fallut peu de chose pour sortir de la carrière et pour rompre de si bons discours qui se tenoient auparavant avec toute sorte de verité; toutesfois, si tost qu'il fut finy, nostre maistresse des requestes, qui se plaist d'estre entretenuë en compagnie aux despens de l'honneur d'autruy, s'efforça par tous moyens de remettre en lice les autres, tant sur les traictez de guerre et de paix que sur les fraudes et malversations des chefs et conducteurs de l'armée, et sur ce qu'on avoit tant parlé du sieur de Villautray [1] et de ses commis.

Sur quoy la tresorière, grandement engagée dans le combat, ne peut s'empescher de respondre que volontiers la fortune est enviée aussi bien que les beautez, et que tout ainsi que les esprits

---

1. Le sieur de Villautrais est un des partisans, scandaleusement riches, les plus maltraités par les pasquins du temps. V. *la Voix publique au roy*, Recueil E, p. 241; *la Chasse aux larrons*, p. 90. Il est aussi nommé dans les *Contreverites* de la cour. (Recueil cité, p. 63· 56.)

voluptueux faisoient recherche des dons plus gra-
cieux de la nature, de mesme que l'avidité des
envieux les portoit à des flatteries et à des mesdisances, pour faire faire des recherches candides
contre l'obligation que l'on a fraternellement à
son prochain : tellement que, si l'on avoit tasché
d'obscurcir l'honneur du sieur Villautray, que ce
n'avoit point esté pour l'affection qu'on portoit
au service du roy, mais bien pour une rancune
particulière de ce qu'il n'avoit voulu desbourcer
des deniers qui n'eussent esté employez dessus
ses comptes.

— Voilà une belle eschappatoire! dit la conseillère; je vous diray, Madamoiselle, chacun est
tenu de deffendre son party, et de conserver jusques aux plus pressantes extremitez, quand mesme
il n'y auroit aucune apparence de raison, principalement au temps où nous sommes, auquel il est
plus necessaire de dissimuler que de dire verité,
et de faindre dans les actions que de faire esclat-
ter ce qui pourroit estre terny; et qu'ainsi ne soit,
n'est-il pas vray que si l'on parloit en compagnie
du sieur Fabry[1], qui du temps du feu roy se fit
dire mort, et pour lequel on porta une buche dans

1. Fabri, seigneur de Champauze, trésorier de l'extraordinaire des guerres. Sa fille épousa le chancelier Séguier.
Il est parlé de lui en d'assez mauvais termes dans le libelle
de J. Bourgoin, *la Chasse aux larrons*, Paris, 1618, in-4,
p. 45, et dans *la Voix publique au roi*. (Recueil E, p. 210.)

le tombeau, craignant qu'il ne fist la capriolle,
n'est-il pas vray que vous direz que cela n'est pas
possible, et que ceste invention auroit esté recherchée par des justiciers pour rendre odieux
ceux qui manient les finances? Aussi je m'asseure
que, si l'on enfonce le discours sur ce que le sieur
de Villautray, pour se faire dire innocent du
crime de peculat, qu'il a passé par la porte dorée,
que vous en aurez un grand despit; c'est pourquoy, pour mon regard, je brise là-dessus, et
laisse à discourir de ce qui en est à ceux qui ont
juste suject de s'en plaindre.

— Vrayement, Madamoiselle, c'est bien à vous
à faire de parler des financiers comme vous faictes, vous qui ne paroissez dans le monde qu'aux
despens des pauvres parties, dont vostre mary
est par foi lse juge; vous qui n'auriez pas dequoy
nourrir un meschant[1] lacquais sans les presens
que l'on vous faict, au prejudice du droict d'autruy, qui est violé la plus part du temps; vous,
dis-je, qui à peine pourriez avoir un simple co-
tillon de taffetas de vostre estoc, n'estoit qu'avec
les espices on vous fournit de sauce. Je n'en veux
dire davantage : que chacun regarde à soy.

Sur ce, l'accouchée fit en sorte de rompre le
discours, craignant que la conseillère et la tresorière vinssent aux prises; et, pour empescher que

1. *Var.*: Pauvre.

cela n'arrivast, elle fit feinte de se trouver mal, qui fut cause que l'on ne parla plus des charges et des qualitez, et sur ces entrefaites arriva Mathurine[1], qui courtoisement fit la reverence à chacun particulièrement dès l'entrée de la chambre, puis s'approcha du lict de l'accouchée pour s'enquerir de sa disposition, après quoy elle print place et en compta des meilleures pour esgayer la compagnie, donnant neantmoins en passant un lardon à celles qui le meritoyent.

Madame de Verneuil, qui naguères estoit arrivée, la voulut faire jazer pour s'en donner du passe-temps; mais elle, qui est aussi malicieuse qu'un vieux singe, après avoir recité quelques sornettes, elle ne feignit de rechercher le moyen de la picquer, parlant de la chasteté des courtisanes, et sur tout mettant sur le tapis le merite et les bonnes graces de monsieur de Bassompierre,

---

1. Fameuse folle de cour qui occupe tout un chapitre de la *Confession de Sancy*, et la même, croit-on, que Pierre Colins, allant faire hommage à Henri IV pour la terre d'Enghien, dit avoir vue à la table royale. (*Hist. des choses les plus mémorables*, etc., p. 729.) En 1622, elle avoit encore de la cour une pension de 1,200 livres. (Nic. Remond, *Sommaire traité du revenu*, etc. 1622, in-8., *ad fin.*) Mathurine couroit les rues et étoit le jouet des laquais et des marmots. V. à la fin de ce volume *les Essais de Mathurine*. — On appeloit alors *maturinades* une sorte de satire burlesque. (*Remerciment de la voix publique au roy pour la disgrâce de M. de la Vieuville*. Recueil F, p. 46.)

pour raison desquelles le roy l'avoit qualifié d'un brevet de mareschal de France : ce que l'on feignit pourtant d'escouter, affin d'obliger aucunement ladite marquise, qui ne peut l'aymer à cause de sa sœur. Mais aussi, elle partie, Mathurine fut conjurée à double carillon de dire au vray si ledit sieur de Bassompierre seroit mareschal de France[1] ; et qui fut la plus portée à ceste curiosité, ce fut madamoiselle nostre conseillère, laquelle, outre sa brigue qu'elle faict, par le moyen de ses amis, de faire mettre monsieur Viguier aux mauvaises graces de monsieur le Prince, elle croit que si la cour change de face, que son mary sera garde des sceaux ; et de la nommer, le respect des dames me le deffend, laissant au public la curiosité de s'en enquester à ceux qui mettent en contrerolle ses actions.

Suivant donc que Mathurine fut interrogée si monsieur de Bassompierre seroit mareschal, il faut croire qu'elle degoisa de luy plusieurs discours, et les causes qui avoient meu le roy de le qualifier de ce grade honorable : premièrement, que ses perfections y avoient fort operé, et puis ses agreables services, notamment ceux qu'il avoit rendus à Sa Majesté au siége de Montauban l'an

1. Il le fut, en effet, peu de temps après, en 1622 ; sa conduite à Montpellier, et surtout dans l'affaire des Sables-d'Olonne (Tallemant, édit. in-12, t. 4, p. 198), l'en avoit réellement rendu digne.

passé, quand par son secours il mit en vraye de-
route les ennemis, qui souz un mot feint et non
retenu venoient au secours des assiegez.

— Hé quoy! dit là-dessus la femme de l'auditeur, ne faut donc plus qu'un acte remarquable
pour s'eslever auprès du roy? Vrayement, si cela
a lieu, il y aura d'oresnavant plus de mareschaux
qu'il y aura d'asnes à ferrer.

— Pardonnez-moi, Madamoiselle, dit la maistresse des requestes, et si je vous dis que vous
avez un peu tort de parler de monsieur de Bassompierre de la sorte, car il est de fort bon lieu,
et puis il y a long-temps qu'il vogue en cour, sans
faveur et sans qualité ; et d'avantage, sa bonne
mine ne vaut-elle pas quelque chose de meilleur
et de plus honnorable que d'avoir tousjours des
Suisses pendus à sa ceinture ?

Sur ce, Mathurine dit tout haut que ses desseings n'estoient pas limitez à ce seul but, mais
qu'il se promettoit d'estre connestable après la
mort de monsieur Desdiguières, et qu'il le voyoit
avec tant de certitude que, pour en donner l'impression à toute l'armée, tout son desduict estoit
attaché aux exercices militaires, et avec plus d'affection qu'il n'eust jamais en temps de paix de
faire relever sa moustache.

— Hé! que deviendroit monsieur de Crequy [1],

1. Le maréchal de Créqui, gendre de Lesdiguières, à qui le
titre de connétable revenoit un peu par droit d'alliance, beau-

dict la tresorière, luy qui est aussi vaillant que
son espéc, qui est du poil d'un martial et qui
mesmes en porte les marques honorables sur le visage? Ce seroit faire tort à sa generosité que de
le priver de la recompense deuë à un grand courage comme le sien, ou, si cela luy manquoit un
jour, je dirois que les astres voudroient faire la
guerre à leur superieur, qui luy fut tant favorable
pour renverser Don Philippin sur le pré [1]. Mathurine, Mathurine, monsieur de Bassompierre
est trop mignard pour beaucoup entreprendre
dans la fatigue de la guerre ; il vaut bien mieux
qu'il se contienne en la qualité de mareschal de
France, et prendre à femme madamoiselle d'An-
tragne, que d'esperer pretendre plus haut ; car
aussi bien les fortunes sont viagères, et aussi fol
est celuy qui pense faire prendre pied ferme à ses
desseings, que fut autres-fois sot et maroufle le
pauvre Guerin, qui servoit de plaisant à la reyne
Marguerite [2].

coup par droit de courage. Il ne l'eut pourtant pas : il n'hé-
rita de son beau-père que du titre de duc de Lesdiguières.

　1. L'affaire de D. Philippin, bâtard du duc de Savoie,
avec M. de Créqui, seroit trop longue à raconter ici ; il suffira de rappeler qu'après d'interminables retards apportés
par le bâtard, un duel eut lieu enfin entre lui et le duc, le
1er juin 1599, à Quirieux. M. de Créqui, après un combat
de quelques minutes, le perça de deux coups d'épée et de
deux coups de poignard, dont il mourut peu de jours après.

　2. «... Elle avoit chez elle un certain bouffon, nommé

— Vous vous debattez, Madame, de la chappe
à l'evesque, dit l'accouchée ; hé ! qui soit connestable qui le pourra estre, l'on est aussi bien mordu d'un chien que d'un chat. Nous en avons perdu, graces à Dieu, un qui ne valloit guères ; à
present, nous en avons un qui ne fera guères
mieux. Toutesfois, ce que je trouve de meilleur
en luy, c'est qu'il est riche, Dieu mercy, des bons
coups qu'il a fait aux eglises du Dauphiné.

— Sa richesse, repliqua Mathurine, devroit
aider beaucoup à le faire homme de bien ; mais
quoy ! ce qu'on doibt craindre, c'est qu'un drap
retourné ne faict jamais tant de proffict comme
s'il estoit à poil.

— Je vous sçay bon gré, dit la maistresse des requestes, de parler ainsi à cœur ouvert, car il est
vray, la hare[1] sent tousjours le fagot, et, comme

Guérin, qui prenoit la qualité de maître des requêtes de la
reine Marguerite et de son orateur jovial. Il portoit une
robe de velours, une soutane de satin noir avec un bonnet
carré. Ce bouffon, tous les jours, ne manquoit pas de monter sur le théâtre qu'elle avoit fait dresser dans son palais
du faubourg S.-Germain, à l'un des bouts de la grande salle.
Comme elle prenoit grand plaisir à l'écouter, il n'épargnoit
pas les mots les plus infâmes. Il continua à faire ce beau métier tant qu'elle vécut ; il en fut assez mal récompensé : il mourut de misère. » (Sauval, *Galanteries des rois de France*, etc.,
suiv. la copie imp. à Paris, 1721, in−12, t. 3, p. 70.) Guérin
dirigeoit les ballets de la cour. *Lettres de Malherbe*, p. 327.
V. aussi sur ce bouffon nos *Variétés hist. et litt.*, t. 1, p. 220.

1. Branche pliante, lien des fagots. La corde des pendus

disoit un jour le duc de Rosny au feu roy Henry le
Grand, que Dieu absolve, lors qu'il luy demandoit
pourquoy il n'alloit pas à la messe aussi bien que
lui : Sire, sire, la couronne vaut bien une messe ;
aussi une espée de connestable donnée à un vieil
routier de guerre merite bien de desguiser pour un
temps sa conscience et de feindre d'estre grand catholique.

Ce discours finy, toutes les dames prindrent
congé de l'accouchée, avec promesses de la revoir
le lendemain, ou le premier jour que la commodité leur pourroit permettre ; ainsi elles sortirent
fort satisfaites de leurs entretiens, et aussi tost entrèrent six autres dames d'une bande, et d'un
mesme quartier, lesquelles, ayant faict les saluta-
tions requises et necessaires pour la bien seance,
trouvèrent les places toutes chaudes ; elles ne firent
guère mistère de s'y assoir. La première qui commença le caquet, ce fut une nouvelle femme de
notaire de la parroisse S.-Jacques-de-la-Boucherie,
qui dit à l'accouchée : Jesus ! Madame, que vostre
teinct est changé depuis que vous estes en couche !

— Comment ! respondit l'accouchée, trouvez-
vous que je sois laidie beaucoup ?

— Nenny vrayement, repliqua la notaire, au
contraire ; si j'estois que de vous, je tascherois

prenoit aussi ce nom. (V. le *Roman du Renard*, vers 7854.)
De là l'expression : peine de la *hart*.

d'estre souvent en couche, tant vous estes deve-
nuë jolie.

— Cela vous plaist à dire, dit l'accouchée; c'est
que vous me voulez gratifier, car il n'y a plus de
gentillesse en mon faict; si c'estoit vous, encore, il
y auroit de l'apparence, car, outre que vous estes
belle de vostre naturel, monsieur vostre mary,
curieux de vous conserver, mettroit plustost en
gage sa vaisselle d'argent que l'on vous a donnée
le jour de vos nopces que vostre beau teinct ne
fust entretenu.

— Aussi il n'y a rien tel que d'estre jolie, dit
sur-le-champ la femme d'un passementier de la
ruë de laVieille-Monnoye. Et sur ceste gentillesse
voulant un peu discourir, et de l'appuy qu'on en
tire par fois, elle fut interrompuë par la femme
d'un quinquallier, homme d'honneur et grandement à son aise, laquelle fut fort peu honteuse de
dire qu'elle avoit cy-devant practiqué assez d'inventions pour estre continuée aux bonnes graces
d'un receveur, mais qu'elle avoit recogneu que
toutes ces sortes de curiositez [1] n'estoient que folies; qu'il valloit mieux s'associer en l'honneste
fortune d'un mary que d'attacher ses affections à
des frivoles concupiscences, où l'honneur et l'ame
se ternissent et se perdent.

Ces petits discours d'amourettes durèrent pres-

1. *Var.:* Courtoisies.

ue demy-heure entre ces trois coquettes de bour-
eoises, et n'eussent esté sy tost rompus, sans que
a femme d'un advocat, fort sage et discrette de
on naturel, fit en sorte de changer de batterie.
Pour venir à l'effect de ce dessein, elle fit feinte
e se trouver mal et de s'esvanouir, ce qui les
ccasionna de prendre garde à elle et d'apporter
ous les soulagemens que l'on peut s'imaginer aux
oiblesses qui arrivent par fois aux femmes gros-
es, de manière qu'après estre revenuë en son
remier estat, elle fut interrogée de la compagnie
i elle estoit grosse, ains elle afferme qu'elle n'a-
oit garde de l'estre.

— Cela peut pourtant bien estre, dit la femme
l'un pourpointier, jalouse au possible de son
ary; vous qui estes à vostre aise et qui avez un
on mary qui gaigne bien sa vie et qui vous ayme
omme il faut, qui vous empescheroit de le de-
enir?

— Je ne manque point, graces à Dieu, de toutes
es felicitez que vous me dittes, mais j'ay une af-
liction qui m'empeschera d'avoir des enfans.

— Hé! quelle affliction, luy repliqua la pour-
ointière, Madame?

— Madame, quoy que j'aye un bon mary, ce
'est pas tout : j'ay perdu ma mère depuis peu,
'ay une sœur malade sur les bras, et un frère nou-
ellement rendu des universitez, qui veut se faire

advocat un de ces matins, et s'il n'est qu'un sot habillé en homme.

— Voire! advocat! les rues de Paris en sont pavées. Si j'estois que de vous, Madame, je ferois en sorte de le porter dans les finances; car, ayant le bien qu'il a, il pourra paroistre un temps à ses despens pour apprendre, et puis asseurement il prendra aussi bien que les autres.

— Voilà un bon advis, Madame, dit une autre pourpointière qui a quitté la boutique pour besongner en chambre; aujourd'huy il n'y a que d'en avoir; chacun se mocque de la necessité, et le vray moyen de l'eviter pour le jourd'huy, c'est d'estre financier, car infailliblement la guerre ne durera, et pendant le temps il adviendra que les vieux se defferont de leur charge, ou pourront mourir; ce qu'estant, les jeunes s'avanceront et feront leurs bourses.

— Quelque mestier que ce soit, dit la notaire, est très bon quand on y profite et quand il ne fait point perdre son maistre, ce qui se voit assez rarement; toutesfois, si j'avois à choisir pour me pourvoir, je prendrois plustost un financier qu'un advocat.

— La femme de l'advocat s'en sentit un peu interessée, et comme estant legitimement picquée au jeu, elle ne peut s'empescher de dire qu'on n'avoit jamais veu de financiers devenir gardes des sceaux et chanceliers, mais bien garde-prisons

assez souvent, lequel l'on pourroit bien voir quelque matin, la paix estant faicte, pour les obligations et malversations qu'ils avoient commis depuis
que la guerre est commencée.

— Laissons là les qualitez, Mesdames, dit la
quinquallière; qui bien fera bien trouvera. Si
les financiers ont desrobé l'argent du roy, comme
il y a de l'apparence, le conseil en sçaura bien
faire la recherche; et ce faisant, le proffit qu'ils
auront faict ne sera qu'un emprunt qu'il faudra rendre avec les interests.

—Il semble que vous sçachiez les particularitez
de ces Messieurs, dict là-dessus la belle pourpointière.

— Ce que j'en sçay, repliqua la quinquallière,
c'est le receveur que j'ay tant aymé qui m'en a
compté une partie, et le reste, ç'a esté le sieur
Gesselin, comme je discourois avec luy de la belle
Angelique, qu'il a tant de peine à marier.

— Mais, à propos, Madame, dit la marchande
de passement, la fille de laquelle vous parlez est-
elle aussi jolie qu'elle estoit lorsque le sieur advocat la recherchoit en mariage?

— Il s'en faut plus de la moitié, luy respondit
la quinquallière, et si je doubte d'elle ce que je ne
veux publier, pour le respect du sexe.

Comme ceste parole s'achevoit, la femme
d'un procureur de la Cour, demeurante en l'Université, entre dans la chambre suivie d'une petite

esmerillonnée[1] de servante, qui se douta de ce qu'on vouloit dire de la belle Angelique; et, ayant prins place, le caquet fut renforcé par elle, et meut les autres si fort à caqueter, que le meilleur secretaire n'eust peu rediger le tout par escrit. Neantmoins, encore que leur babilloire allast bien viste, je ne laissay d'en profiter et de remarquer ce que je jugeay pouvoir apporter du contentement aux curieux. Entre autres choses j'appris l'invention qui se praticque parmy les bourgeoises pour paroistre, quoy qu'elles n'ayent ny rente ni revenu.

Sçachez donc, suivant la relation mesme de la procureuse, que l'invention de paroistre[2] a esté trouvée par les femmes de practique, depuis quinze ou seize ans en çà, à dessein d'aller au pair avec

1. Vive comme l'*émérillon*, sorte de faucon.

2. Le *paroistre*, comme il est dit ici, étoit le ridicule de l'époque. D'Aubigné s'en prend surtout à cette manie d'ostentation, dans son *Baron de Fœneste*. Le nom même du héros, qui n'est que le verbe grec signifiant *paroître* ingénieusement francisé, en est une preuve. Dans un livret très rare du même temps, on s'explique ainsi, de la façon la plus claire, sur le mot et sur la chose : «... Un ramoneur lombard, entendant les merveilles des bottes..., jura... qu'il se viendroit icy naturaliser et en achepter deux paires pour se rendre estafier chez quelque honneste homme à bottes, et tascher par ce moyen de *parestre* (c'est le mot qui court) et faire ses affaires s'il pouvoit. » *La mode qui court à présent et les singularitez d'icelle, ou l'ut, re, mi, fa, sol, la, de ce temps*, Paris, Fleury Bourriquant, 1613, in-12, p. 12.

les damoiselles de race et d'extraction, et pour faire à croire qu'elles en ont, mais c'est du contant, invention qui est tournée en perfection, si perfection se doit appeller le vice; en sorte que, pour le jourd'huy, on ne voit plus ny femme de notaire, ny de procureur, ni d'advocat, ny mesme de marchand et d'artisan, à qui la soye ne traine depuis les pieds jusques à la teste; et pour entretenir cet estat, que se fait-il, sinon qu'un plan de cornes aux pauvres maris, qui froidement vont au Chastelet ou au Palais, tandis que leurs femmes se donnent carrière; et qu'ainsi ne soit, demandez à Jouan, procureur, s'il n'est pas genin dans son haut de chausse; s'il ne vous dit assurement que ouy, je veux boire un verre de vin muscat à jeun pour ma penitence. Je vous en nommerois assez d'autres s'il estoit besoing, mais je me contenteray pour le présent de celuy-là, en consideration qu'un jour il demanda acte à monsieur le lieutenant de ce qu'il venoit de trouver un homme botté et esperonné couché avec sa femme.

Passons outre, et revenons à nos marchandes : les cessions et les banqueroutes de leurs maris leur bastissent une belle fortune, sans le tour du baston qu'elles font de leur costé, et de la façon elles paroissent en damoiselles, excepté la coiffure, tesmoing ceste picque de biscaye[1] de la ruë S.-

1. C'est-à-dire se donnant des airs de commandement. La *pique de Biscaye* estoit, sous Charles IX, l'arme des colonels.

Denis, qui a fait faire plusieurs fois cession à son mary, et ne laisse pourtant de tenir boutique ouverte.

Or sus, revenons au caquet de nos bourgeoises et de nostre procureuse. Si tost donc qu'elle fut assise, elle fit signe à sa servante de s'approcher d'elle, pour luy dire qu'elle s'en allast querir ce qu'elle avoit oublié, qui estoit un libelle en vers contre plusieurs filles et femmes de ceste ville. Aussi tost dit, aussi tost effectué, et à peine avoit-elle dit à la compagnie ce que c'estoit, que ladite servante revint, et apporta ledit libelle, qui fut en mesme temps presenté sur le tapis, et la lecture s'en fit par la marchande passementière, comme la plus curieuse de toutes, lequel j'ay faict en sorte de coppier, pour en contenter ceux à qui la curiosité resveille l'esprit, et à cause de la gentillesse de sa poësie :

> Une petite vendant du clou
> Fut apperceuë par un trou
> Qui enfiloit à la chandelle ;
> Un petit de nom et de faict
> S'est delecté dans le caquet
> Qu'on a faict depuis de sa belle.
>   Un grand jancu de bon minois,
> Afin de violer les loix
> Du sacrement de mariage,
> En la maison d'un pourpointier
> A fait despriser le mestier

Pour honorer le cocuage.
    Un gros coquin garny d'escus,
Aspre aux plaisirs et aux abus,
Fit tant que Gaumont, tout folastre,
Luy presta sa femme à minuict
Afin d'en prendre son deduict
Puis en a faict l'acariastre.

Sur cecy la passementière change de couleur et voulut deschirer le papier où estoit escrit ces vers : à quoy s'opposa formellement la procureuse, promettant à ladite passementière que jamais personne n'auroit la cognoissance de sa part, dont elle en fut conjurée par l'Accouchée, qui neantmoins avoit dessein d'en rire une autre fois plus particulièrement. Ainsi ce papier fut reserré, et commença-on de cacqueter de ceste sorte :

— A propos, Madame, dit la femme de l'advocat, est-il vray qu'on doit publier un edict pour la reformation des habits[1], et que

---

1. Louis XIII, en cela, n'eût fait qu'imiter son père, qui ne fit pas moins de trois édits contre les clinquants et dorures : l'un en 1594, le second en 1601, le troisième en 1606. C'est de ce dernier, enregistré au Parlement le 9 janvier 1607, que Régnier a parlé dans sa 8e satire, v. 72 :

. . . . A propos, on m'a dict
    Que contre les clinquants le roy faict un edict.

Le projet d'ordonnance dont il est question ici fut, du reste, réalisé quelques années après, en 1627. Nous trouvons à la suite d'une pièce parue alors, *le Tableau à deux faces de la foire Saint-Germain*, etc., Paris, 1627, in-12, p. 10, une

Chalange[1] en doit entreprendre l'execution[2].

— J'en ay aucunement entendu parler, respondit la procureuse; mais pourtant je ne le puis croire, car il s'est trouvé trop empesché à l'edict des procureurs[3].

— Neantmoins, repliqua l'advocate, on en

Consolation aux dames sur la réformation des passements et habits qui venoit d'avoir lieu par ordonnance royale.

1. C'est le même partisan, l'un des plus riches alors, qui est nommé dans ce passage de la 16e satire de Régnier :

> Suis jusques au conseil les maîtres des requestes,
> Ne t'enquiers, curieux, s'ils sont hommes ou bestes,
> Et les distingue bien : les uns ont le pouvoir
> De juger finement un procès sans le voir ;
> Les autres, comme dieux, près le soleil résident,
> Et, démons de Plutus, aux finances président :
> Car leurs seules faveurs peuvent, en moins d'un an,
> Te faire devenir Chalange et Montauban.

Ce dernier ne s'appeloit Montauban qu'à cause de sa ville natale; son vrai nom étoit Moysset. Il étoit trésorier de l'Epargne. V. *la Chasse aux larrons*, p. 21.

2. Chalange se mêloit de toutes ces grosses affaires; il achetoit pour ainsi dire la promulgation de tout édit onéreux, et tenoit compte d'une part des profits aux ministres à qui il l'avoit fait rendre. Sa faveur étoit ainsi devenue très grande à la cour. « Ainsi voit-on que Chalange et autres tels partisans, dit le *Contadin provençal*, ont plus d'accès aux favoris que les grands et les vieux conseillers de l'Etat. » (Recueil cité, p. 98.)

3. C'étoit un de ces édits comme il y en eut tant de promulgués alors contre les gens de justice. Il fit crier autant au moins que la *revente des greffes*, qui, selon un libelle

bruicte fort par la ville, et dit-on de plus qu'il passera plus facilement que nul autre qui ait passé depuis deux ans [1], parce que ou les ambitieux, pour paroistre, donneront de l'argent en forme de rente, si on l'accorde; ou bien chacun sera cognu selon sa qualité.

— Hé! qu'importe d'estre cogneu par sa qualité, pourveu qu'on ait force pistoles, dit l'accouchée?

— Non, non, Madame, respondit d'affection nostre advocate, il est bien necessaire de proceder à ceste reformation ; l'argent n'est rien au res-

---

du temps, fut cause que le roi « fut volé de six millions de livres », dont s'enrichirent les partisans. (*Raisons de la reine-mère*, dans le *Recueil des pièces curieuses*, etc., p. 275.) Toute la basoche, qu'on rançonnoit, fut en émoi de cet *édit des procureurs*, et ce qu'on dit ici des empêchements qu'y trouva Chalange semble assez naturel quand on sait à qui il avoit affaire et ce qu'il demandoit. « Les trois quarts de vostre vermine de procureurs étoient reduits au bureau des Innocents, faute d'avoir de quoy satisfaire à l'edit, dont on s'est tant tremoussé dans vostre palais. » (*Advis donné au roi*, etc., Recueil, etc., p. 139-140.) V. encore sur cet édit l'*Anti-Caquet*, à la fin de ce volume, et nos *Variétés hist. et littér.*, t. 1, p. 215-216.

1. On n'étoit pas dupe des raisons qui faisoient promulguer ces lois successives, « tant d'edits nouveaux, dit un pamphlet du temps, contre Luynes et les partisans ses créatures, qui ne servent que pour affliger le pauvre peuple, et ne sont inventez que pour assouvir leur avarice. » (*Le Contadin provençal*, Recueil, etc., p. 98.)

pect des mœurs, et certainement il est plus à propos d'honorer l'ame de belles actions que de parer son corps de beaux vestements, qui ne servent en effect que de desguisement quand on y apporte tant de sorte d'inventions.

La marchande passementière, qui voyoit bien que c'estoit d'elle qu'on parloit particulièrement, fit forme d'avoir affaire à son logis, et sur ce discours print congé de la compagnie. La sortie de laquelle apporta une plus grande licence de parler d'elle ; et qui en entama le discours, ce fut la procureuse, qui dict : Vrayement, la marchande qui vient de sortir a bien changé de poil depuis qu'elle a quitté sa boutique ; la cognoissez-vous bien particulièrement, Mesdames?

A ceste demande, personne ne voulut respondre que la petite affetée de notaire, qui dict que du temps qu'elle estoit fille on en parloit fort, et qu'elle alloit la nuict trouver un certain homme pour coucher avec luy, et qu'affin de n'estre recognuë qu'elle prenoit un habit desguisé.

— Son mary estoit donc aux champs quand elle faisoit ce train-là? respondit la procureuse.

— Non, non, Madame, luy repliqua la notaire ; c'estoit luy-mesme qui luy faisoit aller, et ceste façon de faire a duré deux ans et plus, et puis le badin en est devenu jaloux jusques là que de l'avoir accusé d'adultère.

— Madame, Madame, soulagez un peu l'honneur de vostre voisine , luy dit la quinquallière ; on ne sçait pas ce qui nous peut arriver : toutes choses estans sujettes aux changemens, il faut peu de chose pour nous renverser veritablement.

La quinquallière avoit raison de parler de la sorte , car elle a les talons si cours qu'il ne faut la pousser guère fort pour la faire choir, et de cecy je m'en rapporte à ce qui en a esté escript et produict , ainsi qu'il se voit par le libelle cy-dessus, extraict des memoires curieux d'un des beaux esprits de ce temps qui la cognoit assez familièrement.

Cet entretien commença de desplaire à l'accouchée ; aussi elle fit en sorte de faire signe à la garde de luy apporter la colation , ce qui occasionna les bourgeoises de sortir et de prendre congé d'elle, au moyen de quoy elle print relasche d'une demy-heure ; et après ce temps une autre compagnie vint la saluer, qui se tint avec elle jusques au soir.

Les discours que ceste compagnie tint n'ennuyoient pas l'accouchée comme les autres : car on n'usa jamais de mesdisance, sinon qu'une mercière de la ruë de la Harpe, enquesteuse au possible des affaires d'autruy, comme on parloit de la misère du temps, accusans en partie la sienne, ne peut s'empescher de parler d'un de la vacation de son mary, qui a quitté sa boutique du Palais pour faire faire monstre à ses filles ; elle n'eust garde de dire que sa boutique estoit toute remplie de nenny, que son mary faisoit passer les conventions matrimoniales par la forest d'Angoulesme [1], ny qu'elle toleroit la desbauche de sa servante à cause qu'elle n'avoit dequoy luy payer ses gages; aussi c'eust esté mal à propos de parler de la maison et de ce qu'il s'y faict, puis qu'on en parle assez en Bretagne et en Normandie.

Or, après qu'une certaine gantière assez cognue, quoy que sa mère soit garde d'accouchée, voulut mettre son nez au caquet, et commença de parler d'un procez que son mary avoit contre un advocat, la perte duquel elle redoutoit fort si elle ne s'y employoit de cul et de teste...

— En craignez-vous la perte? luy dict la femme d'un commissaire qui a pris la vache et le veau. Vraiment, puisque vous avez de l'argent, comme l'on dict, vous avez beau moyen de le gaigner.

— A la verité, repliqua la gantière, si les conseillers de la Cour sont aussi friants de presens comme ceux qui ont rendu la sentence dont est appel, je suis asseurée d'avoir gaigné la cause.

— Madame, Madame, luy dit une grosse damoiselle de Normandie qui logeoit naguères chez un chirurgien, j'en ay gaigné pour le moins une douzaine au Parlement, sans que j'aye employé

---

1. Par la bouche, expression tirée du vieux mot *engouler*.

d'autre faveur que mon industrie ; c'est pourquoy vous pouvez beaucoup, vous qui estes de bonne grace, qui avez si beau maintien.

— Je m'asseureray donc, respondit la gantière, en la faveur de vostre bon conseil, duquel je vous remercie et vous en baise bien humblement les mains.

— Vous parlez de procez ? dict l'accouchée.

— C'en est faict, respondit la damoiselle, et puis c'est d'un qui n'est pas de grande conséquence.

La femme d'un procureur du Chastelet qui demeure en la ruë S.-Martin, suivant ces entre-propos, commença et dit : Je ne sçay quels pro-cez il se faict depuis dix ou douze ans, car je vous asseure qu'encores que mon mary soit des anciens, que son estude est aussi seiche qu'une langue de bœuf parfumée ; la pluspart du temps il ne fait rien que bayer aux corneilles et jazer avec un voisin que nous avons qui fait des luts. Nous avons un fils advocat qui ressemble les ta-pis que mettent les marchands sur leurs bouti-ques, car il ne nous sert que de monstre ; et ce qui m'afflige plus sur mes vieux ans, c'est que j'ay de trop grandes filles qui perdent leur temps faute d'ouvrage.

— Je vous plainds, je vous asseure, Madame, luy dict une jeune damoiselle qui a espousé le fils d'un medecin, d'autant que mesdames vos filles sont assez advenantes ; toutesfois, Madame, j'estimerois que vous ne ferez pas mal d'en mettre quelqu'une en religion.

— En religion ! respondit cette procureuse ; vrayment, il faut autant d'argent pour le jour-d'huy pour y mettre une fille comme à la mettre en son mesnage ; je m'y suis assez employée pour ma grande, lorsque je l'ay veuë reformée en ses habits ; mais je n'y ay rien gaigné.

Là-dessus une esrattée de perruquière de la mesme ruë, voulant donner son advis, et enseigner un moyen de mettre lesdites filles en religion, parla de celles où sont les capucines [1] ; mais à ceste objection ladite damoiselle luy respondit que c'estoient discours, et qu'il y falloit avoir de l'argent aussi bien qu'ailleurs, ou bien de grands amis qui procurent le moyen d'y entrer.

Une bourgeoise de la rue Quincampois, ayant dessein de terminer l'affliction de la procureuse, luy dit : Madame, ne vous affligez point tant de vos filles ; Dieu y donnera ordre à les pourvoir, et fera que quelques uns de ses bons serviteurs y mettront la main. On parle, ce dit-elle, d'une nouvelle religion où les filles de maison seront

1. Les capucines s'étoient établies, de 1604 à 1606, dans le couvent qui a gardé leur nom.

receuës à peu de fraiz, et si dit-on d'avantage, que nostre evesque[1], à son advenement, veut faire largesse pour ce subject[2].

— Ce sera un grand bien pour son ame, dict la femme d'un greffier; s'il donnoit une année ou deux de son revenu pour pourvoir quelques filles, ou en religion ou au mesnage, en retranchant un peu son train, il obligeroit icelles à prier pour soy.

Ces propos achevez et finis, arrivèrent encores quelques bourgeoises d'une mesme compagnie, desireuses d'entretenir madame l'accouchée de plusieurs choses qui courent parmy le monde, et de plusieurs façons de faire qui s'y pratiquent; les autres, qui estoient arrivées il y avoit assez longtemps, prindrent honorablement congé peu de temps après ceste arrivée, et après leur sortie

1. C'est Jean-François de Gondi, qui, de doyen de Notre-Dame, devenoit évêque de Paris. Il fut sacré le 19 février 1622, et, d'après cette date, on peut voir exactement à quelle époque fut écrite cette partie des *Caquets*. Il ne faut pas s'étonner du mot *évêque* employé ici: c'est le titre que portoient encore les prélats du siége de Paris. Ce même François de Gondi fut le premier qui l'échangea pour celui d'archevêque.

2. La nouvelle religion dont il s'agit, et pour laquelle on réclame les largesses de l'évêque, est la maison des Ursulines de la rue Sainte-Avoye. D'abord communauté de quarante veuves, elle étoit devenue ensuite maison de Béguines, et le 31 janvier 1622, par suite d'un concordat en-

une parfumeuse de la ruë S.-Sauveur commence de dire : Nous faisons un beau silence, pour estre venuës visiter une accouchée.

— Je vous asseure, Madame, luy dict une de ses voisines, qui est femme d'un tapissier, j'ay si mal à la teste des discours qu'on tient de nous, que j'en ay les jouës toutes rouges.

— Là, là, luy respondit la parfumeuse, ce n'est pas là où le bast vous blesse ; c'est que vous faites la fine pour jouër les deux.

La tapissière là-dessus repliqua qu'il n'appartenoit à jouër les deux qu'à la femme d'un tailleur d'auprès la rue des Prouvelles, parcequ'elle entretenoit son mary en amytié et sans jalousie, et si un petit procureur du Chastelet ne laisse pas de captiver ses bonnes graces.

— Comment, dit aussi tost une frippière d'auprès la Tonnellerie, la petite tailleuse ayme la chiquanerie ? Vrayment, je ne m'estonne plus s'ils vont si souvent aux champs ensemble.

— Ce n'est pas où ils font leurs meilleurs coups, dit encore la tapissière ; mais c'est au logis de Paris : car assez souvent le procureur prend occa-

tre les Béguines, le curé de Saint-Merry et les Ursulines, celles-ci avoient pris possession du couvent. Ce concordat, que confirmèrent des lettres-patentes de février 1623, obtint, en effet, l'approbation de l'évêque François de Gondi ; mais nous ne savons pas s'il fit davantage pour les Ursulines.

sion d'aller joüer au picquet avec le mary, et ainsi il choisit son heure.

— Hé! si cela est sçeu à la cour, dit la parfumeuse, luy qui veut avoir un office chez le roy, ce sera une grande incommodité pour le Louvre.

Chacune de ces bourgeoises, à ces paroles, se prindrent à rire de si grand courage qu'il sembloit à les entendre que ce fussent des asnesses dans un pré qui brayassent pour estre couvertes. Et moy qui parle, je fus contrainct, quoy que caché à la ruelle du lict, d'en destacher mon esguillette, craignans de pisser dans mes chausses.

Cecy finy, elles commencèrent à caqueter et à discourir du comte Mansfeld[1]. L'une disoit qu'il

---

1. Le comte Ernest de Mansfeld, ne trouvant plus à vivre ni dans le Palatinat ni dans l'Alsace, qu'il avoit ruinés, s'étoit mis à menacer la Champagne. Il avoit passé la Meuse, et s'étoit logé en vue de Mouzon. La peur avoit été grande par toute la France quand on avoit su cette entreprise; on trembloit surtout qu'il ne vînt donner la main aux huguenots rebelles, et que M. de Bouillon ne lui ouvrît ses places frontières. Il n'y avoit que les gens d'expérience qui ne partageassent pas cette panique, dont font foi toutes les pièces du temps (*les Grands jours tenus à Paris par M. Muet*, etc., p. 29; *les effroyables Pactions faites entre le diable et les prétendus invisibles*, etc., p. 21). Malherbe fut de ces gens rassurés; très tranquille, il écrivit de Caen

est un grand capitaine pour un Allemand; l'autre
soustenoit qu'il n'avoit pourtant pas grand courage. Une autre, qui avoit le jugement un peu
plus solide, dit qu'une bonne fuitte valoit mieux
qu'une mauvaise attente, et qu'il y avoit plus
d'honneur à laisser le champ à ceux qui tiennent
en main la victoire que de recevoir une perte
dommageable au proffit et à l'honneur, et puis,
qu'ayant les gouttes comme il a, que malaisement

à son amy Colomby, qui trembloit à Paris : « Pour Mansfeld, nous en avons ici de meilleures nouvelles que les
vostres. On m'escrit du 9e de ce mois qu'il est sur le point
de se retirer. Il ne faut pas voir trop clair pour connoître
que l'homme de la frontière est de ceux qui l'ont attiré ;
mais il est en possession de reussir mal en tout ce qu'il
entreprend. Voilà pourquoy, si de ceste nuée il sort pluye,
gresle, ny aultre sorte de mauvais temps, je veux que vous
me teniez pour le plus ignorant astrologue qui jamais ait
regardé les étoilles. » Malherbe avoit raison : ce qui suivit
justifia pleinement sa quiétude confiante, dont témoigne encore sa lettre à Peiresc du 28 juillet 1622. Mansfeld fit un
premier accord avec M. de Nevers, puis, s'étant approché de
Sedan, et après avoir vu sans doute qu'il ne falloit pas faire
trop grand fonds sur les forces et sur la parole de M. de
Bouillon, il quitta notre frontière et tira sur le Hainaut. Il
y trouva l'armée espagnole commandée par D. Gonzalès.
Une bataille fut livrée dans les plaines de Fleurus, après
laquelle Mansfeld, à demi défait, battit en retraite, aban-
donnant tous ses équipages. (*Mercure françois*, t. 8, p. 708-
752.) C'est de cette dernière affaire, qui achevoit de les
rassurer, que parlent nos caqueteuses.

eust-il trouvé du secours pour l'en soulager, si ce n'eust esté en perdant la vie. En fin, après tant de sortes de comptes et de sornettes, la nuict s'approcha, qui fut cause que chacune se retira à son enseigne.

LA RESPONCE

DES

DAMES ET BOURGEOISES DE PARIS

AU

CAQUET DE L'ACCOUCHÉE

Par Madamoiselle E. D. M.

A Paris, chez l'imprimeur de la ville, *à l'enseigne
des trois Pucelles.*

M. DC. XXII[1].

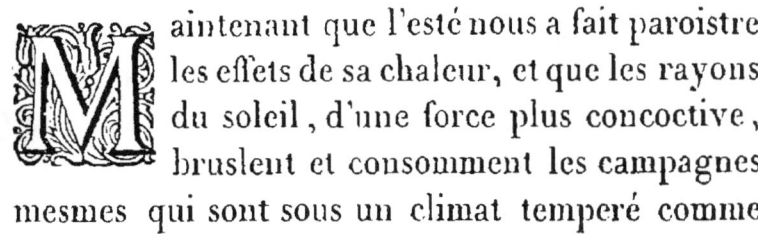

aintenant que l'esté nous a fait paroistre
les effets de sa chaleur, et que les rayons
du soleil, d'une force plus concoctive,
bruslent et consomment les campagnes
mesmes qui sont sous un climat temperé comme

---

1. Une autre édition, différente en ce seul point, porte
pour titre : *La Responce aux trois Caquets de l'Accouchée,*
MDC.XXII. — Dans le *Recueil général,* c'est *la sixiesme Journée et visitation de l'Accouchée.*

la France, outre que d'ailleurs les femmes, qui sont d'un temperament froid et humide, ne peuvent soustenir une chaleur si ardante que celle qui se fait quand le soleil entre au signe du Cancre, comme il a fait depuis quelques jours, je me resolus, avec quelques unes de mes voisines, d'aller aux estuves pour me rafraichir : car la nature est tellement sortie de ses premiers ressorts qu'il n'est point maintenant permis aux femmes de se baigner à la rivière, à cause peut-estre qu'on les verroit à descouvert, ce qui est hors de raison, veu que les femmes peuvent avec autant de droit et authorité se baigner que les hommes, puis qu'en leur nature elles sont egalles à eux, comme je crois avoir veu assez preuvé ailleurs.

Comme je fus arrivée aux baings où d'ordinaire nous avons coustume entre nous autres de nous rafraichir, je me trouvay au milieu d'une bonne et agreable compaignie de bourgeoises et dames de Paris, qui estoient venues au mesme lieu pour ce subjet. Ainsi que nous commencions à nous deshabiller, et que chacun s'apprestoit pour se mettre à l'eau, une jeune damoiselle du faux-bourg S.-Germain dit : La porte est-elle fermée, ma cousine[1] ? (Elle parloit à une sienne parente de la place Maubert.) Je vous asseure

1. Tout le commencement de cette Journée, jusqu'ici, est remplacé dans le *Recueil général* par : Desireux de poursuivre

qu'il y faut prendre garde : car pour maintenant on ne prend plaisir qu'à mal parler d'autruy, et principallement on est bien aise de toucher sur la corde des femmes et d'avoir prises sur elles. Il y a plus d'un mois entier que dedans Paris on nous appelle caqueteuses; on ne parle que du caquet des femmes. Jamais le lict de l'accouchée ne fut mieux remué; il est souvent retourné et fueilletté.

— Mais il n'y a que de la plaisanterie dedans, dit sa tante [qui estoit desjà dans l'eau][1].

— C'est vostre honneur, respondit l'autre; cela ne retourne qu'à nostre desavantage. S'il y a quelque bon quolibet, quelque gausserie, quelque risée, ou quelque pacquet, c'est tousjours sur les femmes qu'il vient tomber, et tousjours les pauvres femmes sont chargées; je ne sçay comme elles ont si bon dos, car bien souvent il faut qu'elles portent de pesans fardeaux.

— Comment! ma commère, dit une qui avoit

carrière et parvenir à mon but, je fus d'abondant voir ma cousine l'Accouchée et l'entretenir à mon accoustumée; ce qu'ayant fait, et recognoissant bien l'approche des visites qui luy seroient faites, je me rengeay à ma cellule ordinaire, où je ne fus pas si tost entré qu'il arriva une bande de bourgeoises de Paris, lesquelles, après avoir fait leurs reverences et pris place, l'une commença à dire : La porte est-elle fermée?

1. *Var.* Les mots entre crochets manquent au *Recueil général.*

desjà deffait sa chemise[1], c'est une chose estrange que, sous pretexte de madame l'accouchée, on nous en fait payer la fole enchère. On dit mal de l'une, on se mocque de l'autre, on rit, on gausse; ce sont plustost des farces et commedies qu'autres choses. Jamais les femmes ne furent remuées de la sorte: l'une sera trop vieille à l'appetit de son mary, il se voudra mettre à la fraischeur; l'autre sera trop bouillante à l'appetit du sien, qui n'ira qu'à demy-voye; l'autre aura cinquante ans et on ne la marie pas, de sorte qu'elle sera contraincte de recoudre son pucelage plus de cent fois. Que sçay-je, moy? chacun nous donne tels quolibets qu'on veut, et ainsi pour ce jourd'huy en toutes les bonnes compaguies et assemblées on nous couche tousjours sur le tappis, puis après nous servons de joüet et d'entretien aux hommes, qui sont bien ayses, pour passe-temps, d'esplucher nos actions et de scindiquer sur nos besongnes.

— Madame a raison (fis-je alors)[2], car le temps d'aujourd'huy n'est plein que de mesdisances et d'invectives, principalement à la cour, où j'ay de coustume de hanter: l'une aura un œil trop brun à l'appetit de celuy-cy, l'autre un nez camus à l'appetit de l'autre; mais la pluspart du monde ne

---

1. Les mots : *une qui avoit desjà deffait sa chemise*, sont remplacés au *Recueil général* par : *une autre.*

2. *Var. Recueil général :* dit lors une autre.

voit point que ceux qui sont camus ont de grands
priviléges et immunitez à eux concedés de la
nature, sçavoir est qu'ils sont exempts de porter
les lunettes, droict qui est très beau, puis qu'il
relève de la cour des Quinze-Vingts, où les aveugles president en robbes grises et fleurdelisées [1];
les autres ont des robbes qui ne correspondent
pas à leur qualité. Si une marchande porte le satin à fleurs de velours cramoisi [2], etc., faut-il en
murmurer? Pourtant elles seroient peu discrettes
si elles ne s'accoustroient des plus riches et des
plus belles estoffes de la boutique, puis qu'elles-

1. Les Quinze-Vingts portoient une longue robe grise,
avec une fleur de lys sur la poitrine. Une gravure d'Abraham Bosse représente sous son costume complet un de ces
aveugles demandant l'aumône au coin d'une rue. La cari-
cature qu'on fit de Lafont de Saint-Yenne, à cause de ses
jugements d'aveugle sur le salon de 1753, est aussi une
représentation exacte de l'habillement des Quinze-Vingts
sous Louis XV.

2. On reprochoit alors beaucoup aux bourgeoises la richesse des étoffes qu'elles employoient pour leurs robes,
et l'on disoit partout que ce luxe coûtoit cher aux bonnes
mœurs :

> Les bourgeoises qui font les belles,
> Sont braves comme damoiselles
> Et se font promener à tas,
> Ont-elles pas un petit chose...
> Pour achepter du taffetas?
>
>   (*Le Tableau à deux faces de la foire S.-Germain,*
>   *etc.,* 1627, in-12, p. 6.)
>
> La Rousse dit que, si sa fille
> Avoit l'habit de taffetas,

mesmes les vendent et debitent aux autres [1]. Si aujourd'huy une passementière porte un colet monté à cinq estages, elle le fait pour une consideration qui est tres bonne, sçavoir, afin qu'on ne puisse attaindre à son pucelage, qu'elle met et constitue au dernier estage de son colet, ce qui est universellement approuvé de toutes les courtisannes : car frottez vostre nez contre leur visage, cueillez les fleurs qui s'espanouïssent sur le marbre empourpré de leurs joües, desrobez les roses qui vont esclatant sur le corail de leur bouche, pillez les lis qui blanchissent sur la neige yvoirine de leur gorge, bref, mettez-vous en quatre parties pour entendre le bal mesuré de leurs pommes jumelles, et les souspirs contre-ba-

> Elle seroit aussi gentille
> Ou plus belle qu'elle n'est pas.
>
> (*Le Bruit qui court de l'espousée*, 1624, s. l., p. 5.

1. Ces propos sur les modes et la coquetterie étoient le fonds ordinaire de la conversation des caqueteuses :

> C'estoyent mercières du Palais
> Qui discouroient de leurs malices,
> De leurs fards et leurs artifices,
> Des bons tours qu'elles mettent sus
> Pour faire leurs maris cornus.
> J'en vis deux qui se vermillonnent,
> Et leurs cheveux passe-fillonnent
> Pour mieux les marchands allecher...
>
> (*Le Banquet des Muses*, ou *Satires divers* du sieur
> Auvray, Paris, 1625, in-8, p. 184.)

lancez de ces deux hemisphères, ce n'est point là
où gist le pucelage. Pourveu que vous ne touchiez
point au colet, vous estes le plus galand cavalier
du monde ; mais si une fois vous avez rompu un
rang de passement, vous perdez toute l'estime
qu'on avoit de vous auparavant (elles ont bien
raison, et je soustiendray tousjours leur party en
cecy, puis que leur honneur est au cinquiesme
estage de leur collet) ; il ne s'y faut jamais prendre.

— Pour moy, dit une damoiselle [qui estoit
en l'eau jusques au col][1], je ne sçay comment on
en veut tousjours à ces pauvres femmes : c'est la
rebute ordinaire de toutes les calomnies des hommes ; s'ils ont fait quelque acte auquel ils croyent
avoir acquis quelque disgrace, tout aussi tost la
femme en a sa part : « Ma femme est cause de cet
accident ; sans elle j'eusse gaigné mon procez » ; et
le plus souvent on trouvera que la femme aura
meilleur droict que son mary : et ainsi c'est nous
mespriser.

[— Vous voilà dans l'eau jusques au col (dit une
vieille qui tenoit du linge blanc) ; mais j'y suis
plus avant que vous, car m'y voilà jusques au né.
Ne faisoit-il pas bon voir une femme avoir des
roupies en plain esté ?][2]

1. *Var.* Les mots entre crochets manquent au *Recueil
général*.

2. *Var.* Le passage entre crochets manque au *Recueil
général*.

Une autre qui s'entendoit à la philosophie, et qui avoit choisy ce jour pour le bain [1] comme un medecin du cartier S.-Honoré qui ne vouloit coucher avec sa femme que par lune, va dire : Je ne vois aucune raison formelle qui puisse conduire ma cognoissance à croire qu'on nous doibve tenir en ligne inferieure avec les hommes : car premièrement ils disent que nostre temperie est froide et humide, et que, nos organes n'estant point bien disposez, il faut, par une consequence logicienne, que nous ne pouvions exercer nos fonctions avec l'advantage dont jusques à maintenant ils se sont prevalus contre nous, et toutesfois je prouveray tousjours par bonnes, valides, scientifiques et demonstratives raisons, que nous surpassons de beaucoup le sexe masculin, ou, à tout le moins, que nous ne luy sommes en rien inferieures. Jettons les yeux sur les sciences, arts, mestiers, prattiques et inventions : la pluspart se trouvera tirée de la teste des femmes, car comme elle pullule en raretez, subtilitez, prudence et autres qualitez infinies qui annoblissent nostre sexe, aussi le peut-on aisement remarquer par des exemples et des preuves irreprochables. C'est ce qui a meu Platon, à qui nul n'a debattu le titre de divin, et consequemment Socrates, son interprette, en ba-

1. *Var.* Les mots : *pour le bain*, sont remplacés, au *Recueil général*, par les mots : *de visite.*

tissant les loix et reiglemens fondamentaires pour les royaumes et republiques qui depuis sous icelles ont esté regies et gouvernées, de les admettre dans les dignitez, charges et offices, et de les eslever aux mesmes degrez d'honneurs que les hommes; et bien davantage, ces lumières de l'antiquitez maintiennent et asseurent avoir veu des femmes qui ont surpassé les hommes de leur patrie. Si de cecy nous en voulons sçavoir la raison, les philosophes mesme, bien que d'un sexe different du nostre, diront que, comme la pureté du sang concurre à la vivacité de l'esprit, que consequemment les femmes ont ou doivent avoir l'esprit plus vif que les hommes, puis qu'elles ont le temperament plus delicat. On en a veu naistre des effects très certains de ce que je dis, en Alexandrie, Egypte, Trace, Rome, France, et autres contrées de l'univers. De l'autre costé, la femme est en mesme puissance que l'homme de produire des actes genereux : ce n'est faute le plus souvent que de les defricher; si l'arbre ne porte point de fruict, ce n'est faute que de le cultiver, esmonder et esbrancher. Combien y auroit-il d'hommes hebetez et grossiers, si depuis le plus tendre de leur jeunesse on ne les jettoit dans les escolles, où la pluspart, le plus souvent, après avoir bien employé du temps, sont aussi sçavans que quand ils y ont entré; où au contraire, si on employoit après les femmes la centiesme partie du soin et de

la cure qu'on prend après les hommes, on verroit
des merveilles : car, comme les femmes sont d'un
temperament plus tendre, et ont le sang, comme
j'ay desjà dit, plus subtil, aussi auroient-elles en
bref les organes disposez à recevoir les espèces
intromises par les sens interieurs. Combien a-on
veu de grands cerveaux de femmes regir, main-
tenir et gouverner ceste monarchie et une infinité
d'autres royaumes ! C'est ce qui conduisoit jadis
Plutarque à dire que les vertus des femmes aloient
à l'esgal de celles des hommes, comme de fait on
en peut voir de grandes et irreprochables expe-
riences. Il me souvient avoir leu dans Tacite
qu'un certain, estant venu à Rome en grand equi-
page pour estre concitoyen de ladite ville et participer aux droicts et immunitez dont jouyssoient
jadis les Romains, et principallement ceux qui
avoient le titre de noblesse, qu'au commencement
il se vantoit de la race des dieux, se disant sorti
d'un Hercul, d'une Thetis, d'un Jupiter. On ne
l'approuvoit point pourtant; mais quand, chan-
geant de discours, il vint dire qu'il descendoit en
ligne collateralle d'une Amazone, alors ce nom
reveré et respecté du peuple romain le fit entrer
au nombre des autres citoyens, et participer aux
mesmes priviléges. Les Lacedemoniens, gens experimentez s'il en fut jamais, ne faisoient rien
qu'auparavant ils n'eussent consultez les princi
palles femmes de la ville.

— Il n'y a que cela qui me fasche (dit une jeune mariée d'auprès le Louvre), qu'il faut donner tant d'argent maintenant quant on se veut marier, c'est une ruyne; puis que vous dites que les femmes vont de pair avec les hommes, c'est encore peu de consideration à nous de nous attacher à la cadène et nous captiver de nostre propre et liberal arbitre sous leur empire, et au bout du compte apporter de l'argent en mariage.

— N'en sçavez-vous que cela (dit une esveillée qui estoit un à bout)? La cause pour laquelle les femmes apportent de l'argent aux hommes en mariage, c'est qu'ils acheptent un fonds pour planter des cornes.

La philosophe, à ce mot, reprit la parole : Au rapport (dit-elle) de Corneille Tacite, historien fidel des annales romaines, les Germains et Allemans, gens indomptables à la guerre, portoient dot à leurs femmes, non les femmes aux hommes, et les principaux siéges n'estoient gouvernez et regis que sous leur sceptre et commandement.

En après, si nous voulons nous fonder sur les principes et sur les bases de la metaphisique, nous trouverons que la nature humaine est divisée egallement et de l'homme et de la femme : et ainsi l'un ne participe point davantage à la raison que l'autre; *ea autem sunt unum et idem quorum natura non est diversa secundum essentiam.* Or, si l'homme n'est qu'un avec la femme, il suit

necessairement qu'on ne peut calomnier l'un sans
parler au desadvantage de l'autre, de mesme que,
si on dresse des loüanges au premier, elles ne
peuvent qu'elles ne resultent et resjaillissent à
l'honneur des seconds.

Je m'estendrois icy sur les Sibilles, qui ont
communiqué avec la divinité par leurs oracles et
propheties, si leurs discours admirables, leurs
bouches divines et leur langage doré, ne fermoit
la bouche à ceux qui nous veulent calomnier.
Pour leur valeur et adresse aux armes, n'avons-
nous point ceste genereuse guerrière en France,
la Pucelle d'Orleans, qui s'est signalée en tant de
combats, rencontres, en tant d'assauts et batailles, sans aller en Trace chercher les antiques
Amazones? Mais, mesme en nos derniers jours, ne
voyons-nous pas des exemples de leur magnani-
mité, de courage, où elles ont gravé leur renom
dans le temple de memoire ?

Toute la compagnie, et moy la première[1], qui
durant ce haut et relevé discours avoit faict un
silence dans l'eau[2] de peur qu'on ne nous[3] impu-
tast le nom de caqueteuse, fusmes[4] ravies en ex-

---

1. *Var.* « Et moi la première. » Ces mots manquent au
Recueil général.

2. *Var.* Ces deux mots manquent au *Recueil général.*

3. *Var. Rec. gén.* : leur.

4. *Var. Rec. gén.* : furent.

tase de voir nostre [1] cause si bien defenduë et nostre [2] sexe si haut monté par l'ascendant que luy avoit donné ceste docte et scientique damoiselle : car elle avoit monstré (comme de fait personne ne le peut revoquer en doute) que la femme estoit en mesme ligne paralelle avec l'homme, et qu'il n'y avoit aucune difference entre eux, de manière que, cela estant, si les hommes viennent maintenant à user de represailles et calomnies envers nostre endroit [3], c'est sur eux-mesmes que resjaillissent leurs injures : tout ne peut se faire, en fait de calomnies, qu'à leurs desadvantages.

La compagnie n'en demeura pourtant là : on voulut voir et examiner les cahiers de madame l'accouchée, de laquelle on parle tant maintenant dans Paris. L'une disoit que ce n'estoit qu'une pure fiction inventée à plaisir pour la jovialité qui s'y rencontre; l'autre soustenoit que cela avoit esté fait et qu'il se pouvoit faire ; qu'il n'estoit hors de raison. Chacun se debatoit : l'une le tenoit pour faux, l'autre pour veritable. Pour mon regard [4], je crois que madame l'accouchée n'y a jamais songé.

— A la verité (dit une qui commençoit à s'es-

1-2. *Var. Rec. gén.* : leur.

3. *Var.* Le *Recueil général* ajoute : (paracheva-elle).

4. *Var.* Le *Rec. gén.* ajoute : dit la damoiselle du faux-bourg Sainct-Germain.

suyer)[1], si on parle mal des femmes, il y en a plusieurs qui en donnent subject; on familiarise quelquefois avec des personnes qui, sous couleur d'une feinte amitié, font souvent naistre des soupçons en l'esprit de ceux qui regardent; on faict des mauvais rapports, et par ainsi les femmes sont toujours injuriées à tort.

—Voilà mon dire, respondit une fille de chambre d'auprès S.-Jacques : depuis qu'aujourd'huy on voit un homme auprès d'une femme, on en parle mal. Pour moy, je suis d'un naturel dispos et gaillard, j'aime tousjours mieux jouër au reversis qu'au picquet ; je ne me picque jamais au jeu (pourveu que d'autre part on ne passe trop avant dans les bornes de l'honneur). Au reste, je ne suis pas joyeuse quand j'entens parler mal de nostre sexe, c'est ce qui me tourmente le plus ; et encore, qui pis est, on m'a meslée dans les cartes de l'accouchée ; je ne sçay comment m'en desgager.

—Vous n'estes pas seule qui avez vostre paquet (dit sa cousine); j'en cognois bien d'autres, et des meilleures bourgeoises de Paris, qui en ont eu leur part. Toutefois, comme ce sont frivolles, aussi ny devons-nous nous arrester, n'y faire aucun semblant que nous nous en sommes formalisées.

1. Var. *Qui commençoit à s'essuyer.* Ces mots manquent au *Recueil général.*

— Frivolles ! ma commère, dit une autre ; S. Jan ! appellez-vous frivolle de calomnier l'un, de se rire de l'autre, de se gausser de celle-cy, de mal parler de celle-là ? Pour moy, je crois qu'on n'en eust peu inventer davantage pour se mocquer de nous : car le pire que je remarque en cecy, c'est que la pluspart sont accusées à tort et sans cause.

Moy, qui estois[1] de l'autre bout, pris la parolle pour toutes les autres en general. Mes damoiselles (dis-je)[2], il se faut resoudre en cecy ; il y a un expedient fort propre ; il est besoin en choses d'importance d'apporter du conseil : il nous faut faire un reglement en ceste affaire. Pour moy, je trouverois bon que nous fissions une lettre de desadveu et une signification pour nous departir de tous ces discours de l'accouchée. La femme d'un sergent du faux-bourg Sainct-Marceau, approuvant son dire, respondit que son mary ne prendroit rien des significations, et qu'infailliblement il publieroit lesdites lettres par les carrefours de Paris, n'y ayant personne qui peut mieux tromper ny trompeter que luy.

1. *Var. Rec. gén.* : une autre qui estoit.
2. *Var. Rec. gén.* : (dit-elle).

LETTRE DE DESADVEU

TOUCHANT LE CAQUET DE L'ACCOUCHÉE[1].

« *Nous, dames et bourgeoises de Paris, assemblées ès estuves, après avoir veu et leu un livret qui s'intitule le* CAQUET DE L'ACCOUCHÉE, *et que, dans iceluy livret, nous avons amplement remarqué qu'à tort et sans cause on nous calomnioit, nous appelant caqueteuses, bien que chacun sçache assez bien que nostre langue est toujours en nostre bouche, outre qu'il n'y a eu aucune assemblée d'accouchée qui eut peu authoriser ce discours, afin que chacun cognoisse l'integrité de nos actions, et qu'il soit notoire à tous que nous aymons à avoir le droit partout : Nous avons des-avoué et des-authorisé, comme par ces presentes nous des-avouons et des-authorisons le dit livre, tenans et aboutissans et dependances d'iceluy, et en tant que nostre pouvoir s'estend. Nous segregeons de nostre compagnie tous ceux et celles qui feuilleteront le dit livre, enjoignant de plus à toutes les femmes, de quelque quartier, rue, qualité ou condition qu'elles soient, que partout où elles verront le dit Livre, Seconde et Troisiesme après-disnée*

---

1. Cette lettre ne se trouve pas dans le *Recueil général*, non plus que les réflexions qui l'accompagnent.

d'iceluy, soit ès-mains de leurs maris ou autres,
qu'elles ayent à s'en saisir, comme d'une pièce
pernicieuse à notre sexe, et de ce nous donnons
pleine puissance et authorité absolüe. Donné
à Paris, le jour et an que dessus. »

Ceste lettre de desaveu pleut grandement à la
compagnie, qui l'approuvèrent d'une mesme voix
et d'un commun applaudissement. De là, s'estant
toutes revestues, elles sortirent des estuves et s'en
retournèrent chacun en son logis, avec promesse
toutefois de s'assembler pour la seconde et troisiesme fois, si l'occasion le requiert.

LES
DERNIÈRES PAROLLES
OU
LE DERNIER ADIEU DE L'ACCOUCHÉE

Ensemble ce qui s'est passé en la dernière visite
et quatriesme après-disnée des dames
et bourgeoises de Paris[1].

En vain vous auriez veu les commence-
mens des couches de l'ACCOUCHÉE et
feuilleté ses premières et secondes[2] visites, si par mesme moyen vous[3] ne
veniez à jetter les yeux sur le progrez, suitte et
advancement d'icelles, et ce avec autant plus de
desir que le sujet le semble requerir. C'est pourquoy, comme tesmoin occulaire de ce que j'ay
veu, je vous traceray en ces lignes ce que j'en ay

1. *Var.* Dans le *Recueil général*, cette partie est intitulée : *La septiesme journée et visitation de l'Accouchée.*

2. *Var. Rec. gén.* : ij, iij, iiij, v et vj.

3. *Var. Rec gén.* : ne voyez la septiesme, et...

apris depuis peu[1], esperant que, comme nostre puissance intellective n'a des bornes qu'en tant que les cognoissances qu'elle a sont dans la sphère d'activité de son esprit, et qu'elle peut encor s'estendre d'advantage, que par mesme moyen aussi je vous en feray voir d'autre, si l'occasion m'en donne le sujet. Ce que je fais icy, ce n'est qu'en forme d'ARRIÈRE-FAIX.

Plusieurs s'arresteront icy sur ce mot d'arrière-faix, qui peut-estre, n'ayant jamais penetré dans les cabinets de la medecine, ignoreront de prime-abord ce que je veux entendre par la superficie de ce discours; mais ayant visité le dedans et veu ce que j'y couche, ils verront qu'à juste tiltre je devois en ce lieu parler de l'arrière-faix de l'accouchée, puisque jusques icy on en avoit tant et tant fait de ceremonies.

L'arrière-faix, si nous nous voulons rapporter à madame Perrette, sage-femme du faux-bourg Sainct-Marceau, n'est autre chose qu'une superfluité de matière qui s'esvacuë hors de la matrice après l'enfantement, laquelle superfluité, comme elle est excrementielle, aussi estant retenuë dans les concavitez de la matrice et engluée dans les membranes qui se retrouvent là dedans, cela eut de beaucoup incommodé l'accouchée; c'est pourquoy il la faut jetter dehors, afin qu'estant rein-

1. *Var. Rec. gén.* : ne cette septiesme.

tegrée dans sa première santé, que nous aussi ayons l'honneur d'assister au baptesme de son enfant, qui se fera à Sainct-Mederic, si messire Pierre s'y rencontre : car il est fort subject à dire son breviaire et ses sept pseaumes pour madamoiselle de la Garde.

Et pour entrer en lice et mettre la lance de ce discours dans l'estrié d'une suitte admirable où je puisse courre la carrière de bien dire, et vous faire voir le fruict d'une nayfveté gaye et naturelle, vous devez sçavoir qu'ayant apperceu que tout le monde, tant fols que sages, avoient bandé le roüet de leurs inventions pour delascher quelque coup de mesdisance, et s'estoient appliquez à faire des discours ou plustost des mixtions pour faire quelque bouillon à l'accouchée, que je pouvois, sinon avec autant de rime, au moins avec autant de raison, aller voir madame l'accouchée, comme de fait mardy dernier je m'y acheminay avec bonne intention d'en tirer mes pièces aussi bien que les autres. Ce fut le matin que je fis ceste belle entreprise, croyant que je verrois madame l'accouchée en son pontificat ; mais ayant frappé à la porte, qui estoit entrebaillée, je fus tout estonné de la voir en la salle d'embas auprès du feu, qui s'amusoit à secher une coiffe à passement pour l'après-disnée, car j'ai sceu depuis que toute la matinée elles sont debout, et que l'après-disnée elles se couchent et s'accomodent, se peignans, frisans et encourtinans superbement dans leur lict.

A peine eus-je frappé qu'elle print la fuitte et gaigna au pied, de peur d'estre recogneuë, croyant infailliblement que ce fust quelque dame qui la vint voir. La servante, qui vint à la porte, me dit : Monsieur, madame est un peu indisposée pour l'heure ; s'il vous plaist, revenez après midy. Ceste responce me fit retirer aussi froidement que monsieur de la Garandine, qui, estant allé souper en ville, fut contrainct, à son retour, de coucher à la porte, sa femme s'estant r'enfermée avec un jeune advocat de la ruë S.-Denis. J'attendis pourtant que midy fust sonné[1] afin d'entrer avec les autres, comme je fis insensiblement pourtant, car j'estois accommodé en apoticaire. De me mettre ny en la ruelle du lict ny au chevet, je n'eusse jamais voulu ; je pris un bout de la tapisserie et me cachay secrettement à l'endroit où je pouvois entendre quelque chose.

Or il est à remarquer que ce jour il n'y avoit que les bourgeoises qui faisoient leurs visites : car, les jours precedens, les grandes dames et damoiselles y avoient passé. Madame la Bruyne, nou-

1. Dans le *Recueil général*, ce qui termine cet alinéa est remplacé par : et alors, saluant l'accouchée, je luy demanday le mesme privilége du passé, et, en obtenant franchement la prerogative, je me retirai dans mon oratoire accoustumé, derrière le chevet du lict.

vellement erigée de tavernière en grand' et superbe marchande, commence à dire :

— Comment! ma cousine, n'avez-vous pas ouy
parler de la drollerie qui s'est joûée dernièrement
en un pelerinage qui se fit à Nostre-Dame-des-
Vertus ?

— Aussi vray, ma cousine, respondit l'autre,
voilà les premières nouvelles que j'aye encore ouy
parler.

— C'est la plus plaisante tragedie que vous
oüites jamais, dit une vieille de la ruë de la
Harpe.

— Pour vous commencer ces discours, ma
cousine, dit la première, vous devez sçavoir
qu'aujourd'huy chacun en prend où il en peut
attrapper. Deux jeunes dames que plusieurs cognoissent...

— Ne sont-elles pas de la paroisse Sainct-Germain? dit une fille de chambre.

— Il n'importe de quel cartier elles soient: il
ne les faut pas nommer. Elles alloient en fin l'autre jour en pelerinage à Nostre-Dame-des-Vertus,
accompagnées de deux braves courtisans qui, dès
longtemps ayant fait la partie, ne cherchoient que
l'occasion de trouver un tripot afin d'achever le
jeu en quatre ou cinq coups de grille [1]. Leurs
maris, qu'on dit n'estre point de justice, car, s'ils

1. Terme de jeu de paume ou *tripot*.

eussent eu le droit, peut-estre qu'ils n'eussent
point encouru l'affront qu'ils encoururent depuis,
voulans joüer leur personnage en ceste tragedie,
aussi bien que le sieur Darmingère en la ruë
Sainct-Martin, où il pensa se rompre les hipocon-
drilles et le train de derrière, songèrent qu'en ce
cas il se falloit desguiser, et que, pour ce faire,
il n'estoit mal à propos de prendre l'habit de quelque moyne ou religieux. Les uns disent qu'ils
prirent l'habit de capucin, les autres tiennent
qu'ils estoient habillez en mathurins. Quoy que
s'en soit, ils estoient desguisez, et soit de l'un,
soit de l'autre habit, ils avoient de l'advantage :
car s'ils estoient accommodez en capucins, ils
eurent ceste prerogative qu'en alant ils portèrent
la corne derrière à cause du capuchon, et en revenant ils en portoient deux sur le front ; s'ils
estoient habillez en mathurins, c'est qu'ils commençoient desjà à se faire recevoir en la grande
confrairie des fols, comme a fait depuis peu un
passementier de la ruë Sainct-Denis. S'estant habillez, ils suivirent de loin nos pelerines, qui,
estans arrivez au lieu, prirent la meilleure hostellerie. Nos religieux cependant vont à l'eglise,
pour faire bonne mine, où tout le train arriva.
Une, entre autres, de ces deux dames vint s'adresser à son mary : Avez-vous celebré, mon père ?
Le mary, qui se renfonçoit dans son chapperon,
lui respondit comme en reculant, peur d'estre

cogneu : J'ay celebré dès le matin, Madame ; ex-
cusez-moy. On en demanda autant à l'autre ; mais
on n'eut autre responce de luy sinon qu'il estoit
indisposé. Cela les fit tourner d'autre costé. La
messe dite, nos gens s'en retournent pour des-
jeuner. Ils demandèrent une chambre escartée ;
on les conduit à la chambre la plus proche des
tuilles. Comme ils estoient en bonne disposition,
les religieux, qui s'estoient habillez pour entrer
en la confrairie des cornards, qui est maintenant
si peuplée à Paris, demandèrent chopine, afin de
voir le succez des affaires. On les meine dans une
petite estude qui respondoit sur les pelerins, où
par un petit trou ils apperceurent de quels bois
estoient faites les cornes qu'on leur alloit planter
sur le front ; ce qu'ils virent grandement à contre-
cœur, et malgré eux, ainsi que monsieur Ran-
ville, qui eut l'autre jour un soufflet malgré luy
dans le Palais. Cecy veu, ils s'en retournèrent ;
mais le mal'heur en voulut que, les cornes leur
commençant à croistre en la suture coronale, je
veux dire cornale, ils ne peurent jamais remettre
leurs chapperons dans la teste, ou, pour dire avec
monsieur du Fresne, la teste dans leurs chapperons. Les pelerines revindrent après midy, où nos
religieux leur vouloient donner l'absolution,
comme de fait ils leur pardonnirent la coulpe,
bien qu'à regret (car il est impossible de renfon-
cer les cornes qui ont commencé de paroistre) ;

mais pour la peine ils se resolurent de leur faire
porter[1] en ce monde, afin de les descharger d'autant en purgatoire, si de fortune leur chemin
s'adonnoit en ces cartiers-là : de façon que les pelerines furent espoussetées de la poudre que peut-
estre elles avoient pris le long du chemin.

— Cela pourroit-il estre vray, ma cousine ?

— Chacun en va à la moustarde en nostre
cartier, dit une drappière de la ruë Sainct-Honoré ; pour mon regard, il me souvient bien de leur
avoir vendu de bonnes estoffes et trop relevées
pour leur qualité.

— N'est-ce point une grande impudence (dit
une autre) de madame Remonde, qui vendoit
des confitures il n'y a que trois jours, et aujour-
d'huy, sous l'esperance d'une bonne succession,
la voilà damoiselle, mariée à un homme de qualité, et porte les colets montez à quatre et cinq
estages, les cotillons de satin à fleurs ! Pour moy,
je ne sçay comment on tollère cela.

— Voilà comme va le temps d'aujourd'huy :
on se plaist à braver et à piaffer par les ruës. Mais,
à propos de succession, madame la Renardière
est bien empeschée despuis deux jours : elle es-
peroit avoir toute la succession de sa sœur, qui
despuis vingt ans a esté sterille ; elle n'a esté recherchée en mariage que sur ceste esperance, et

1. *Var. Rec. gén.* : les porter.

sans cela elle eust esté bien empeschée de trouver
seulement un huissier pour mary ; et aujourd'huy
que sa sœur a fait un enfant, contre l'opinion de
tout le monde, la voilà privée de quinze mille
escus qu'elle pouvoit raisonnablement esperer.

— Il ne faut jamais conter sans son hoste, dit
une bourgeoise du faux-bourg Sainct-Honoré :
il y a de certains religieux auprès de nous, à qui
un certain avoit donné et passé par bon contract
tout son bien durant sa vie, qui pouvoit bien revenir à quarante mille escus ; ils seront bien em-
peschez de l'avoir, car les parens disent que la
donation est nulle, et qu'on ne doit usurper ainsi
le bien des mineurs au desadvantage de toute une
famille ; comme de fait, à l'appetit d'un homme
qui portera quelque affection particulière à un
autre, doit-il pourtant priver ses enfans des biens
et possessions qui leur sont deubs naturellement ?
On ne les peut desheriter de la sorte, et en cecy
l'arrest des berulistes y est formel ; de façon que
je crois que lesdits religieux seront bien esloignez
de leurs quarante mille escus.

— Madame a raison, dit l'accouchée ; moy qui
ay sept enfans, si je voulois donner mon bien à
quelque religion, ce seroit rendre ma famille
pauvre et reduitte à mandier son pain ; c'est avoir
peu de consideration pour des enfans.

— Les enfans en sont quelquefois cause, madame (dit une qui estoit au pied du lict) ; la plus-

part d'aujourd'huy sont si orgueilleux , que, mesprisans le lieu d'où ils sont venus, s'accommodent en princes et grands seigneurs ; tel aujourd'huy n'a pas cinq sols vaillant, qui fera autant de parade comme s'il avoit de grands biens et possessions.

Une qui n'avoit parlé : Il ne faut, dit-elle , pas aller si loin : madame le Doux en peut porter tesmoignage. Voulez-vous voir chose plus poupine que sa fille ? Il n'y a que deux jours qu'elle estoit fille de chambre au logis de M. de Chevreuse, et maintenant elle porte autant d'atours que la plus grande dame de la cour ; mais pourtant elle a beau se parer , ny son masque ny ses perles ne luy blanchiront point le teint.

— Aujourd'huy, dit une marchande de perles, les damoiselles (à ce que je peux voir à la vente) observent que plus elles sont blanches, plus les perles qu'elles acheptent sont noires ; ou au contraire, si une dame est un peu brunette, elle marchandera des perles les plus blanches qu'on pourra trouver.

— Voyez-vous plus grande superbe et arrogance que celle de madame Clairmonde, qui depuis un mois s'est faite damoiselle, aux despens de son mary, qui porte les cornes ? dit une de son quartier. Depuis qu'elle a commencé à porter le masque, elle en est si orgueilleuse, que, mesme à l'eglise, elle ne le deferoit point pour tout le monde. Cela est intollerable et insupportable.

— Je vous asseure qu'elle le fait à cause de sa laideur, dit une autre qui est sa voisine.

— Pour mon regard, dit une jeune esventée qui aime le haut goust, je ne trouve pas trop mal à propos si madame dont vous parlez s'accommode bien : il y en a bien d'autres qu'elle entre nous autres procureuses du Chastellet (elle ne demeure pas loin de là sans doute) ; nous plumons la poulle du villageois. Il ne nous en chaut de tous les bruits qu'on fait courir de nous ; pourveu que nous ayons de quoy faire gargoter la marmite, c'est le principal. Je ne sçay pas comme se manient et gouvernent les autres de nostre qualité ; mais pour mon mary, c'est le plus heureux homme du monde : tantost on luy fera present d'un lièvre, tantost d'une couple de perdris, tantost d'un pasté de venaison ; il ne faut pas mentir, que cela nous accommode grandement bien.

Une veufve, qui estoit près de la porte, interrompant son discours, va dire : Je ne sçay pas comment toutes ces affaires se prattiquent ; mais on me dit l'autre jour qu'on avoit joué un plaisant trait à un procureur de vostre cartier. Chacun commençoit à dresser les oreilles pour ouyr ce traict. C'est, dit-elle, qu'on luy envoya un fort beau pasté en forme de venaison ; mais quand on vint à l'ouvrir, on trouva qu'il n'y avoit que deux cornes dedans : c'estoit une viande de dure digestion.

— Ce ne fust pas à nous à qui ce present fut donné, repliqua l'autre : c'est à nostre voisin (comme si on ignoroit qu'elle a enchroniqué son mary elle-mesme au rang des cornarts!). Mon mary sçait mieux que c'est de vivre que cela; il a des affaires pour les marguilliers de Baignolet et pour les manans de Ville-Juif, qui ne sont point ingrats, car mon mary emporte tousjours plume ou aisle.

Une autre qui avoit autrefois esté fiancée à son mary, et qui le cognoissoit, va dire : C'est donc la cause pourquoy on appelle les procureurs volleurs et larrons, Madame, puis que, à tort ou à droit, ils prennent des deux mains?

— Vous n'y estes pas, ce fit une esveillée : la raison pourquoy on dit que les procureurs sont volleurs, c'est qu'ils n'ont qu'une plume, et si pourtant ils volent mieux que pas un oyseau qui soit en l'air.

[— O la grosse invention! va dire une autre; mais prendriez-vous le mary de madame pour un de ces gens-là? Vrayement il en est bien esloigné; s'il a des commoditez, elles ne viennent pas de là. Ne cognoit-on pas son père, homme riche et opulent?

— Ouy, du bien et de l'argent qu'il a presté]¹ à usure, dit une des voisines.

[— Est-il seul qui preste à usure? va faire une autre de]² la ruë de S.-Anthoine. C'est en nostre cartier où sont les gros usuriers³; il y en a trois qui sont en chambre garnie, qui sont de Rennes en Bretaigne, et qui ne se communiquent qu'avec beaucoup de difficultez; l'un est rousseau et les deux autres noiraux; mais ce sont les gens les mieux entendus qui se puissent remarquer. M. Gratiano, Italien, et M. de la Verdure, les cognoissent bien : ce sont leurs partisans, tout passe par leurs mains; mais s'il faut faire quelque chose d'importance, attrapper quelques jeunes gens, les suborner et seduire, ce sont ces Messieurs; s'il faut bailler cent escus pour en avoir cinquante au bout de trois mois, ils y sont les premiers; il n'en faut demander advis qu'à M. de la Tour, ce fermier tant renommé, qui a esté englué assez bien depuis quinze jours⁴ en çà, qu'il alla emprunter de l'argent à ces maistres affron-

1. Ce qui est renfermé entre crochets est remplacé, dans le *Recueil général*, par : Il y en a assez qui prestent argent.

2. Le passage entre crochets est remplacé, dans le *Recueil général*, par le mot : en.

3. La plupart des gens de finance logeoient alors au Marais. V. *Catal. des partisans*, etc., dans le *Recueil des Mazarinades*, t. 1, p. 113, etc.

4. *Var.* Le *Recueil général* dit huit mois.

teurs pour marier sa fille. — Une vieille de la ruë Sainct-Victor, y voulant mettre son nez : Ne sont-ce pas, dit-elle, ces receleurs de la jeunesse, qui prestent de l'argent à rendre prebstre, mort ou marié? Il y en eut un de nostre quartier, l'autre jour, le plus vilainement affronté du monde; il n'y a point de danger de dire son nom : c'est M. de la Croisette ; il avoit presté à diverses fois quinze cens livres à un jeune advocat de la rue Sainct-Jacques, le père duquel est mort depuis six mois, esperant retirer au double quand il se marieroit. Or il est arrivé que ledit advocat est mort ces jours passez, de façon que mon drolle vint à faire sceller un coffre ; mais, soit que les parens eussent soustrait ce qu'il y avoit, soit que les sergens eussent quelque intelligence là-dessous, quand on vint à ouvrir le coffre pour faire l'inventaire de l'argenterie, meubles, chaisnes et joyaux qu'on croyoit estre là-dedans, on n'y trouva que des pierres. — C'est la façon de Ulespiègle [1], dit

1. Le curieux livre qui a pour titre : *Ulenspiegel, de sa vie, de ses œuvres, etc.*, étoit depuis près d'un siècle populaire en France, où le mot *espiègle*, qui nous en est resté, commençoit même à être déjà en cours. La première traduction faite sur l'original, écrit en bas allemand vers 1483, avoit paru à Paris en 1532, pet. in-4. Depuis, les éditions s'en étoient succédé à Lyon, à Paris, à Orléans, etc., et, pour connoître l'Espiègle, il n'étoit pas besoin d'être grand lecteur de romans.

une qui avoit leu les romans. Sur ce mot, on couppa
le discours pour entretenir madame l'accouchée de
tout ce qui s'estoit passé en ses dernières visites.
Pour l'heure, dit-elle, je me porte bien ; je voudrois qu'il me fust permis de sortir, je serois bien
ayse de prendre l'air : aussi y a-il long-temps que
je suis icy renfermée [1]. Comme de fait, je ne sçay
comme penser que cela se soit fait de demeurer
si long-temps en couche, veu que les premières
visites se firent l'après-disnée du vingt et quatriesme d'avril, et nous y sommes encor. Toutesfois, c'est peut-estre à la mode des Hebrieux, qui
devoient estre en leurs couches, quand elles s'estoient deschargées d'une fille, l'espace de quatre-
vingts jours ; encore seroit-ce davantage despuis
le temps.

L'accouchée, estant battuë de tant et tant de
discours et rapports qu'on luy venoit faire de
jours à autre, pria sa mère de congedier la compagnie, et de ne prendre en mauvaise part tout ce
qui avoit esté dit chez elle. Sur cet adieu, toutes
les bourgeoises prirent congé d'elle, avec toutes
sortes de reverence et de courtoisie, et moy particulierement, qui sortis le dernier, et eus le bon-
heur [2] de voir l'enfant dont est question et du quel

1. Tout ce qui suit, jusqu'à l'alinéa, manque au *Rec. gén.*
2. *Var.* Ce qui suit est remplacé dans le *Recueil général*
par : que de baiser l'Acceuchée en prenant congé d'elle jusques au revoir.

on attent le baptesme. De vous dire en ce lieu si c'est un masle ou une femelle, ce seroit trop entreprendre ; j'ayme mieux attendre à la première occasion.

LE RELEVEMENT

DE L'ACCOUCHÉE[1].

———

Puisque, par l'ordre le mieux temperé de la nature, chacun est obligé de suivre les traces et les vestiges de son naturel, on ne doit s'estonner pour le jourd'huy si je ne sçay quel crocquant de ce siècle a voulu quitter le plus specieux de son exercice pour s'avilir dans une intemperance aussi legère que la poudre, et autant inconstante que les vents et les fumées; toutesfois ses années et sa qualité devant faire rougir toute insolence dans un silence de discretion, c'est ce qui fait à cognoistre aux ames plus grossières que toutes choses sont sujettes à faire joug à l'inconstance, et qu'il n'y a rien de si

———

1. Dans le *Recueil général*, cette partie est intitulée : *la Huictiesme journée et dernière visitation au relèvement de l'Accouchée.*

stable et de si permanent qui ne reçoive des divertissemens très importans à la police des bonnes mœurs.

Excusons-le, il est sur l'aage, il est chargé de beaucoup d'enfans, et sur tout d'une grande fille qui ne peut trouver un bon party faute d'escus; et puis il est nouvellement relevé de maladie, qui fait que ses esprits sont alienez, ou du moins fort engagez dans la diversité des choses, ne considerant pas qu'en se gaussant de la comedie l'on rit de luy à gueule bée, de ce que la volupté s'exerce fort frequemment en son logis par le concert ordinaire d'une musique qu'il semble vouloir excuser, toutesfois en plusieurs et diverses compagnies; et neantmoins, comme j'ay apris d'un escholier nouvellement revenu de l'université de Poictiers, la comedie et la musique *pari passu ambulant*, estans d'une mesme cathegorie, d'une mesme trempe et d'une mesme composition: car, si la comedie imprime des dissolutions dans les esprits, la musique n'en faict pas moins, et si l'une resveille les sens, l'autre les jette à la renverse.

Passons outre. On a cy devant parlé au Caquet de l'accouchée pour et contre la France en certain endroit, et contre plusieurs et diverses personnes de qualité, et a-on voulu blasmer ceste benigne et courtoise nation de ce qu'elle toleroit des theatres publics deffendus du temps et du règne de sainct Louis ; mais à cecy il n'y a que redire pour le jourd'hui : *omnia tempus habent,* ce disent les vielles ; et puis il n'y a que ce bon diable de Tabarin et Desiderio de Combes qui exercent ce metier et ce passe-temps, l'un donnant des remèdes pour l'exterieur, et l'autre pour ce qui est de plus exquis, de plus cher en ce monde, ainsi que nous tesmoignent la diversité des cures par eux faictes [1]. A bon chat bon rat, il n'appartient qu'au savetier à parler de sa serpette, à l'yvrogne de sa bouteille, au petit mercier de son filet et de ses allumettes, aux femmes de cacqueter à double rattelée, et aux oysons de chier par tout (*non omnia possumus omnes*) [2]; il est vray selon le dire de la garde de l'accouchée, qui a le fessier plus gros que n'eut jamais la haguenée de Gargantua, car il faut s'estonner comme un homme de merite et de qualité s'est amusé à la ruelle d'un lict pour entendre et escrire tant de sornettes [3], qui ne sont pourtant bien racontées, puis qu'il a accommodé le stile de son discours avec des mensonges nonpareils.

— Sur quoy la servante de chambre du logis, esmerillonnée au possible, autant desireuse de sçavoir et de gouster de tout comme peut estre sa

1. *Var.* Tout le commencement de cet alinéa manque dans le *Recueil général.*

2. *Var.* Cette citation latine manque au *Recueil général.*

3. *Var.* Cette fin d'alinéa manque au *Recueil général.*

maistresse, remonstra à la dite garde d'accouchée [1]
qu'il valloit mieux mentir un peu pour contenter
le monde que de laisser son esprit enroüillé, et
qu'estant de la confrairie de ceux qui vont à pied
pour le present, qu'il n'estoit pas mal seant de faire
telles sortes d'escritures, puis qu'on ne faisoit plus
de consultations.

— Il est vray que c'est une pauvre chose que
l'oisiveté [2] ; mais aussi quel profit de discourir de
plusieurs dames que ne luy sçavent point de gré,
et qui sont maintenant ses capitales ennemies, et
lesquelles, au besoin, l'ayant rencontré sur pareilles entrefaictes, lui feroient vuider le pot à
pisser pour penitence ?

Sur ces entrefaictes arriva la cuisinière, laquelle, pour mettre la garde [3] et la fille de chambre d'accord, leur dict : N'est-il pas vray ce qui
a esté escrit ces jours passez ? la mère de madame ne se plaignoit-elle pas de tant d'enfans que
sa fille a depuis sept ans en·çà qu'elle est mariée ?
Par sainct Jean ! cela est vray, et si je sçay bien
pourquoy elle faisoit tant de plainctes, car la galande, encore qu'elle soit assez incommodée, l'appetit de paroistre ne la peut quitter, et, toute
surannée qu'elle puisse estre, elle ne laisse pas de

1. *Var.* Les mots : *à ladite garde d'accouchée* sont remplacés dans le *Recueil général* par : *en ma faveur.*
2. *Var.* Le *Rec. gén.* ajoute : respond la femme de l'advocat.
3. *Var. Rec. gén.* : la femme de l'advocat.

dire par fois qu'elle est grandement obligée à
Tabarin. Aux bons entendeurs salut[1] : la fontaine
de Jouvance est tarie, c'est pourquoy cet homme
est necessaire; et si ce vieil registre d'amour a
faict tant de plainctes devant l'assemblée qui estoit
dernierement au logis, il ne faut pas que l'on s'en
estonne, car elle voudroit que toute sa lignée
fust de la coste de sainct Louis, pour paroistre selon son dessein.

Ce discours ne fut pas si tost finy qu'une petite muguette de la rue Sainct-Martin entra dans
le logis pour sçavoir de la disposition de madame
l'accouchée, et pour avoir l'honneur que de s'of-
frir à son service pour le jour de son relevement,
où elle ne fust pas si tost entrée, qu'un certain
clerc qui va tantost au pair avec son maistre, à
cause de quelque gentillesse dont il est pourveu,
luy demanda : Hé bien! Madame, que dit-on du
Caquet de l'accouchée que l'on a faict imprimer
ces jours passez? N'en avez-vous point encor eu
la lecture?

—Vrayement, respondit-elle, c'est un discours
assez jolly, et duquel j'ai receu un infiny contentement, principalement sur ce qui est recité d'une
damoiselle qui jettoit des soupirs gros comme des
boulets de canon, de ce qu'il y a tant de peine à
se garentir des accidens qui arrivent aux finau-

1. *Var.* La fin de l'alinéa manque au *Recueil général.*

ciers, faute d'estre alliez à quelque gentil-homme de remarque, car son mary a fait perdre plus de pas à un mien amy pour le payer de la pension que le roy luy donne qu'il n'y a presque de jours en l'an.

— Comment ! luy respondit ce mignon de clerc, vous la cognoissez ?

— Ouy, asseurement, je la cognois, et à mon grand dommage ! Mais n'en parlons plus. A Dieu, Monsieur ; je m'en vais sçavoir la disposition de Madame.

Ainsi elle monta en la chambre, et laissa choir de sa pochette, sans y songer, un certain papier enveloppé où[1] la suitte du Caquet estoit escritte, qui commençoit par ces mots : « Je m'estonne de ce que l'on a introduit en l'assemblée de l'accouchée de ce temps tant de personnes et de tant de sorte d'estoffes, avec si peu de règle et avec tant de confusion, d'autant qu'au siècle où nous sommes la ruse possède tellement les esprits d'un chacun, qu'il n'est pas à croire qu'une damoiselle allant voir quelque accouchée se fasse assister de sa suivante si d'avanture elle ne l'envoye en une

---

1. *Var.* Au lieu de la fin de cet alinéa et de tout l'alinéa suivant, on lit dans le *Recueil général* : estoit escrit que la fille d'un sergent à verge avoit abandonné y a quelque temps son père, vieil qu'il estoit, pour suivre par tout Madamoiselle, à cause qu'elle luy faisoit porter l'atour, et d'autres petits secrets qui estoient inserez dans le petit papier.

antichambre ou dans une salle, selon que le logis est composé, afin que par ainsi les reigles de toutes libertez soient observées, ausquels lieux je vous laisse à penser ce qu'il s'y faict aucunesfois, tesmoin la fille d'un sergent à verge qui abandonna y a quelque temps son père, vieil qu'il estoit, pour suivre partout Madamoiselle, à cause qu'elle luy faisoit porter l'attour.

« Il y a aussi grand sujet de blasmer le secretaire du Caquet, puisqu'il a introduit avec mensonge et avec imposture une simple servante en ceste assemblée si notable : car, parmy des dames de qualité, aucunes desquelles ont amassé plus de rentes et de revenus en dix années que n'avoient autresfois vaillant les plus grandes dames de la cour, quelle apparence ! C'est faire tort à l'ordre du siècle et mettre tout dans l'ancien cahos. Non, non ! si telles crocquantes ont envie de causer de leur butin, ce n'est point en compagnie, ainsi que dit monsieur le secretaire ; c'est avec mon compère le savatier, ou avec quelque ravaudeur qui leur est affidé, et qui le plus souvent leur resserre leur butin : aussi à ces drosleslà on leur va bien tailler de la besogne, car, au lieu de faire les galans, sans contredit il faudra qu'ils prennent lettres de maistrise malgré eux ; *transeat*, le danger n'est pas grand : quand au corps de ces canailles il y aura jurande et maistrise, ils songeront davantage à leur profit, et ne

serviront plus d'espions comme ils font aux coins
des ruës ; et quand à mesdames les servantes, elles
n'auront plus la peine de se confesser du revenu
de l'ance du panier, qui leur sera une consolation
à leur esprit et une esperance de mieux faire que
celles du passé, lesquelles , après avoir bien ferré
la mule et s'estre pourveuës à leurs fantaisies, ont
esté contrainctes enfin d'achepter une escuelle de
bois : tesmoin une certaine galande qui se voit
maintenant entre midy et une heure à la porte de
monsieur le president ou aux environs, attendant
la caristade. »

En suitte de ce discours il y avoit une repri-
mande contre l'autheur du Caquet de l'accouchée,
en consideration de ce qu'il avoit recité d'une marchande de soye de ceste ville, qui disoit avoir
vendu pour douze cens livres d'estoffes pour la
fiancée d'un thresorier de Picardie. Aussi quelle
apparence de se gausser ou dire que l'on s'est
gaussé d'un homme de ceste qualité pour avoir
fait une petite despence, car encores qu'il n'ait
que douze cens livres de gages, n'y a-il pas le
tour du baston , qui vaut mieux que tout, et qui
peut entretenir le carosse et les laquais, outre l'ordinaire du logis ? Laissons là les thresoriers, c'est
un crime d'en parler en temps de guerre : le trouble du temps et leur bel esprit les licencie ; bref,
il n'est pas temps d'en faire la recherche : nous
sommes en un temps d'estat auquel les armes sont

de requeste, et le conseil des anciens guerriers plus que celuy des magistrats, si ce n'est dans les villes bien policées et où la rebellion est en mespris, esquelles il n'y a difficulté quelconque que les femmes des notaires n'aillent au traquenar de l'ambition et de la braverie, puisque la continuation de la guerre a fait engager toute la noblesse de France jusques au moule du pourpoint pour trouver de l'argent à rente. Pour moy, j'en cognois une assez familierement, qui, sur ce point, aymeroit mieux cent fois mourir si quelqu'une de ses compagnes la surpassoit; aussi a-elle le maintien assez venerable, le discours assez affilé, et pour estre un peu noire de visage, elle n'en est pas plus laide sous le linge.

` J'estimerois que ce papier estoit une espèce de responce à ce pretendu Cacquet de l'accouchée, car il y avoit, outre ce que dessus, l'apologie de la femme d'un advocat du Chastellet, que l'on disoit avoir mis son nez en ce petit discours de braverie, en laquelle estoient escrits ces mots : « Si les empereurs, par leurs constitutions et par leurs nouvelles, ont entendu declarer nobles les advocats, quoy qu'ils fussent de basse extraction, pourquoy voudroit-on aujourd'hui corriger leurs actions après s'estre advancez par leur vertu ? » Aux nobles tout ce qui est de noble doit estre permis et toleré, et rien ne doit borner leurs actions que leurs propres volontez, qui font d'ordinaire leur refuge dans la bienseance, et non dans les opinions d'un ingrat et d'un insolent vulgaire, lequel tasche de s'eslever de jour en jour, au prejudice d'autruy, quoy qu'il n'aye que des aisles de cire le plus souvent. Donc, si les advocats portent en ce temps des soustanes de Damas au lieu de sayes, il n'est point si mal à propos qu'à un simple procureur qui n'aura que trois ou quatre presentations le long de l'année, qui ne sera honteux d'en faire de mesme ; et puis, le règne de la confusion estant en lustre, ce n'est point à ceste corde-là qu'il faut toucher.

Après la guerre viendra la paix [1] ; le roy estant de retour dans Paris, il donnera, Dieu aydant, si bon ordre aux desordres qui se sont coulez parmy le peuple, qu'à l'imitation de ses ancestres, la police qu'il introduira fera que chacun sera cogneu pour ce qu'il est. Alors le petit courteau de boutique ne portera plus le castor à l'envie de la noblesse et des hommes de qualité ; il sera tout honteux de porter le petit bonnet à l'antique, et madame la bourgeoise sa femme sera toute goguelüe d'estre habillée de bon gros drap au lieu de vestemens de soye (ainsi qu'une trop grande licence a toleré depuis quelque temps). Ce sera lors qu'on ne tiendra plus de caquet des maris comme l'on faict ; on ne parlera plus de leurs

---

1. *Var.* Ces mots manquent au *Recueil général.*

aydes, ny des offres de courtoisie qui se font par
fois pour soulager le bon homme. Bref. tout sera
remis en si bon ordre et en si bonne cadence, que
les lieux destinez pour l'impudicité (quoy qu'ils
soyent abolis depuis un long temps) seront neantmoins retenus et conservez pour celles qui font
banqueroute à leur honneur.

A grands seigneurs peu de paroles; j'ay appris
par le Caquet que l'assistance de l'accouchée estoit composée de plusieurs femmes et de diverses
qualitez, lesquelles disoient chacune leur rattelée,
et ainsi que leur conception ou leur envie les
provoquoit : ce que je suis d'advis de croire si
ladicte accouchée estoit quelque femme à l'occasion; toutefois, estant certain qu'il n'y a reigle si
certaine qui ne reçoive son exception, ceste accouchée estant quelque peu relevée en qualité, il
est à presupposer qu'il n'y avoit point tant de
sortes de femmes comme l'on dit : car pour le
jourd'huy, si une femme a vaillant cinq ou six
mille livres [tant de ce qu'elle a peu apporter en
mariage que du travail de son pauvre diable de
mary][1], il faudra tapisser la maison par tout, paroistre en vaisselle d'argent ; et, quand elle ne seroit que la femme d'un petit commissaire du Chastelet, il faut que le satin marche à toute reste,

1. *Var.* Le passage entre crochets manque au *Recueil général.*

sans aucun soucy des deptes [quand mesme la fruictière du quartier viendroit tous les jours crier et brailler à sa porte pour estre payée de ce qu'elle a fourny pour son logis][1].

Voilà comme l'on se porte pour le jourd'huy dans les vains appas de l'ambition, ne se voyant presque si petit compagnon ny de si basse estoffe qui ne s'en face accroire en quatre parties, aymant mieux engager sa femme, son honneur et sa conscience, qu'il ne vienne à bout de ses pretentions et de ses procez, ainsi qu'a fait un certain gantier depuis peu de jours en çà[2], afin de faire le galland en son quartier, au prejudice d'un disciple de sainct Yves; et puis l'on parle du sieur d'Ambray, qui fit jadis un don à l'Hostel-Dieu de trois pains de succre pour soulager sa conscience. Vrayement, qui voudroit parler de tout le monde et de la sorte qu'il se gouverne, ce seroit un beau libelle! Les honnestes hommes, ce sont ceux qui vont bien couverts, et quoy que l'on ait un grand esprit et accomply des plus rares perfections, ce n'est plus rien; il en faut avoir à quelque prix que ce soit, faut chasser au loing la necessité; aussi bien,

1. *Var.* Le passage entre crochets manque au *Recueil général.*

2. *Var.* Le commencement de cet alinéa est remplacé, dans le *Recueil général*, par : Il y en a beaucoup qui s'en font à croire, tesmoins ce qu'a fait un certain gantier qui, depuis quelque temps en çà...

quand on a plumé la poulle et le poussin, les Pères
de la Société absoudent tout, ce qui m'occasionne
de dire ce que disoit autresfois un poète :

Impia sub dulci melle venena latent.

Ouy, sous les herbes plus fueilluës et plus es-
poisses, les serpens et coleuvres font leur retraicte,
et soubs les honnestes apparences des vestemens
du siècle, les plus pernicieuses conspirations prennent leur estre et leur naissance : tellement qu'il
est mal à propos de se plaindre des eschevins [1]
de nostre siècle, qui par *fas* et par *nefas* emplis-
sent leur bource à la sortie de leur charge, si l'on
ne dit qu'il y a un grand abus aussi à la distribution des deniers provenans de la succession de
la reyne Marguerite : car, si Massey [2] se gausse de
sa part du procez par luy intenté au Parlement,
il y en a d'autres qui font bien leurs affaires ; les

1. Depuis long-temps on se plaignoit des échevins et on
les chansonnoit. Tabourot, dans ses *Bigarrures*, au chapitre
des Allusions, plaisantant sur leur nom, dit : « qu'*échevin*
est ainsi nommé quasi léchevin, pour ce qu'il doit tâter le
vin pour commencement de bonne police, afin qu'on n'en
vende de mauvais. »

2. Il faut lire ici, je crois, Moysset, et non Massey : c'est
le partisan dont nous avons parlé plus haut dans une note.
Luynes et ses frères l'avoient lancé, comme Chalange, dans
les grandes affaires. Dans un pamphlet du temps , *le Contadin provençal*, il est question de « la grande familiarité que
ces trois frères ont avec ce preud'homme Moysset, ne pro-

uns en entretiennent le carosse, et les autres en font bonne chère.

Hé bien! l'on a grandement rompu la teste de madame l'accouchée, par la diversité des discours qui se sont tenus au chevet de son lict ; quiconque s'est trouvé en ceste assemblée n'a pas eu le filet à la langue ; bref, le silence a esté si peu observé en toutes les apresdinées, que la plus part de Paris y a eu son lardon, attendant que le reste fust preparé pour le Relevement ; sur quoy ceste grosse vesse de garde (de laquelle a esté parlé cy-dessus)[1], mettant les mains sur ses roignons, dit assez effrontement : Par ma foy, Mesdames, vous en avez bien dit entre vous ; mais je vous veux apprendre un bon tour qu'a fait autres fois un [2] procureur du Chastellet de qui la fortune estoit assez petite. Il faut que vous sçachiés que, se voyant ainsi reduit au petit pied, il trouva une très bonne invention de parvenir en peu de temps : c'est qu'il estoit procureur d'une partie qui contestoit au presidial un grand fonds et de grande

venant que des etroictes intelligences qu'ils ont ensemble pour voler les deniers du royaume. » *Recueil des pièces les plus curieuses qui ont été faictes pendant le règne du connestable M. de Luynes*, Paris, 1632, in-8, p. 98.

1. *Var. Rec. gén.* : garde l'accouchée voulut, auparavant prendre congé, dire quelque chose en...

2. *Var. Rec. gén.* : desire, s'il vous plaist, vous en dire un en passant : c'est qu'un...

mportance, à quoy elle se trouvoit fort empes-
hée, à cause des chicaneries où l'on desiroit de
'embroüiller. La partie adverse, sçachant la ne-
essité de ce procureur, courtoisement s'adressa à
uy, et luy representa que s'il y avoit moyen de
passer une sentence en sa faveur, qu'il y avoit dix
nille livres à gaigner : ce qui ne fut pas si tost
proposé qu'il fust effectué ; et ainsi le procureur
commença sa fortune, qui du depuis s'est bien ac-
creuë, car, au retour de cette affaire, sa femme luy
it si bonne chère de la resjouissance qu'elle avoit,
que l'appetit luy en vint souvent de faire telles
expeditions. Aussi maintenant il est si riche qu'il
ne se soucie plus guères de sa practique.

Sur ce discours, la femme d'un advocat dit tout
haut qu'il ne falloit point trouver estrange si un
procureur s'estoit laissé corrompre pour bastir sa
petite fortune, d'autant que les gens de bien n'a-
massent rien, et qu'elle en voyoit un tesmoignage si certain en la personne de son mary, que
pour avoir refusé de prevariquer en sa charge, et
avoir esconduit un solliciteur qui l'avoit pressé de
ce faire, que du depuis, au lieu de travailler comme il faisoit, il a esté contraint, pour vivre depuis un an, d'emprunter de l'argent à rente.

— Hé quoy ! (ce dit une damoiselle de la ruë
Saint-Martin), s'est-il tant engagé comme vous
dites ?

— Ouy , respondit une marchande du Palais

qui voulut y mettre son nez : je vous asseure, Madamoiselle, qu'il m'en doit de beau et de bon; mais je ne daignerois le presser au payement, car, quelque malheur qui luy soit arrivé, il ne laisse pas de faire bon mesnage pour le peu de bien qu'il a [1].

Sur cecy, la femme d'un chirurgien commença de dire : Je ne sçay, pour moy, de quel malheur je suis talonnée. J'avois marié ma fille à un jeune conseiller, et luy avois fait une honneste advance, pensant qu'il deust faire des merveilles avec elle ; et neantmoins je n'ay peu recevoir aucun contentement de ce mariage, combien que je leur aye donné à disner à tous deux l'espace de deux ans, ce qui m'a donné sujet de la retirer avec moy, avec si peu de ce que j'ay peu r'attrapper de son mariage.

— Madame, vous avez tort de vous plaindre de vostre gendre (dit la vefve d'un autre chirurgien, qui ne manque point d'appetit au faict d'amour); le moyen que Madame vostre fille puisse estre bien satisfaicte de luy, maintenant qu'il prend le frein aux dents, taschant de se rendre capable en sa charge! Vous sçavez qu'il a fait toutes ses estudes en trois ans, tant en grammaire, rhetorique, philosophie, que droict civil : c'est pourquoy

1. *Var. Rec gén.* : j'ai patience qu'il ait la fortune meilleure.

il falloit[1] davantage se contenir dans la discretion et le laisser estudier encore quatre ou cinq années, et puis il eust faict possible comme les grands guerriers, lesquels, après leurs grandes courses et leurs grands travaux, sont bien aises de cherir la dame et d'en dire deux mots à leur loisir.

— Vous avez aucunement raison, repliqua ceste bonne femme ; mais les arrerages d'amour sont bien difficiles à payer, et principalement par les hommes d'estude[2] [: car il n'y a rien qui les rende plus soucieux et plus saturniens que cest exercice. Ce n'est pas comme les cavaliers, qui ont tousjours l'oreille à lairte[3]]. Voilà pourquoy j'ay esté contrainte de solliciter et procurer le divorce, pour lequel nous plaidons maintenant au Parlement.

— Voilà pourtant qui n'est guère honneste, dit la femme d'un petit procureur du Chastelet qui s'estoit foulé la verge le jour de ses espousailles ; vrayement, si j'eusse voulu faire de mesme pendant deux années, ou peu s'en faut, que j'ay jeusné, ce seroient de belles merveilles ! Je

1. *Var.* Ce qui termine l'alinéa est remplacé, au *Recueil général*, par : le laisser estudier encore quatre ou cinq années, pour estre plus parfait en toute sorte de sciences.

2. *Var.* Le passage entre crochets manque au *Rec. gén.*

3. On écrivoit ainsi, d'après l'étymol. ital., *fare all' erta.* V. Montaigne, I, 19.

vous diray, ma mère ne m'en a pas donné le conseil; aussi mon mary m'en affectionne fort, et, d'autre part, on n'en peut caqueter comme on faict des autres.

— Quoy! Madame, dit une marchande de la rue Sainct-Denis, estes-vous si sage et si retenue que de laisser passer votre jeunesse de la sorte? Pour moy, je vous asseure qu'il faut que je passe mon temps et que je paroisse, quand mon mary devroit faire encor une fois cession. Hé! que ne doivent point faire les femmes [1] [de quelle liberté ne se doivent-elles point servir? qu'est-ce qui doit servir de frein à leurs actions?], puis que les filles s'emancipent bien quand on attend trop à les marier? J'en cognois une de nos quartiers, laquelle je vous asseure estre bien advisée selon le temps.

Cela esmeut madame la relevée de sçavoir qui estoit ceste fille et ce qu'elle avoit faict pour son contentement, et, pour le sçavoir, dit à madame la marchande : Madame, obligez-moy tant que je cognoisse la fille que vous dites n'avoir faict difficulté de se pourvoir.

A quoy respondit ladite marchande que c'estoit la fille d'un pourpointier, qui avoit si bien practiqué sa mère de l'habiller à l'advantage que, peu de temps après, faisant comme le paon, qui se mire

1. *Var.* Le passage entre crochets manque au *Rec. gén.*

d'ordinaire à sa queuë, elle s'en seroit orgueillie si fort qu'elle auroit desdaigné d'estre pourveuë à un garçon du mestier de son père pour aller querir ses estrennes chez le fils d'un president.

— Il ne se faut point estonner, repliqua la relevée, si ceste fille a laissé aller le chat au fromage de la sorte, car elle a desjà de l'aage, et ne manque point de courage pour sa qualité; et puis, voyant qu'une sienne voisine avoit trouvé un bon party qui luy fait porter le satin et le damas, ne croyez-vous pas que cela ne luy ait faict du mal au cœur?

— Veritablement, respondit la femme d'un confiturier qui s'est efforcée d'envoyer son mary en paradis par eschelle, si je pouvois trouver d'aussi bonnes fortunes, Dieu sçait si je ferois l'amour à si bon marché comme je fais! car, estant soustenuë par des enfans de bonne maison, il n'y auroit personne qui m'osast regarder de travers, ny dire pis que mon nom.

Sur ce discours, la garde de laquelle a esté parlé cy-dessus, estant ennuyée de tant de sornettes, joint que l'appetit la tenoit autant au gosier comme il luy tient par fois au cul, ne fut honteuse de dire tout haut : Ne vous desplaise, Mesdames, si je vous interromps; il vaut mieux gouster à bon escient, puisque la collation est preste, que de parler tant d'amour comme vous faictes. Par ma foy, il vaut mieux n'en guères dire et en faire davantage. Çà çà, beuvons[1] ! [le temps le permet, et puis nos maris n'y sont pas. Ce qui donna tant de hardiesse à la compagnie, qu']aussi tost les dames commencèrent d'escrimer du gobelet[2] et d'articuler des machoires à bon escient, observant chascune d'elles un silence nompareil[3]; après laquelle collation on print congé de Madame la relevée fort honnestement[4].

1. *Var.* Le passage entre crochets est remplacé, au *Recueil général*, par : les unes aux autres auparavant que partir et de prendre congé de madame la relevée. Ce qui occasionna la compagnie de faire la collation.

2. *Var. Rec. gén.* : verre.

3. *Var.* Le mot *nompareil* est remplacé, au *Recueil général*, par : ne voulant plus traicter des discours ny d'Accouchée ni de Relevée.

4. *Var.* Le *Recueil général* ajoute : se promettant les unes aux autres, d'un vif courage, de se voir à leurs autres accouchemens.

L'ANTI-CAQUET

DE L'ACCOUCHÉE.

M. DC. XXII.

In-8°.

Ces deux anciens advocats, d'Agues et Pila-
guet, avec leurs venerables barbes, ont esté contraints de revenir au monde pour donner conseil à tous ces peuples qui venoient pour demander justice contre ce meschant et miserable qui a
fait imprimer les satyriques du Caquet de l'accouchée et des actions du temps, où on a recogneu
en plein fonds ce qu'ils croyoient estre fort caché.

Lesquels enfin, après avoir eu communication
des libelles, ont esté quelque temps sans parler;
puis, avec une gravité non pareille, prenans leurs
barbes à deux mains, ont prononcé :

Courage, peuples; nous recognoissons que son
erreur est vostre justification, car, tout ce qu'il a
dit n'estant que le quart de ce qui se fait par

vous, il aura une honte de voir commenter sur
ses libelles, et declarer par le menu ce qu'il a
obmis à dire.

Qui vous reprendra de vos vices si chacun en
est entiché? Un sac à charbonnier ne debarboüille
point. Ce ne sont que gouttes d'huille qui s'es-
tendent sur les habits de ceux qui s'en voudroient
mocquer.

Ce n'est pas pourtant sauver vostre honneur
que de monstrer que la pluspart des peuples sont
vicieux, si ce n'est qu'en ce cas personne ne vous
jugera. Mais puisqu'on ne peut effacer une tache
d'ancre que par une double laissive, encore la
marque y demeure, il vaut mieux en couper la
pièce.

Or, disons doncques, par forme d'additions, de
qui parle-il le premier? de la consultation des
medecins. Le pauvre ignorant! s'il eust esté du
Palais, comme nous, il eust parlé du procez et
differend des quatre medecins et quatre apoticaires, proche l'un de l'autre en un tripied, qui se
querelloient à qui auroient de la pratique. Enfin,
pour terminer ce differend, nous les avons accor-
dez par arbitres, et ordonné que Vignon conti-
nueroit à donner des pruneaux aux petits enfans
pour entretenir sa pratique; que S.-Jacques yroit
jouer des orgues à Saincte-Croix; que Le Sec yroit
tous les jours deux fois entretenir les religieuses
de Montmartre, et que Charles monteroit sur son

mullet pour faire bonne mine par la ville ; et ,
pour le regard des quatre apoticaires , qu'ils son-
neront dès le matin leur mortier en carrillon pour
la feste de Negrepelisse et la bienvenüe de monsieur de la Force.

Et ce , sans prejudice des droits de Consinot ,
pour avoir medicamenté un certain procureur non
marié , ruë de Mauvaise-Parole, d'un entrac[1] au
coin des genitoires ; donné conseil à tous les procureurs et advocats de se pourmener sur les remparts et aux allées de la royne Marguerite[2], en
attendant le retour du roy et la paix concluë ; et
sur la requeste presentée par Moreau, son voisin,
pour estre disjoint de l'instance , attendu les quatre cens escus de gages qu'il a de l'Hostel-Dieu,
il est mis hors de cour et de procez et sans despens.

Puis après des charlatans et farceurs ; ô monsieur le satirique ! vous y venez à tard : nous avons
ouy parler d'eux jusques aux enfers, qui disoient
avoir si bien parlé grec, latin, espagnol, italien
et françois sur leur eschaffaut, qu'ils ont tiré des
Parisiens en pièces de cinq sols et huict sols, pour
la vente de leurs drogues et chappellets , plus de

1. *Antrax.*
2. V. sur cette promenade, dépendante des anciens jardins
de la reine Marguerite dans la rue de Seine, une longue note
de nos *Variétés historiques et littéraires*, t. I, 18e pièce, p.
219.

trente mil livres[1] dont ils ont profité, sur ce de-
duit trois ou quatre cens escus pour la permission
de charlataner ; que l'on reforme quand on voudra : leur paquet est faict.

Il en veut aux femmes qui veulent estre braves.
Pourquoy en parle-il mal? Que ne s'attaque-il à
ceux qui les espousent et qui les trompent? Un
marmouzet qui promet tout et ne tient rien, qui
donne un estat et ne le peut entretenir, qui asseure sa fortune sur l'étiquette d'un sac et sur la
ruine d'un païsan, meritent une couronne cornuë.

Il n'en parle que par envie : c'est qu'il ne peut
estre eschevin, car il n'a pas le moyen d'achepter
un estat de quartenier pour assister au banquet
de la trahison, ou de gagner les voix à la
brigue, comme fit jadis un charpentier contre
le venerable Poncet, qui en est mort de melancolie. S'il ne sçait faire trotter les bouteilles pendant
la brigue, il en peut bien torcher son bec. Mais
quel profit y a-il de nommer des prud'hommes?
Aussi bien sont-ils corrompus quand ils ont passé
par là.

Ha ! monsieur le satyrique, vous estes igno-

1. Tabarin surtout devint très riche. Il se retira dans une
terre près de Paris, et, jalousé par les nobles ses voisins, qui
s'indignoient de voir ce farceur se poser comme leur égal, il
fut tué par eux dans une dispute pour affaire de chasse.
Dupuys Demporte, *Hist. gén. du Pont-Neuf*, 1750, in-8, p. 36,
et D. Martin, *Le parlement nouv.*, franç.-allem. Strasb., 1637.

rant, ne vous desplaise, quand vous mesprisez la
petite bourgeoise qui prend le chapperon de velours pour estre suivante de Madamoiselle ; si vous
eussiez pris vos lunettes d'Amsterdam[1], vous eussiez veu leur advancement : l'une espouse un foyt-
te-cahyer des rentes des aydes, l'autre un procureur de Sainct-André-des-Arts, l'autre un sergent dangereux de la forest de Bondis, dont la
race et posterité sera dispencée d'obtenir lettres
d'anoblissement, et vous ne le considerez pas.

Il fait bien l'enhazé[2] quand il parle d'une pauvre servante qui se plaint de n'espouser pour son
argent qu'un cocher ou un palfrenier, qui font
d'une malle vigueur une genealogie d'enfans, et
ce pauvre esprit n'a pas consideré que les hospitaux des Enfans-Rouges, du S.-Esprit[3] et de la

---

1. Lunettes d'approche, que les Hollandois fabriquoient
seuls alors, et qu'on appeloit aussi lunettes de Hollande.
Sur cette invention, assez nouvelle alors, surtout pour les
Parisiens, puisque la première lunette de cette espèce fut
vendue en 1609 sur le Pont-Marchand. V. *Journal* de l'Es-
toille, 30 avril 1609, et *l'Hermite du Mont-Valérien*, p. 1 (*Recueil des pièces les plus curieuses sur le connétable de Luynes*).

2. Expression qui répond à celle-ci : *faire des embarras*,
Enhazé vient, selon Oudin, du verbe espagnol *hacer*, faire.

3. A l'hospice des *Enfants-Rouges*, fondé au Marais par
François Ier, aussi bien qu'à *l'hôpital du Saint-Esprit*, près
la Grève, on recevoit et l'on élevoit les enfants de pauvres.
Ceux de l'hospice du Saint-Esprit s'appeloient les *enfants
bleus*. A l'hospice de *la Trinité*, où les enfants portoient aussi

Trinité, estoient deserts sans eux, qui les ont remplis de la semence d'Abraham.

Il veut empescher, ce semble, que le marchand n'aspire aux offices, et neantmoins ils ont cest honneur ès compagnies souveraines, tenans de la race dont ils viennent, de marchander pour faire justice, et eux seuls ont esté les premiers qui en ont commencé la corruption. Et de faict, avant que le marchand y entrast, il y avoit trop de gravité : on ne pouvoit, au temps passé, approcher ses conseillers, Sainct-Valerien, la Rochetomas, Vignolles, Ruelle, Regnard, Feu, et un tas d'autres des Parlemens et Chambre des comptes, dont la race est noble jusques à la quatriesme generation.

Tu t'abuse, satyrique : quel bien plus clair et plus liquide y a-il à Paris que le loyer des maisons aux garses et mal-vivans[1]? Et neanmoins tu tasche à l'abolir ; il n'en vient que du bien. Premierement, on advance le loyer ; si un commissaire chasse le locataire avant le terme, on est payé et on n'use point la maison ; le tonnerre n'y chet jamais ; elle n'est jamais vuide, car il y a plus de

un habit de cette même couleur (Du Breul, *Antiq. de Paris,* liv. 3), on leur faisoit apprendre gratuitement un métier. V. la *Biblioth.* de Bouchel, au mot *Hospitaux,* art. *Hospital de la Trinité.*)

1. Ceci n'est pas tout à fait vrai. On en peut voir la preuve dans une pièce de nos *Variétés historiques et littéraires,* t. 1, p. 207-209.

ces gens-là à loger que d'autres. Il n'y auroit point
de charité de les renvoyer aux faux-bourgs[1].

Tu pense avoir tout dit le plus important affaire des huguenots quand tu parle de la taille
qu'ils payent pour faire la guerre contre le roy ;
tu t'abuse et ne le saura jamais, si ce n'est par un
traistre et renegat comme Cahyer, car la première chose a observer en leur religion, c'est
d'estre secret, escouter tout et ne parler point,
et en faire advertir les Cercles[2] par les espions,
sur peine d'excommunication.

Je croy que tu est borgne et aveugle quant tu
ne contemple pas les beaux heritages et grandes
possessions de ces anciens brigueurs de pratiques,
qui subsistent encor à present, scis rue Fripaut[3],

1. Elles y retournèrent cependant, ou, pour mieux dire,
elles ne les avoient jamais quittés, surtout le faubourg
Montmartre, « alors leur retraite ordinaire », comme il est
dit dans le *Caquet des femmes du faubourg Montmartre*, etc.,
Paris, 1622, in–8, p. 3.

2. Les cercles luthériens d'Allemagne, toujours alliés
clandestinement avec les huguenots de France.

3. C'est le nom qu'on donnoit alors à la rue Phelippeaux.
Son premier nom, qui remonte au XIVe siècle, étoit *Frépault ;*
au XVe siècle, on dit *Frapault ;* nous trouvons *Fripaux*,
comme ici, en 1560, puis *Frepaux*, en 1636. C'est seulement
à la fin du XVIIe siècle que le nom de Phelipeaux, étant
devenu célèbre, prit peu à peu la place de ces appellations si
changeantes ; la rue l'a gardé. Elle est encore, comme la
rue Frépillon, sa voisine, toute peuplée de revendeurs et de
marchands de vieux chiffons.

Fripillon, consistans en menus drappeaux que l'on ramasse à faire du papier.

Et quoy! tu te mocque d'un procureur qui escrit en grosse lettre! mais cependant, à la barbe de tous ses compagnons, il a si bien fait par ses diligences et la faveur de ses amis qu'il a attrapé la pratique du messager de Chartres, et de fait il y a treize mois qu'il presente des placets pour avoir executoire pour la conduite d'un prisonnier.

Tu es bien sot de ne pouvoir nommer par nom et sur-nom les usuriers; le grand nombre t'en crève les yeux, et, par despit de ce que l'on en dit, on fera le party du remboursement des notaires, à fin que lettres de change ayent lieu.

Pourquoy crie-tu après les cuisiniers qui font trop bonne chère à deux pistoles pour teste, puis qu'ils sont cause de la prestance et gravité des hommes, qui, avec un ventre de grenoüille, marchent d'un pied large, le visage enluminé, meprisant et ne songeant pas à ceux qui ont faim?

Vous ne dites rien de nouveau. On estoit bien contraint au temps passé de se passer d'un honneste valet bien vestu avec un manteau; mais vous ne sçavez pas qu'il n'y avoit pas aussi tant de fils de putains à Paris pour faire des lacquais, et si on ne portoit point en ce temps-là de poulets.

De quoy se soucie ce causeur satyrique si nos

lacquais portent l'espée[1] après nous? C'est pour
leur apprendre le mestier de tirelaine, car, quant
ils nous ont servy cinq ou six ans, nous leur donnons quinze ou vingt escus de recompense pour
achepter un manteau rouge[2], pour estre les
Achiles d'un bordel ou guetteurs d'un coing de
ruë[3].

Il croit depriser M. de Soubize quand il dit
(*errari*), et il ne voit pas qu'il a imité ce vieil
capitaine Anguerrant de Marigny[4], qui s'est fait
poser sur le portail du Palais[5] pour s'enfuir le
premier lorsque le feu brulleroit les roys.

1. V. sur cet abus des laquais porteurs d'épée, et sur la
défense qui y mit fin en 1654, nos *Variétés historiques et littéraires*, tome 1, p. 283, note 1, et 284, note 3.

2. V. plus haut pour ce vêtement des bandits d'alors.

3. Personne ne comprit mieux que M. d'Angoulême l'em-
ploi que les laquais mis à la retraite devoient faire de leurs
loisirs. Même pendant qu'ils étoient à son service, s'ils lui
demandoient leurs gages, il ne les payoit que de ce beau
conseil : « C'est à vous à vous pourvoir. Quatre rues abou-
tissent à l'hôtel d'Angoulême, vous êtes en beau lieu, pro-
fitez-en. » Tallemant, *édit. in-12*, t. 1, p. 221.

4. C'est sans doute à cause de la capitainerie du Louvre,
dont il étoit en effet investi, qu'Enguerrand de Marigny est
traité ici de capitaine.

5. Cette statue d'Enguerrand de Marigny ne fut placée sur
le portail du Palais qu'après le jugement qui le réhabilita.
On lisoit au dessous :

> Chacun soit content de ses biens ;
> Qui n'a suffisance n'a rien.

Il a tort d'accuser en general ceux qui donnent invention de trouver argent pour le roy, puis qu'il sçait en sa conscience que cela procède de la subtilité de Roüillart; qui, pour en faire les memoires, a couppé un bureau à l'entrée de la chambre sans payer finance.

En mesprisant les commissaires et sergens qui ne font aucun rapport à la police, pour le moins j'eusse excepté Cordier et Brullon, l'un pour estre empesché à recevoir les loyers des maisons du Pont-Marchand, l'autre à faire la distribution de la bourse commune des huissiers du mois d'avril; encor Brullon merite loüange d'avoir esté secret et n'avoir decouvert au roy ce grand fonds, qui sans doute eust esté pris pour faire la guerre.

Si les procureurs de la Cour et greffiers des presentations ne font rien, ils n'en vaudront que mieux à l'advenir. Ils ressemblent à la terre qui se repose : quant ils auront esté defrichez et que le temps sera venu, ils plumeront doublement ; cependant ils apprendront à faire des fosses.

Tu te plains de Chalange [1], et tu ne cognois pas le plaisir qu'il a fait au plat pays lorsqu'il a fait l'edict des procureurs. Il est cause que, les clercs n'ayant plus d'esperance d'estre receus,

---

1. V. plus haut sur cet édit des procureurs que Chalange fit rendre et dont il eut les profits; V. aussi nos *Variétés histor. et litt.*, t. 1, p. 215.

ils se sont retirez en leur pays. Il s'en est engendré une pepinière d'esleus, grenetiers, sergens, receveurs du taillon et autres menus offices, pour lesquels achepter ils ont fait boursiller leurs parens et amis, qui sont à present secqs comme bresil.

Si on ne fait plus de ceremonies, d'enterremens ny d'offrandes, tu ne sçais pas que l'on a succé cela de la mammelle de Genève, pour tousjours appauvrir l'Eglise et faire quitter aux quatre mandians la partie?

Si l'Université a perdu son credit et son ancienne reputation, pourquoy en accuse-on les jesuites? Sçait-on pas bien que le recteur de l'Université, *Dadonius, fuit suspensus in patibulo, quoniam agebatur de puero corrupto?* On a eu crainte que chacun en fist de mesme?

L'on se plaint que les offices sont trop chers. O les sots! que ceux qui s'en plaignent imittent Canto et Testu : qu'ils appreignent à jouër des farces.

Sinon, qu'ils preignent ces deux beaux offices qui sont à present à Paris et à bon marché, courratiers de change et receleurs de fripperies : l'un fait trouver de l'argent à usure, l'autre fait derober son maistre. Sans cela, le Chastelet seroit bleu!

Pour ce qui est de vostre tableau et de la justice du roy, Monsieur le satyrique, nous en demourons là : nous n'avons rien à contredire. M. Pillaquet et moy, nous avons fueilleté nos annalles ; nous n'avons rien trouvé ès règues de nostre temps de pareil à celuy-cy , sinon qu'une chose, que les peuples ne meritoient pas un tel roy, qui en l'aage de vingt ans a suppedité les rebelles, corrigé les vices, et, par sa pietté et bon exemple en son règne, augmenté le culte divin.

LES ESSAIS DE MATHURINE

S. L. ni D. In-8. de 16 pages.

Quand je considère ma vie, je la trouve assaisonnée de beaucoup d'utilitez, encore que, passant par les ruës, les petits enfans clabaudent après moy : Aga ! Mathurine la folle ! Il est vray que je suis un peu entachée de cette maladie-là ; mes sens peuvent estre quelque petit rances, et mon imagination tant soit peu moisie et disloquée. Cela m'est survenu des reliques d'un coup de carabine que je reçus en l'esprit à certain balet de Caresme-prenant. Baste ! si je suis folle, c'est à l'occasion, laquelle j'ay sceu empoigner si bravement, qu'il m'en revient tous les ans plus de vingt et treize jacobus [1] de rente foncière [2], sans compter le tour du baston. Il y en a qui pensent estre d'estoffe de

1. Le jacobus, monnoie d'or à l'effigie de Jacques Ier, d'une valeur de 14 fr. 70 cent., d'après l'évaluation moderne, avoit alors cours en Angleterre.
2. Allusion à la pension de 1,200 livres que Mathurine, comme nous l'avons dit plus haut, recevoit de la cour.

Milan et abiles gens, qui sont plus sots que je ne
suis beste de plus de trois demy-septiers. Considerez (s'il vous plaist) que je passe mon temps
gaillardement et sans melancholie. S'il me tourne
sur l'ennuy, je vais visiter ma bonne amye, qui
me fait manger de la souppe à l'hissope [1] toute de
graisse et du lard jaune comme fil d'or, et au bout
de la carrière mon paillard escu, avec le : Jusqu'au revoir, Mathurine. Mais aussi je suis tousjours preste à ses commandemens et au service des
gallauds hommes ; paix ou guerre, à toute heure,
mon harnois est en estat, car je le fais souvent
fourbir avec un guimpillon fait à l'occasion et au
contraire de ceux qu'on met dedans les pintes,
car il est pelu au derrière du manche, et ceux-là
le sont au devant. Vive la follie ! c'est mon gaigne-
pain. Parbleu ! Tabarin proffite plus avec deux
ou trois questions bouffonnes et devineries de
merde, ou de la chouserie, que ne fait son maistre
avec tout son *questo e un rimedio santo per sanare tuti gli morbi*, parceque le monde ne veut
plus que du badinage ; aussi finit-il par la farce,
afin qu'on se souvienne d'y retourner. La sagesse
de ce monde est folie devant Dieu ; cela me fait
esperer que je seray en ce pays-là recompensée
de double pitance, car je suis folle en cestuy-cy

1. C'est-à-dire une soupe bien odorante. L'hysope étoit
une plante parfumée.

assez pour deux. Si tous les fous et les folles portoient crouppière, il y en auroit beaucoup à Paris
qui auroient le cul escorché, car il y en a de toutes sortes, de tous aages, de toutes qualitez, de
tous sexes; mais ils sont foux à la mode qui trotte,
et, comme dit maistre Guillaume [1] :

> Les uns sont foux et les autres estranges,
>   Aussi merveilleux que beaux anges
>   Descendus tout nouveaux des cieux,
>   Et ceux-là sont foux glorieux.

Il y en a d'autre qualité qui sont les Bertolles [2],

1. Il est naturel que Mathurine invoque maître Guillaume,
qui étoit alors à la cour son collègue en folie. Auprès de
l'article qui la concerne dans le *Sommaire traité des reve-*
nus, etc., de N. Remond, Paris, 1622, *ad fin.*, se trouve
celui-ci pour les appointements de maître Guillaume, le fou
en titre d'office : « A Mᶜ Guillaume, par les mains de Jean
Lobeys, son gouverneur, dix-huit cents livres. » Pour ce
fou, sous le nom duquel Regnier fit d'abord courir sa 14ᵉ
satyre (V. notre livre *l'Esprit des autres*, p. 65), et dont
nous aurons souvent à parler dans nos *Variétés hist. et litt.*
à propos des pasquins sans nombre qui coururent sous son
nom, nous nous contenterons de renvoyer à l'article du *Per-*
roniana (3ᵉ édit., 1691, in-12, p. 154-157) qui le concerne,
et au chapitre que lui consacre M. de Reiffenberg dans son
Histoire des fous en titre d'office (*le Lundi*, *nouveaux récits*
de Marsilius Brunck, Paris, 1837, in-12, p. 290-293). — Les
vers cités et les deux de la page suivante se lisent peut-être
dans un de ces pasquins ; mais ils se trouvaient auparavant, à quelques variantes près, dans le *Sermon des foulx.* V.
Ancien théâtre françois, P. Jannet, 1854, in-16, t. 2, p. 209.

2. Pour Bertholde, type des farces italiennes, qui com-

et graves ; ils portent fière arrogance. Vous les jugeriez, à leur mine de serrer les lèvres comme une nouvelle mariée, que ce sont des Socrates. Donc cette sorte de foux, comme dit maistre Guillaume :

Selon nos bons docteurs devots,
Nous les appelons sages sots.

Et s'ils ne rencontroient qu'un etronc, ils y trouveroient à remordre : rien de bien fait s'ils ne le font. Si par cas fortuit ils avoient aperceu quelqu'un sur quelqu'une, foy de ma vie! il faudroit aussitost feuilleter toutes les postures de l'Aretin plustost qu'il ne trouvassent à redire à la leur ; peut-estre voudroient-ils informer contre eux, disant que celle-là n'est pas à la mode. Bran pour cette liste de reprenans! bonnes gens, on le fait à toutes modes, et s'en est-on assez bien trouvé il y a desjà plus de quatorze jubilez. Vous autres lisarts, n'avez-vous point leu certain petit fatras qui se nomme le *Caquet de l'Accouchée?* Si avez, sans doute, si avez : car il s'en est vendu plus que d'epistres familières ou d'oraisons des saincts. Certain mescontent m'en presenta l'autre jour un, la lecture duquel m'eschauffa grandement les aureilles. Je cogneus aussitost à la trempe que c'es-

mençoit à se populariser en France, mais qui ne prit pied sur nos théâtres qu'au XVIIIe siècle, lorsque Ciampi eut fait son *Bertholde à la cour*, et Lattaignant *Bertholde à la ville.*

toit un autre mescontent qui l'avoit forgé, à qui
on avoit refusé quelque lippée à butiner. Ces
gens-là n'ont pas d'esprit pour se conduire, et
voudroient qu'on leur baillast le timon de l'estat
à chevaucher. C'est une pure ambition de se voir
un jour canonisez auprès de maistre Pierre du
Coignet[1]; mais le chapitre Nostre-Dame est empesché avec le promoteur à la reformation des
prestres qui chantent aux cabarets la desroute des
huguenots et la mort du grand turc. Vous cognoissez bien à cette heure que c'est un fol à la mode
qui est l'autheur du *Caquet*. Il dit au commencement de la litanie qu'il avoit esté malade; il n'y
a si busard de medecin qui ne cognoisse assez

---

1. C'est-à-dire de se voir moquer comme la statue de
Pierre de Cugnières, surnommé du Coignet, laquelle ou avoit
placée en un petit coin (*coignet*) du chœur de l'église Notre-
Dame, « en office de esteindre avec son nez... les chan-
delles, torches, cierges, bougies et flambeaux allumez. »
(Rabelais, *Nouv. prol.* du 4e livre.) Il est ainsi parlé dans
les *Contes d'Eutrapel* (1, De la justice, *ad finem*) de la cause
qui valut à Pierre de Cugnières cette vengeance des gens
d'église : « Tesmoing, dit Noël du Fail, la statue ignomi-
nieuse de maistre Pierre de Cugnières, estant en l'église
Nostre-Dame de Paris, vulgairement appelé maistre Pierre
du Coignet, à laquelle, par gaudisserie, on porte des chan-
delles. Le paillard, estant lors advocat general, soustint que
le roy Philippe de Valois, son maistre, se devoit ressaisir
du temporel ecclesiastic, pour estre le fondement d'iceluy
mal executé, et seule cause de la dissolution des gens d'e-
glise et empeschement du vray service de Dieu. »

qu'il l'est plus que jamais et est en danger de
mort, car desjà ne sçait-il plus ce qu'il dit. Quiconque fait le caqueteux, jamais bonne pie ne le
couva, et la semence de quoy il fust basti estoit
esvantée aussi bien que sa cervelle. Peut-estre
eust-il rongé, ainsi que comme les vipereaux, le
ventre de sa mère pour sortir, s'il ne se fust trouvé
vers la basse cartière une bonde grandement large ; et, parcequ'elle·luy fit baiser son cul en passant, qui estoit un peu sale pour lors, et deceda
sans hoirs legitimes de son corps, il voudroit
prendre à tasche tout le sexe feminin. J'ay ouy
dire à Pierre Dupuy[1] qu'il est bastard de Pasquin ; maistre Martin asseure sur ses grands dieux
que Marphore[2] l'a fait ; le docteur croit que ç'a
esté maistre Josse avec le Picard : tant il y a je
n'en sçay rien davantage, sinon qu'on le tient
frère de Merlin d'Angleterre, et le cognoist-on
assez à son *Caquet*, lequel n'epargne ni Tibault
ni Gautier qui ne soit pincé sans rire. Agarez,
Mesdames, comment il met sur le trottoir femmes,
filles, vieilles, jeunes et de toutes conditions,
chetives, qualifiées et publiques, indifferemment,
qui ne pensèrent jamais à ceste caqueterie non
plus que je fais à estre souldan de Babylone ou à
prendre Montauban. Ne prenez-vous pas garde

1. Fou qui couroit alors les rues.
2. Marforio, le camarade du Pasquin de Rome.

qu'il faict comme le singe qui tire les chastaignes du feu avec la patte du levrier[1] ?

Je m'aperçoy qu'il voudroit que les femmes fussent l'echo de ses mauvais discours, et le charlatan le suject de ses reformations d'estat. Pour moins de cent escus, je vous en diray quelques raisons. Item, premierement, commençons par l'isle du Palais. Sa curiosité luy fit accoster Tabarin : Estes-vous malade ? — Ouy, respond le caqueteur ; mais cette mienne maladie n'est point contagieuse, elle n'est qu'en l'esprit. Je me suis adressé à vous, sçachant que vous aviez credit auprès de vostre maistre, qu'on estime sçavoir des choses merveilleuses. — Ouy dà, repliqua Tabarin ; il sçait des choses merveilleusement merveilleuses, il sçait des passe-merveilles, et si ne fut jamais chiche de ses sciences. Regardez de laquelle vous desirez afin d'estre satisfait. Mais je feray bien tout ce que desirez : je ne suis guère moins clerc que luy ; dites hardiment. — Je desirerois, honneste seigneur, dit le galland, si vostre benevolence me l'accordoit, sçavoir de vous le moyen de cognoistre quand une fille est pucelle ou non, par ce qu'outre ce que je pourrois esviter d'estre cornard, cela me profiteroit parmy les compagnies. — Lors Tabarin respond : N'y a-il que cela ?

1. Cette phrase, où se trouve en germe l'une des plus jolies fables de La Fontaine (liv. 9, fab. 16), ne fait presque

je satisferay à ce que desirez; mais il faut cognoistre avant qu'aymer. Allez vous en chez Cor-
mier¹ faire apprester le disner pour faire plus es-
troite cognoissance; ce pendant je vais consulter
tous mes plus exquis secrets, et je retourne à vous
dans une heure. — Je vous y attendray, dit le caqueteur.— Je vous iray trouver, dit Tabarin; faictes mettre le vin au frais.— L'un et l'autre se trouve
à son assignation, qui disnèrent à plain fonds.
Après le disner, Tabarin commença : Monsieur,
ce ne sont pas icy questions du chaffaut² ordinaires ny à tous les jours; davantage, toute peine
requiert salaire, comme vous sçavez. — Je le sçay
bien, dit le curieux; aussi je vous prie de mettre
ceste couple de pistoles en vostre pochette. C'est
attendant mieux.— Bien, dit Tabarin; escoutez...
Lorsque vous desirez sçavoir si une fille est pucelle, mettez une de vos mains sur son robin,
vous m'entendez bien? puis au mesme temps souf-
flez-luy au cul, et si lors vous sentez le vent à

que reproduire celle-ci du 7ᵉ chap. des *Contes d'Eutrapel* :
« ressemblans au singe qui tire les chastaignes de sous la
braise avec la patte du levrier endormy au fouyer. »

1. Sur ce cabaretier fameux alors, qui avoit fait peindre
au dessus de sa taverne, près Saint-Eustache, l'arbre dont
il portoit le nom, V. notre *Histoire des hôtelleries et cabarets*,
t. 2, p. 323-324.

2. Pour *échaffaut*, comme on appeloit alors le théâtre des
saltimbanques et des empiriques.

la main, elle est indubitablement percée[1]. Et en
voilà pour votre argent. Adieu, Monsieur. C'est
un des vieux tours de Tabarin, qui planta son
homme à reverdir. Et ainsi le caqueteur demeura affiné ; neantmoins, il protesta d'appel pour se
venger du bouffon et affronteur. Voilà un des
pourquoy ; l'autre raison et second pourquoy il
en veut aux femmes, c'est, par saincte Barbe !
de cholère que pas une n'a daigné l'escoutter ny
faire estat de son *Caquet,*

> Sinon une vieille Picarde
> Qui alloit crier la moustarde ;
> Encor n'en pouvoit-il jouïr.

Aussi est-ce un haubereau bien vuidé. Jau
Voüaire, je suis laide et folle, ce dit-on : je ne
voudrois pas luy avoir presté mon cul à baiser.
Pleut à sainct Fiacre[2] que le sien fust plein d'eau
boüillante ! La necessité l'avoit mis si bas qu'il
ne se pouvoit gratter, d'où lors il fist profession
de porteur de rogatons[3], et fut contrainct d'ac-

---

1. Ceci est assez platement abrégé d'un passage du *Moyen
de parvenir*, 1738, I, 104-5.

2. On sait de quelles maladies il étoit le patron, et quel
mal, réclamant les potions *postérieures* dont parle Regnard
dans *le Légataire*, s'appeloit le mal Saint-Fiacre. (V. Fleury
de Bellingen, *Etymol. des prov. franç.*, p. 317.)

3. Expression consacrée par Rabelais et par Henry Estienne pour désigner un mendiant, un quemandeur. « Quant
à tant de povres moines, dit celui-ci, qui n'ont ni rente ni

coster toutes sortes de femmes d'un beau *s'il vous plaist*, qu'il a maintenant changé avec un office de macquereau et une place aux maisonnettes. Vous l'eussiez veu aller de porte en porte comme le pourceau de sainct Anthoine[1], car il demandoit aux dames de haute gamme auctorité, aux damoiselles courtoisies, aux presidentes, maistresses des requestes, conseillières, faveur ; aux advocates conseil, aux greffières coppies, aux procureuses soing, aux clergesses ecriture, aux soliciteuses diligence, aux financières argent, aux bourgeoises logis, aux marchandes estoffes, aux boulangères foüace, aux rostisseuses chair, aux cabaretières vin, aux chambrières service, aux artisans credit : surquoy estoit fondé le plus fort de toutes ses esperances ;

> Mais s'en cognoissant frustré,
> Il buvoit comme un chastré...

et deux, joint que, s'estant adressé à une vieille boismienne qui vit en reputation d'avoir beaucoup d'experience et sçavoir les secrets plus cachez de la nature, qui vous dit proprement une

revenu, qui n'ont pas un poulce de terre, qui mesme sont appelez *porteurs de rogatons*, pour ce qu'ils ne vivent que des aumônes des gens de bien ..» *Apologie pour Hérodote*, La Haye, 1735, in-12, t. 1er, p. 536.

1. Il étoit permis aux religieux du Petit-Saint-Antoine de laisser vaguer leurs pourceaux par les rues.

bonne aventure et tire finement la croix [1] d'entre
les mains des lourdaux comme luy. Or, se trouvant pour lors amoureux jusqu'au troisiesme degré et en estre malade, il se resolut d'avoir re-
cours à ceste vieille femme piternelle pleine de
pechez mortels, dont il luy arriva presque pareil
tour à celuy que Tabarin luy avoit joué. A l'a-
bord, il salüe ceste nymphe de Pluton, disant :
Ma commère, ne voyez-vous point à mon visage
que je suis malade?—Si fait, dit-elle; mais remède
à tout, sinon à la mort. Dictes vostre mal : il y
en a de plusieurs sortes. Ce n'est pas la peste, au
moins?—Non, fist-il.—Hé bien ! fist-elle, il n'y a
pas mal de teste, d'estomach, bras, jambes et autres?—Mon mal est pire que tout cela, dit-il.—Je
me veux donc retirer de vous, fist-elle.—Ne craignez point, fist-il; encore qu'il soit dangereux, si
n'est-il point contagieux : en un mot, c'est un
mal de femme.—Est-ce point, fist-elle, le mal de
matrice?—Non, fist-il; j'entends causé par femmes.
—Je vois, fist-elle; soit, il y a chancres, poulains,
pisse-chaude, verolle, cristaline et autres appa-
nages et circonstances. De quel genre est-il espèce?—Rien, rien, fist-il; le mal qui me travaille
est mal d'amour.—Ha! ha! ha! ha! s'écria l'ada-

---

1. La pièce d'argent, à cause de la *croix* qui se trouvoit
sur celles de saint Louis. On connoît l'expression être *sans
croix ni pile*, pour dire être sans argent.

dé[1] ; courage ! vous n'en mourrez pas ; et puis je suis la superlative : vous avez trouvé chausse à vostre pied. Il n'est au monde ma semblable, preste à tout comme la chambrière d'un ministre, experte au metier des femmes. Je sçay oster les rousseurs et effacer les lentilles du visage ; je fais de l'huille de talc et autres fars excellens en perfection ; je sçay faire resserrer maujoint[2] tellement, qu'une coureuse seroit prise pour la plus pucelle du monde. Bref, elle luy moustra une boüette à divers estages pleine d'oignemens, sur le couvercle de laquelle estoit escrit :

> Le medicament de ceans
> Est bon pour guerir les urines
> Et pour apprivoiser les grives,
> Les jumens guerist du farcin ;
> Il fait faire maint larcin,
> Il fait chanter les renaissailles,
> Il fait cornes aux demoiselles.

Or, de ce que vous demandez, c'est un autre item. Parlons doucement... J'ay apporté certaine racine de la petitte Ægypte qui vous fera estre aymé des plus huppées. N'est-ce pas ce que vous cherchez ? — C'est cela mesme, dit l'homme. Que ce

1. Prêtresse du dieu assyrien Adad. (V., à ce mot, le *Dict. mythol.* de Jacobi.)

2. V., sur de pareilles pratiques, une note de nos *Variétés hist. et litt.*, t. 1er, pièce 26, p. 340-341.

me seroit un grand bonheur si, par vostre moyen, je pouvois rencontrer cette science et arriver à mes intentions !

—Voulez-vous que je vous dise, Monsieur? respondit la vieille ; je ressemble aux archevesques : je ne marche point si la croix ne va devant. — Je l'entends ainsi, ma bonne amie, dit le caqueteur; voilà de quoy rire. — Baillez, Monsieur : à laquelle en voulez-vous? Dictes-moy seulement son nom, et je la contraindray de venir coucher avec vous. Nostre homme, frottant ses deux bras et demy extasié, la luy nomme, prennent heure et complottent ensemble : de sorte qu'elle luy meine coucher une sienne camarade, hideuse et difforme, capable de faire mourir un delicat. Il prit son desduit avec elle. Le lendemain, voulant contempler son beau sujet au jour, se pasma de honte et de peur, croyant que ce fust Proserpine. Il voulut fuyr ; elle le suit, disant: « Payez-moy. Mercy Dieu! est-ce ainsi que vous renvoyez le monde après vous en estre servi[1] ?» Et trois ! Aussi, en mesme temps, le medecin luy avoit promis certaine drogue pour le rendre plus robuste au jeu d'amour, et d'effect fist son ordonnance, laquelle fut expediée par un apothicaire qui fist le quipro-

1. Réminiscence d'un passage de Larivey. V. *la Vefve*, (comédie imitée de *la Vedova* de Nic. Bonaparte, dans l'*Ancien théâtre françois*, t. 5, p. 195.

quo : car, au lieu de bailler ce qui estoit pour luy,
il envoya une medecine qui avoit esté ordonnée
pour un cordelier affin de luy lascher le ventre, et
la sienne fust baillée au beau-père, qui tous deux
se trouvèrent bien estonnés à l'heure de l'opera-
tion. Voilà le dernier pourquoy. Et ne sçachant
à qui se doit prendre de son malheur, il a faict
ceste levée de bouclier. L'esprit me tourne quand
je pense à cest entendu en affaires, et acheveray
d'affoler s'il n'est chastié comme un ennemy de
nature. Sus ! sus ! que chasque femme barboüille
son visage d'une bouse de vache ! que chasque fille
salisse sa moustache d'un crachat, et que toutes
ensemble luy baillent tant de maledictions, qu'il
ne puisse fienter qu'à coups d'estrivières et coure
le garrou[1] tout le reste de sa vie ! C'est un infame qui ne sçait un seul secret de femmes : nous
sommes trop advisées pour babiller ainsi qu'il dit ;
il n'y en a pas une si sotte, si elle avoit laissé aller le chat au fromage, d'en parler à sa plus con-
fidente. Nous avons cela de serment entre nous
de le taire ; il n'y a si jeunette qui n'aymast mieux
le faire vingt coups que d'en parler une fois. Il
suffira, pour ce coup, d'avoir descouvert le subject du mescontentement du caqueteur : ç'a esté
consultant le trepied d'une sybille ancienne qui
sert à soustenir mon pot à pisser. Cela me fait pa-

1. Faire le loup-garou, être changé en bête.

roistre, quand il me plaist, plus sage que trente-cinq Diogènes. Jusqu'au revoir. Je ne puis vous entretenir plus long-temps pour ce coup, d'autant que le comte Mansfeld me fait perdre le caquet. Il faut envoyer tous les caqueteurs et de loisir au devant de cest yvrongne pour hoguiner toutes les femmes qu'il traine, de peur qu'il ne vienne empescher la continuation du travail de l'hostel de ma bonne amie, manger noz melons et boire nostre piot. Je vais descouvrir s'il est point retourné en voyage à Nostre-Dame de l'Espine[1], et puis je le vous envoyeray dire par ce mesme messager. *Sanita et guadaigne.*

1. Lieu de pèlerinage à deux lieues de Châlons-sur-Marne, ainsi nommé à cause d'une image de la Vierge trouvée en 1400 dans un buisson d'épines. La façade de l'église qu'on lui éleva fut achevée en 1429. V. Povillon-Pierrard, *Descript. histor. de l'église de Notre-Dame de l'Epine*, Châlons, 1825, in-8. — C'étoit une des premières stations des troupes étrangères entrant en France. L'armée que le comte d'Aremberg amena des Pays-Bas au secours du roi en 1567 y passa. (*Mémoires non encore veus du sieur Fery de Guyon, escuyer.* Tournay, 1664, in-8, ch. 83, pag. 144.)

LA

SENTENCE PAR CORPS

Obtenue par plusieurs femmes de Paris contre l'autheur
des *Caquets de l'Accouchée*.

*A Paris, chez le baron de l'Artichaux, demeurant
au royaume d'Ecosse, à l'enseigne
du Cailloux de bois.*

M . D C . X X I I [1].

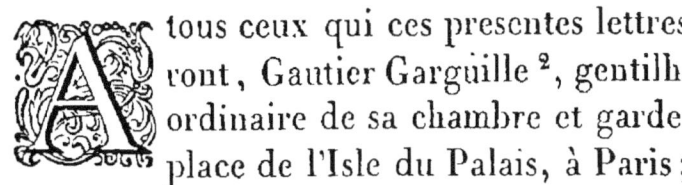

tous ceux qui ces presentes lettres verront, Gautier Garguille [2], gentilhomme
ordinaire de sa chambre et garde de la
place de l'Isle du Palais, à Paris ;

Sur la requeste faitte en nostre audience de la
place de l'Isle du Palais, par

Mondor, parlant pour discrette et honorable

---

1. Cette pièce est, je crois, la plus rare de toutes celles
qui se rapportent aux *Caquets de l'Accouchée*. Nous l'avons
trouvée à la Bibliothèque impériale.

2. Ce n'est pas le lieu de donner ici une longue notice de ce

personne le sieur Tabarin, demandeur en reparation d'injures ou invectives, selon l'intervention par luy faitte avec Pierre du Puis [1], parlant pour les femmes et bourgeoises de cette ville de Paris, complaignantes pour raison des faits mis en avant par les *Caquets de l'Accouchée*, imprimés et publiés en cette dite ville de Paris; comme le sieur

fameux farceur, qui, pendant plus de quarante ans, amusa Paris, soit sur la place de l'Estrapade, où il eut long-temps ses tréteaux, soit surtout à la place Dauphine, où cette pièce-ci le met en scène, soit à l'hôtel de Bourgogne, qui le vit finir. Nous renverrons à l'article que Boucher d'Argis lui a consacré dans son *Histoire abrégée des plus célèbres comédiens de l'antiquité et des comédiens françois les plus distingués* (*Variétés historiques, physiques et littéraires*, etc., 1752, in-8, t. 1er, 2e partie, p. 506), et à Tallemant, édit. in-12, t. 10, *Historiette de Mondory*.

1. Ce fou, dont il est déjà parlé dans la pièce précédente, couroit les rues comme maître Guillaume et Mathurine. Dans un livret publié en 1614 avec ce titre : *La remonstrance de Pierre Du Puits sur le resveil de Maistre Guillaume*, et dans lequel il se donne comme ayant « l'esprit relevé jusques en l'antichambre du troisième degré de la Lune, etc. », on lui fait dire au commencement :

> Avec ma jacquette grise
> Plusieurs lourdauts je meprise.

Puis tout à la fin :

AUX CURIEUX :

> Pierre du Puits n'est pas seul en folie,
> Ny tous les fols ne sont Pierre du Puits,
> Car tel est fol qui n'a pas l'industrie,
> Ainsi qu'il a, de donner des advis.

de Decombes, parlant pour Grattelart [1], autheur des dits *Caquets,* defendeur et opposant, et en vertu du defaut donné contre le dit Pierre du Puis au dit nom ; après avoir ouy le dit Mondor au dit nom, qui nous a remontré que mal à propos, indiscrettement et contre la règle de toute société humaine, le dit Grattelart avoit fait escrire en ses *Caquets* plusieurs paroles scandaleuses et injurieuses, et qu'il en requeroit reparation ; et le dit Pierre du Puis, pour les dites complaignantes, parties principales, a conclud pareillement à la dite reparation, et, adjoustant à icelle, a requis condamnation de tous depens, dommages et interests. Nous avons condemné et condemnons le dit Grattelart à declarer, en presence du crocheteur de la Samaritaine [2] et du Jacquemart du

---

1. Autre farceur du Pont-Neuf, donné très gratuitement ici comme auteur des *Caquets de l'Accouchée.* Les seules *œuvres* que l'on connoisse de lui, et dont il parut un très grand nombre d'éditions chez la veuve Oudot, sont : *Extrait des rencontres, fantaisies et coq-à-l'asne facétieux du baron de Gratelard, tenant sa classe ordinaire au bas du Pont-Neuf.* Dans ces derniers temps on réimprimoit encore à Montbéliard : *Entretiens facétieux du sieur baron de Gratelard, disciple de Verboquet, propres à chasser la mélancolie et à désopiler la rate,* in-18 de 12 pages. (Nisard, *Hist. des livres popul.,* t. 1er, p. 388.)

2. On disoit *crocheteur,* mais c'est *clocheteur* qu'il falloit dire, car il s'agit de la petite figure qui frappoit les heures sur la cloche de la Samaritaine. Les libellistes du temps

clocher de l'eglise de Sainct-Paul[1] , que mal à
propos, indiscrettement et sans raison, il a fait
escrire et publier, aux *Caquets de l'Accouchée*,
plusieurs paroles injurieuses et scandaleuses contre l'honneur des femmes, lesquelles par elles seront rayées et biffées, et qu'il en demande pardon
aus dites femmes et bourgeoises de Paris, et à
Tabarin au dit nom, les suppliant vouloir oublier
les dites injures et scandales; et outre condam-
nons le dit Grattelart ès despens, dommages et interests. En tesmoin de ce, nous avons fait mettre
nostre sceau ordinaire de la dite place. Ce fut fait
et donné en la dite audience par Jehan Farine[2],

prirent plus d'une fois le petit *crocheteur* pour héros, et lui
firent débiter leurs satires. L'un des pamphlets mis sur
son compte fut cause qu'on l'enleva de la Samaritaine pendant quelque temps. (V. le *Mercure françois* de 1611.)

1. Autre petite figure de bronze qui, à la manière du *clocheteur* du Pont-Neuf et du *Jaquemart* de Notre-Dame de
Dijon, sonnoit l'heure au clocher de l'église Saint-Paul, si-
tuée dans la rue du même nom et démolie au commencement de ce siècle. Une mazarinade a pour titre : *Le qui fut
de Jacquemard sur les sujets de la guerre mazarine*, Paris, 1652.
V., pour l'étymologie du mot *Jaquemart*, P. Berigal (G. Pei-
gnot), *Hist. de l'illustre Jaquemart de Dijon*, 1832.

2. Encore un farceur, mais moins connu que les autres.
Il est nommé, dans l'*Espadon satyrique*, Cologne, 1680,
pag. 25, et dans l'épitaphe du fameux *Jodelet*, Julien Joffrin :

> Ici git qui de Jodelet
> Joua cinquante ans le rolet,
> Et qui fut de mesme farine

tenant le siége, le mardy vingt et douziesme du present mois.

Signé GUILLAUME [1].

Copie d'intervention.

Aujourd'huy, trois cens soixante et sixiesme jour de la presente année, est comparu, en chair et en os, Jehan de la Vigne [2], fondé de procuration authentique à luy passée par le discret et sage en teste, le seignor Tabarino, lequel a declaré

> Que Gros Guillaume et Jehan Farine,
> Hormis qu'il parloit mieux du nez
> Que les dits deux enfarinez.

Un petit livre, réimprimé à Troyes, en 1682, sous ce titre : *Les débats et fameuses rencontres de Gringalet et de Guillot Gorju, son maistre,* est dédié au *père de sobriété, le grotesque* Jean Farine, superintendant de la maison comique hostel de Bourgogne, à Paris. — Un passage des *Jeux de l'Inconnu,* Rouen, 1635, in-8, p. 158, montre que ce bouffon, comme son nom l'indique, jouoit surtout, ainsi que La Fleur (Gros-Guillaume), les rôles enfarinés.

1. Par la même raison que nous n'avons rien dit de Gautier-Garguille, nous ne dirons rien du non moins fameux Robert Guérin, dit *La Fleur* et *Gros-Guillaume.* Nous renverrons aussi pour lui au travail curieux de Boucher d'Argis, *loc. cit.*

2. Bouffon moins connu sous ce nom que sous celui de Jean des Vignes, qui lui est donné dans la 18e serée de Guillaume Bouchet, où il est mis en compagnie de Tabarin et Franc-à-Tripe ; et dans le *Moyen de coynoistre les filous*

qu'en consequence de la dite procuration il desiroit estre receu partie intervenante au procès
meu, indecis et pendant ou accroché entre et au
milieu de Grattelart, autheur des *Caquets de
l'Accouchée*, et les bourgeoises qui se formalisent
et scandalisent, pour y proposer ses defenses
comme d'abus; et pour ce faire a constitué son
procureur generalissime le dit la Vigne, auquel a
donné tout pouvoir deçà et delà l'eau, dont le
dit la Vigne a requis lettres, et a signé au registre.

Signé GROS-GUILLAUME.

Sentence sur l'intervention.

A tous ceux qui ces presentes lettres verront,
Gautier Garguille, gentil-homme ordinaire de sa
chambre et garde de la place de l'Isle du Palais,
à Paris.

Sur la requeste faicte en nostre audience de la
dite place de l'Isle du Palais, par Montdor, parlant pour discrette et sage personne le sieur Tabarin, demandeur en intervention avec les femmes

---

d'une lieue loing sans lunette, édit. des *Joyeusetés*. Jehan des
Vignes ou de la Vigne faisoit les rôles de niais. « Moi, pau-
vre sot, dit d'Assoucy, plus sot que Jean des Vignes. » *Les
Avantures d'Italie*, etc., Paris, 1677, in-12, p. 336.

et bourgeoises de Paris, contre Grattelart, autheur des *Caquets de l'Accouchée*, Decombes, parlant pour luy ; après que le dit Montdor, au dit nom, a remonstré avoir grand interest d'intervenir en la dite cause pour les causes qu'il est prest desduire, et que le dit Decombes, au dit nom, a soustenu au contraire, nous avons receu et recevons le dit Tabarin partie intervenante au procez d'entre l'autheur des *Caquets de l'Accouchée* et les femmes et bourgeoises de Paris, et ordonnons que dans le premier jour il baillera les causes d'intervention, pour estre ordonné sur icelles ce que de raison.

Causes d'intervention.

Causes d'intervention que met et baille par devers vous Me Garguille, garde de la place de l'Isle du Palais, à Paris,

Le sieur Tabarin, demandeur en intervention avec les femmes et bourgeoises de la ville de Paris,

Contre le sieur Grattelart, defendeur et opposant ;

A ce que, pour les raisons qui seront cy-après desduites, il soit dit par vous, Monsieur, que ledit Tabarin sera receu partye intervenante au procès, et obtiendra à ces fins, avec condamnation de tous despens, dommages et interests.

Il est à remarquer que le sieur Grattelart est homme fort sujet à mesdire des actions d'autruy, et sur tout il paroist ès *Caquets de l'Accouchée* qu'il a fait imprimer tout nouvellement, au scandale et dommage de la bonne renommée des femmes et bourgeoises de cette ville, lesquelles, estant adverties, se sont voulu formaliser, et particulièrement la femme du sieur Tabarin, lequel s'est bien voulu joindre en la cause et prendre le fait pour elle, attendu qu'il estoit interessé en l'affaire.

Et de fait, il semble qu'elle a juste cause de remonstrer que son mary n'est point charlatan et qu'il ne le fut jamais, et que l'on ne sçauroit faire escrire qu'elle soit femme de charlatan sans offenser l'un ou l'autre, dont elle pretend avoir reparation qui ne luy peut estre desniée, sauf correction : premièrement, ce que la bonne vie de l'un et l'autre est notoire à tout le monde, et est à naistre le premier qui les puisse redarguer du moindre crime ou malfaict ;

Secondement, pour autant que le dit Grattelart a malicieusement faict escrire qu'icelluy Tabarin est cocu et cornard, ce à quoy il n'a jamais songé, et qui ne se sçauroit passer sans son interest ou dommage ;

En troisiesme lieu, pour autant que le dit Tabarin ne fust jamais capable de cornes que de celles qui sont en son bonnet, encores luy sont-elles odieuses ; au moins dict-il qu'il ne les tient que comme gaige et pour celuy qui en aura affaire ;

En quatriesme lieu, il vous remonstre que les cornes ne luy sont deües que pour en faire part aux marchands, et, de vray, Grattelart en aura à sa discretion de telles qu'il luy plaira.

Partant, conclud le dit Tabarin comme dessus, ès despens, dommages et interests.

Coppie de la requeste presentée au sieur Garguille de la part des hommes et maris dont les femmes ont esté scandalisées par les dits Caquets.

Supplient humblement les marris des femmes scandalisées par les *Caquets de l'Accouchée*, disans qu'ils ont esté advertis qu'il y a procez meu, indecis et pendant par devant vous entre les dites femmes et le sieur Grattelart, autheur des dits *Caquets*, pour raison des injures, invectives et scandales qui y sont escrits, lesquels regardent les supplians, qui ont besoin de vostre provision. Ce considéré, Monsieur, il vous plaise ordonner que les dits supplians seront receus parties intervenantes au dit procez avec les dites femmes, icelluy Tabarin et le dit Grattelart, lequel sera à ceste fin aussi assigné pardevant vous-mesme, pour ordonner en outre ce que de raison, et vous ferez justice.

Au bas est escrit : Qu'on donne assignation, etc.

FIN.

TABLE ANALYTIQUE.

TABLE DES MATIÈRES

FIN.

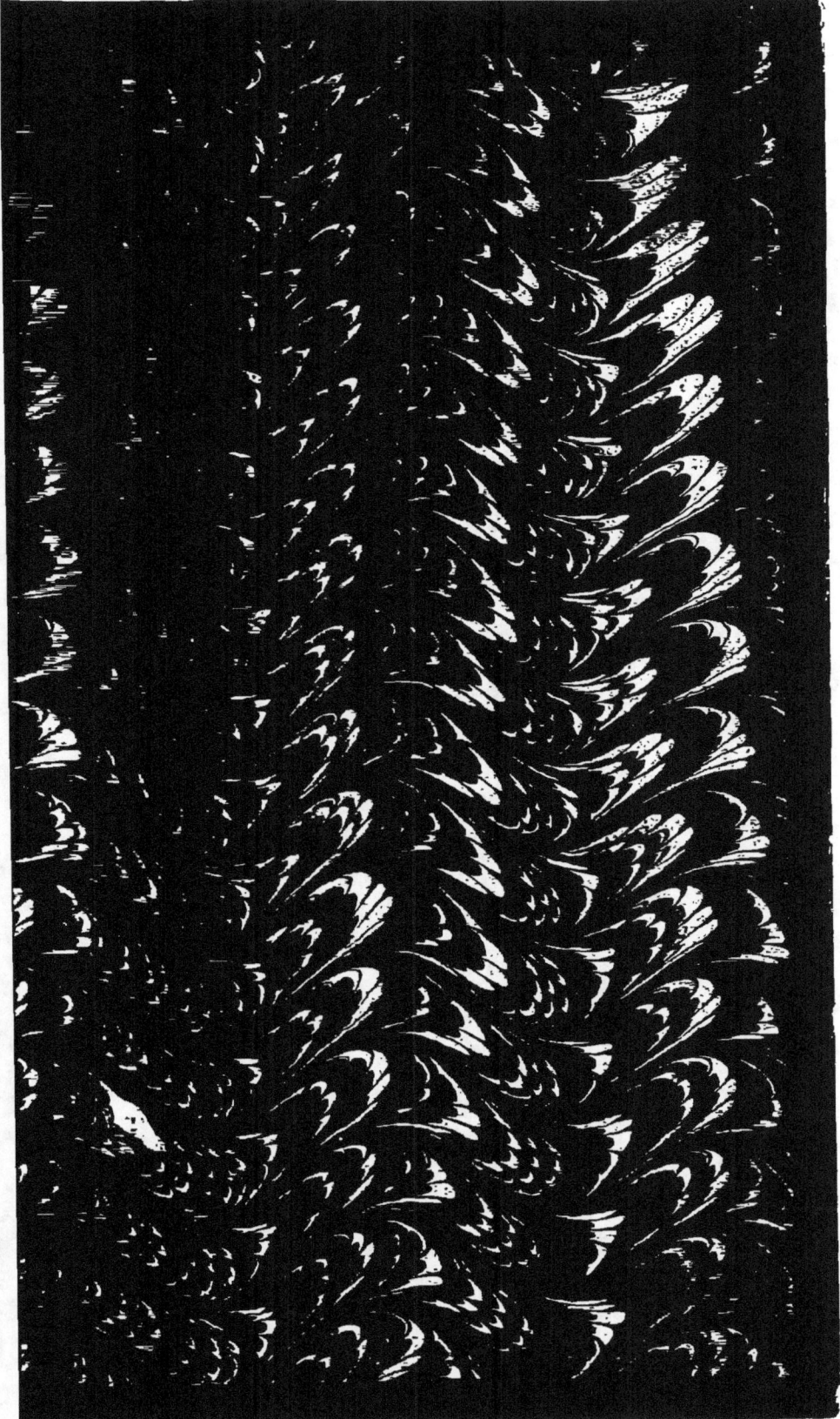

www.ingramcontent.com/pod-product-compliance
Lightning Source LLC
Chambersburg PA
CBHW070311030726

47505CB00004B/985